——————想象，比知识更重要

幻象文库

行星仪轨

暗号　著

新星出版社　NEW STAR PRESS

《行星仪轨》：生物科幻大观园

安迪斯晨风

我和暗号认识好多年了，但直到去年成都世界科幻大会才第一次见面。彼时印象最深的是，他走到哪儿，都会拉一条“中国畜牧科幻学会”的蓝底横幅，非常抢镜。因为每个看到横幅的人，都会真诚想问一句：“畜牧科幻是什么？”

据暗号自己交代，因为是生物科学出身，又曾真的实地养过猪，所以他很爱写带有基因改造、禽畜养殖元素的科幻短篇。如《春天大概需要你》《俄罗斯飞棍》等，脑洞和故事展开方式都十分奇特。这个“中国畜牧科幻学会”便是他和同好一起创立的新组织。

听说暗号最近写了新的长篇，我赶紧要过来电子版先睹为快。看开头，我还以为他转了性，要去写星辰大海，然而翻了没几页，我就发现，这还是那个热爱生物朋克的暗号。

故事发生在远离地球的类地行星“菲洛劳斯”（简称“菲星”），一家名为“深空物网”的公司动用常人难以想象的伟力，重塑整个星球的生态圈，把它规划建造为适合人类居住的“反地球”。地球大灾变后，它也成为了人类在宇宙中的第一个落脚点。

然而谁都没想到，菲星新人类最深重的危机，恰恰来自星球最可信赖的核心……

这是一个十分精彩的“公路片”式故事，作者以失去部分记忆的深空集团技术人员“旅鸽”的命运漂流为起始，“全球工单系统”“断行修士”“埃萨埵斯”……种种新奇有趣的设定与概念纷至沓来，最终关乎整个星球的命运。作者采用了多线叙事手法：旅鸽、渡渡、伶盗龙……每一个人的视角都只能看到深空集团控制下的菲星一角，他们的所见所闻拼到一起，才呈现出这个“地外桃源”的全部面貌。一个绵延千百万年的星际级阴谋，也浮出了水面。

我一直觉得，科幻作家的本职是书写技术奇观，把这原本藏在大脑中的宏伟景象，用自己的笔墨描绘出来，呈现在每一位读者的眼前。暗号就是此道高手，在《行星仪轨》中，他不但写出了星际级别的吞噬与逃逸，更用自己扎实的生物学知识，塑造出一个远看与地球无比相似，近看却又大不相同的星球，还有众多有趣的细节——比如旅鸽用来治疗社恐的“聊聊乐”药片，我就觉得自己应该经常来上一瓶。

暗号的文风满溢着科幻式的浪漫，阅读时经常被他宏大又细腻的描写打动。

深空集团在使用超级量子计算机“千年虫”改造菲星的过程中，创造了许多奇妙的新生物：子实体高达十几米的超级大蘑菇“大息壤菌”，可以用绵延数百千米的菌丝把石块崩碎，再把碎石改造成土壤；可以根据不同需要改变身体状态和功能的海洋棘皮生物“那罗鸠婆”，清理、捕食无所不能，死后身体还能聚成岛礁。亦有经过基因改造后的旧地球生物，如始终在奔跑迁徙的角马群、突兀出现在海洋中的巨大蓝鲸，给人一种亦真亦幻的感觉。

当然暗号也没忘记秀一把他熟悉的标准化养猪技术。

“大自然真是自然的吗？”这一问句是刘慈欣的《三体》系列中，压垮杨冬的最后一根稻草，也是整个系列一直谈论的核心问题之一。而在暗号的笔下，没有人会怀疑大自然是不自然的，人工的伟力改天换地，无远弗届，整个星球都在其精细的操控之下，充分展示了科技的壮美。然而即便科技如此发达，普通的深空员工，依然要努力工作，忍受剥削，甚至还因为大脑被改造后形成的“完成任务—领取多巴胺奖励”兴奋机制，社畜得无休无止，实在让人悲哀。

所以我特别喜欢旅鸽被渡渡带进大排档派对那段描写，让现实生活中作为社畜一员的我，体会到了自由的价值与生活的意义。无论是以男主角“渡渡”为代表的全球工单系统，还是断行修士们，面对笼罩整个星球的伟力，始终不肯低头屈服，追求自由至死不渝。

了解暗号的人都知道，他特别喜欢玩梗，聊天的时候恨不得一句话抛三个梗，所以这本书中的一些彩蛋也不容错过。比如书中人物的代号就很有讲究。男主角“渡渡”名字取自一种灭绝的鸟“渡渡鸟”，它不会飞行，所以书中渡渡就住在不能飞的飞行器中；女主角“旅鸽”的名字同样取自一种灭绝的鸟类，世界上最后一只野生旅鸽的结局，也与书中人物旅鸽的终局精准对应。唤醒千年虫意识的“丰年虾”，实际根本不是虾，而是一种数量庞大、适应能力很强的桡脚类动物，全球水产养殖中，80% 以上幼体都用它做重要饵料。这些梗就像一颗颗彩蛋，不懂也不会影响阅读，但一旦跟作者脑波同频，就更能体会其匠心独运。

无论国际还是国内，生物学题材的科幻作品并不罕见，比如著名的《侏罗纪公园》系列，可谓家喻户晓。但是像《行星仪轨》

这样，不要钱一般抛洒出无数新奇有趣的生物科幻点子，连缀成一片科幻奇观的长篇小说，我还是第一次读到。就像是进入了一个既无比熟悉，又迷幻错乱的大观园，令我流连忘返。

目录

楔子　他们带回尸体

旧地球时期的先贤、毕达哥拉斯的徒儿菲洛劳斯曾经推测，在地球之外一定还有一个“反地球”存在于太阳的背面。理论上，它长得和地球一模一样，只不过因为与地球隔火相对，所以地球人压根儿看不见它。这个理论提出来也有将近三千年了，学者们无不将其看作一个生硬捏造出的假设，认为其目的仅仅是把天体数目凑成完美的十个，以满足毕家学派强迫症一样的精神需求。

但那场毁灭地球的大灾变过后，反地球成为现实。

与菲洛劳斯的古老假说不尽相同，反地球不在太阳系内部，而是一颗遥远的类地行星。大灾变发生之前，“深空物网”还是一个独立的物联网公司，而不是现在的超级集团。他们斥巨资改造这个蛮荒的行星，光是给第一期工程的工人生产饮水就花了五十亿美元。“深空”创始人坚持将其称为“菲洛劳斯计划”，工程持续了将近四十年，连创始人自己都是靠着不断更换器官才撑到第四期工程结束。

然后就是众所周知的大灾变。非洲沉入大海，人们一筹莫展，接着，深空创始人坐着轮椅高调出现，抛出橄榄枝——“菲洛劳斯地球”。

就这样，全世界人民和深空物网签署协议，拿到大跃迁的船票，抛弃了地球。

起初，方舟群里曾经流传很多阴谋论。有人说地球的毁灭就是深空搞的鬼，目的就是让全人类给这颗人造星球买单。还有人说参与行星改造的工人虽然定期往家里报平安，但那都是 AI 制造的虚拟影像，那些工人都去世了，因为菲星根本是一个虚无的骗局。

毕竟人类光是航行就花了三十年，层出不穷的说法实在太多了。

但随着深空物网在方舟上把自己升格为集团，这些无稽之谈也就烟消云散了；着陆更是给所有人吃了定心丸，双脚踏上真实的土地让人感到十分舒适，人类得救已成定论。

在菲星上很容易观察到新的母恒星，它比旧日的太阳大五倍。它其实更像毕达哥拉斯笔下的“中心火”——那团在宇宙中尽情燃烧的终极火焰，连太阳都只是它的一个小小投影。但菲星上的新人类一般不在乎这个，毕竟已经定居了百年，菲星千余万人口中没几个人知道原先那个太阳到底有多大。在这里，人人都是新人类。

眼下这个季节，在无人机和摄像头没有踏足的区域，菲星南半球 Sti-26 区的火山口，有两个人类正在徘徊。

火山口一带毫无生机，只有红肿的岩浆鼓泡缓慢绽放出硫黄气息，将周围一带熏得烟雾缭绕。两人在这座炽热的火山口外合十而立，咳嗽不休，他们没有车，没有攀爬载具，徒手拖着两个超大号合金行李箱，一路靠双腿攀登到这座火山口。

为首的老者身穿长袍素衣，一副大跃迁前的东亚人长相；他身后的小伙人高马大，拥有白色皮肤和湛蓝的眼睛，PU 材质的皮夹克与老者的衣着风格并不相符。

老者的长袍后面令人费解地绣了一个“禅”字，年轻人的皮夹克更令人费解地用粗大的白垩色日式字体涂鸦了“自殺祖宗”四个字。

明眼人会一望而知，这种朋克与禅宗交杂的服装风格暗示了他们是两名“断行修士”，也就是哪里危险去哪里的自杀式修行者。

但是这里没有明眼人，除了他们师徒俩，一个活人也没有。

硫黄气息极其浓郁，大师身后大块头、蓝眼睛的小行者格里安·惠可鼻腔发痒。

“师父，前面没有路了。”

“那就在这里吧。”大师四处张望一下，“找一个岩洞。”

就在这里？惠可环视四周。就算他们能找到这么一个可供修行的岩洞，但只要身后的火山一爆发，包括这个洞在内的整个山头就会荡然无存。

“我可以感受到山谷下面埋着千百名死者的尸体，火山替他们发出咆哮。”大师自顾自地说着，“理想的断行之处。”

惠可知道前一代开拓者在这座火山附近遭受的灾难。他似乎真的能听到一些冤魂的声音，听起来令人紧张；但他从方山岱城上的德国驻地跑出来，追随大师在一百零八处最危险的地方修行，是不可以刚开始就半途而废的。他必须承受。

惠可的那丝犹疑不定还是没有逃过大师的眼睛。他深深呼吸了一口热气。“不用担心，孩子。这里也不算太荒凉，附近的断行修士比你想象得要多，至少有三十多名。”

惠可点点头。尽管他内心对这个数字表示十分怀疑。

他仍然在小心地望向一个虚拟的方向，那是他关心的最后一个问题。

“我们已经距离深空物网足够远了吧？”他小心询问。

即便是高僧，提到深空物网的时候也会语调奇怪。大多数移民也是在踏上菲星后，才慢慢理解深空创始人的野心：如果我们把物联网扩大，以至于覆盖整个行星会是什么情形？

这就是“菲洛劳斯计划”的全貌。惠可在出家之前是个工程师，他深知这才是反地球的“反”字含义所在——它并不是旧地球的镜像，而是以旧地球的功能为需求，反向编译出菲星的物理世界。菲星的核心是一座巨大的量子计算机，在北半球盾状山脉之巅，高耸的方山岱城之中，叫作“千年虫”。千年虫算无遗策，通过物联网让菲星的一草一木都在自己的控制下生长，尽可能地把这个半封闭行星系统造得像是一个具有生命特征的活物，以模拟旧地球那种生机勃勃的运作方式。至于人类，虽然彼此的活法都不太一样，但总体来说，生老病死也好，得意失意也罢，人人都是菲星这个超有机体的一部分。

但总还有深空物网无法触及的环境，总有人想逃避千年虫的计算。幽深的火山口，无垠的荒漠，诸如此类。也只有在这些极端的环境下，数据才变得粗枝大叶，人类的存在对取值貌似不再有影响。

“跳出方山岱城的运算之外，不在人造盖亚的控制之中。”

这就是包括格里安·惠可在内的，所有断行修士的理想彼岸。

回到惠可提出的问题——这里距离“系统”已经足够远了吗？

对此，大师只能回答他：“也许在你修够一百零八处断行地点后，才真正有资格提出这个问题。”

过了一会儿，惠可找到了一个岩洞。他在岩洞上标了一个德语单词：siebte（第七）。

大师对新洞穴的开口朝向非常满意。其实他对这片酸不溜秋的火山居所整体上都非常满意。

“让我想起幻灯片里，旧地球美国的 San Francisco 。往北走一百里，就到了 Ukiah 镇，在那里有一座万佛圣城，The City of

Ten Thousand Buddhas 。所有的断行修士最后都会去到那里。”

格里安·惠可循着大师眺望的目光看去，正看见一颗亮星从天际滑落，拖着亮晶晶的尾巴，不知掉到哪里去了。

“那是什么？”

大师沉默了一会儿。

“陨星，多年未见了。”他回答。

小行者没听明白。大师看了他一眼。

“那就是‘系统’以外的来客，”大师说，“是群星的尸体。”

这么一说，惠可就明白了。他想起那些天体知识——一般来说，人造卫星云会把陨星提前拦截减速，分析里面的矿产适不适合菲星利用，由千年虫来决定要不要把它投放到菲星的无人区。

而那极少数表现出怪异特征的外来小行星，则称作“埃萨埵斯”，它们在百年间相继光临地球，成为一切灾难、迁徙和重生的起源。

人类最熟知的埃萨埵斯被编号为 Aza- Ⅱ，现在被深埋在方山岱城的地下，就在深空大厦背后的山体里。惠可清楚，祖先之所以必须迁徙到菲星，乃至迁徙技术的习得，都与这颗小行星有关。而以深空为首的一系列公司，到现在也还在围绕着埃萨埵斯做文章。人们总是能从这颗来源不明的天体内部获得更多神奇知识，仿佛与魔鬼签订契约一般，越是渴求，越是能得到最大程度的满足。

陨星在大气层中爆发出一片巨大的亮光，之后便消失不见。也许这枚陨星就是那种值得落在地面的矿石星吧，惠可显得有些失望。大师说：“把光伏板装上吧，惠可。我们得在晚课前充满足够的电。”

卷一　大地漫步

新的热土你不会发现，你也找不到另外的汪洋。
这座城市将跟随你。

——卡瓦菲斯《城市》

第一章　您已偏航 | Plug & Pray

黄昏时分，菲星的大太阳即将落下，无人区的草原金辉四起。深空物网—边缘系统部—外务专员，代号“旅鸽”的工程师靠在驾驶座里，把双腿随意地搭在挡风玻璃前的仪表台，百无聊赖地涂着指甲。

挡风玻璃之外，正有一群衣着怪异的人围成一团。他们大约有十几个，全是体格粗壮的男性，但无一例外都是光头。这帮人时而大喊着谁也听不懂的怪话，时而拿钉着钉子的大棒猛烈敲击旅鸽的防爆车窗，看起来忙得很。

车已经抛锚，车窗抵抗巨棒的声音越来越勉强了，但旅鸽就瘫在那里，往指甲上精心涂布珊瑚红色的油迹。

今天是她下山的第一天，用升降隧道连人带车运到山下，开过废弃矿区巨大的“make SHENYANG great again”标语，开过绵延万亩的复合工业发生器，直到高速公路把玉米带甩得远远的，才发现迎面而来的这片草原如此巨大，大到天黑前根本没办法开出去。

就算她准备得再周详，进入方山岱城以下的区域也还是会遇到各种意外，那些在方山岱城里养尊处优的中层管理人员也没有提到，所谓的“无人区”并不是完全没有人，而且只有凶徒会在这里生存。

砰！一声巨响。

在剧烈的震动中，旅鸽手一抖，一缕红色油彩突兀地划到指节上。她皱起眉头朝前看去，是一个巨汉用自己的身体猛烈撞击着车门，嘴里说的话仍然听不懂。旅鸽看看自己涂坏的拇指，又瞪视巨汉的眼睛。巨汉根本没有意识到他做错了什么，还是在对着车门硬来，他的口水都滴在车窗上了。她用左臂的那台智能终端——“奖赏回路”碰碰驾驶台，接通了深空的内勤专线。

“问一下武装人事经理什么时候到啊。”

考虑到外务专员们会在无尽的荒野中遭遇各种意外，深空集团有这么一批“武装人事经理”存在，那是一群训练有素的武装机器人，眼里只有控制和破坏，声称只靠BB弹解决问题，但前提是联系得到它们。

“很抱歉，您已离开自动驾驶服务区域。您的处于……滋滋……请使用内勤专线。”得到了这样的回答。

可你不就是内勤专线吗？旅鸽又换了个波段，接通了小组内线。

“丰年虾。”她低沉地说。

“啊？”年轻的IT技术员立刻在话筒里回话，“鸽姐，你到了吗？”

“没有，你可能以后见不到我了。”

“别急，我看看。你的引擎坏了。”对方能连到她车子的处理器，“怎么会偏航的？按理说深空物网的导航是绝对值得信赖的。”

“除非那个天线摆在车顶，又有一群大个子在外面砸车。”旅鸽说，“再说了，如果深空物网绝对值得信赖，我们部门就可以直接撤销了。”

“那个叫渡渡的地接不也快来了吗？”叫作丰年虾的男孩似乎

毫不在意。

“外面可是十几个人。”

“放心吧！那人可以的。”丰年虾听起来特别自信，其笃定程度令旅鸽一时不好反驳。

“反正我这次没命了，你可就见不着我了，对着奖赏回路里面我的黑白头像哀悼吧。”

男孩听了这话，陷入了一阵沉默。过了短暂的几秒钟，他又问：“你的传感器说你车厢里有奇怪的会挥发性化学药剂。不会是油箱漏了吧？要不要开窗通通风？”

“这车窗只要开一条缝，就会有大手伸进来把我脖子捏碎。”

“分析出来了，是指甲油味……这种时候了还在涂指甲？”

“不然你给我找点儿事做？”

丰年虾又说了句什么，但是信号太差她没听清楚。她结束了这通白白浪费掉的通话，看了一下后视镜里面无表情的自己，又厌恶地把镜子关掉。

没救了，你真的没救了。旅鸽想，一年了你还没能记起任何事，现在专门为此来到山下，却连第一步都没能成功迈出去。那不如现在就把那件事做完。她数清楚了，十三个光头里面正有八个在排着队砸车，旅鸽自己的手枪藏在屁股后头，里面只有一颗子弹。只要扣发扳机，子弹穿过仪表盘往前一送，油箱里的生物汽油就可以让这辆混合动力车爆成一朵烟花，顺带重度烧伤至少五六个光头攻击者。

需要指出的是，这个解决方案的前提是忽略她自己的小命。

旅鸽在菲星上还是一个年轻人。这颗行星的一个自然日是31个小时加54分钟，一个回归年是314.32天，刻入原子钟，童叟无欺。这座星球的自转和公转，共同造就了她今年的法定年龄——十九岁。

感谢深空集团！只要一枪，十九岁到此结束。现在是 20 点 26 分，指甲油还剩最后一块没涂，旅鸽把两腿一收，眼睛凑近右手拇指仔细地涂抹。太阳已经落了一半，凶徒们非但没有回家吃饭，反而敲得更厉害了。

她越过混合动力车的车窗向外远眺，依稀能望见一痕雪山之色，还有几座大头针大小的白塔用金顶反射着残晖，那是不知什么民族的移居者建立的宗教建筑，是视野内能见到的唯一文明标记，并且看起来大概有三百光年那么远，并不是理想的求救对象。

但仍然比死在方山岱城的 605 式房间里好得多。旅鸽埋下头，开始在暗淡的光线中涂最后一枚指甲。四周的黑夜以沉船一样的速度蔓延下来，不知道从哪一年开始，她变得不习惯经历这样的黄昏。黑夜的降临总把她拽到一个无可脱离的绝望境地。

经过光头们不懈的击打，她的车窗玻璃终于出现了一道裂缝，一个个子稍小的光头手持钉着铁钉的木棍一脸呆滞地站在车前，就好像这一切不是他干的一样。

更多人围上来撬这个裂缝，应该是想把旅鸽的车当成一个大牡蛎来撬开。

20 点 34 分，一股腐臭的空气伴随着狞笑涌进车里，一切都要完了。宇宙射线飞奔到菲星怪异的大气层，燃起绚丽的光斑，这种美景在方山岱城上并不多见。太阳毫不留恋地抛弃了黄昏，整个垂到不知何处；旅鸽人生中没几次遇到过这么辽阔的日落。从视野的最左边到最右边无不被黑暗覆盖，她觉得自己要被盛装而至的夜幕吸走了。对方燃起几个火把，火把顶端蘸了生物汽油，隔着玻璃都能闻到那股味儿。那火焰在夜幕下极为渺小，牡蛎的缝却越开越大。旅鸽拿起枪。

一道挺晃眼的远光灯倏然而至，看起来像是个车头灯。有一瞬间，那亮光在挡风玻璃的裂缝中折射出点点晶痕，随即越来越近。接着是一辆混动摩托车停在人群中，车灯在那些疯子中间扫了一圈，暴徒们停止了举动，看向摩托车。

从车上下来的男人赤手空拳，黑暗中看着有些瘦高，只是一双眼睛亮得出奇，方山岱城很少能见到这种闪闪发亮的眼睛。最奇怪的是这人身穿的是一身愚蠢的红色运动服，就是那种最普通的，胳膊会用白色条纹作为装饰的，红色运动服。如果下边穿的不是现在这条牛仔裤，旅鸽会觉得他是不是要去参加什么奥林匹克运动会的运动员。她放下了枪。

说起来，他们的确在菲星命名了一座奥林匹斯山，还在那儿办了几次奥运会，但是不重要，现在这个不知是敌是友的男人已经加入了她和暴徒的对峙。他好像在和领头的光头交涉什么，旅鸽听不清，但交涉并没有保持很久，那男人看看壮汉又看看车里，再看看壮汉又看看车里，最后一拳挥了出去。

壮汉抬臂挡住这一拳，却露出腹部的一大片空当，结结实实地挨了那男人一腿。他没能晃完两下就倒在地上了。这就打起来了？旅鸽在驾驶座里挪挪屁股，没想到事情会变成这样。

“小虾。”她赶紧接通了组内通话。

“哦，到了呀？”

听小孩这口气，这人果然是他们说的那个地接。旅鸽努力挥去那身运动服带来的奇异第一印象，清清嗓子问：“这人的资料……”

“早先发你的时候你又不看！”丰年虾不满地嚷道，但还是答应再发她一遍。

接着窗外噪声大作，其他人一拥而上，想要把这个骑摩托的瘦子干趴。这些光头人动作迅捷，但红运动服走动几步，竟然没人能抓到他。人越来越多，已经把瘦子包围在中间，后者开始出拳。他动起来，那件红色运动服意外地很干练，速度快到很难看清。

资料龟速发了过来。这个地接（的确需要忽略地接为什么在打架这个问题）的真名有点念不通，但代号很好懂：渡渡。旅鸽之前听到这个名字的时候，一直以为他是个法国人。她接着看，不是法国人，是亚裔。她想起渡渡其实是旧地球的一种鸟类。资料显示他的户籍不属于方山岱城，或是任意一座现代化城市，那就是从小在山下长大了。“嘭！”车体巨震，一个光头被渡渡扔到车前挡。他打架压着腰，缩到别人面前就出击，丝毫没有多余的动作，对方的木棍就开始往天上乱飞。旅鸽瞄了一眼之后就继续看资料。

“和深空合作关系非常密切”。往往意味着有时会帮公司干点儿黑活。毕竟山下混居区鱼龙混杂，上面那些人是不会懂的，包括两小时以前的自己。

后视镜被一个光秃脑袋整个撞掉，指甲油从仪表台上坠落到旅鸽脚下，还洒得到处都是。旅鸽手忙脚乱，渡渡还击的动作却越来越快，忙里偷闲还向车里看了一眼。四目相对，渡渡的眼神好像十分疑惑，接着他又一步闯进战场，一掌拍在来袭的人胸口，看起来没太用力，对方却已经缓缓倒下，嘴里一口白沫喷射到挡风玻璃上，智能雨刷器缓缓舞动。

这是什么技术？道馆吗？但是你这样让我怎么开枪？爆炸了伤到你自己怎么办？旅鸽满脑子问题，但她知道危险已经在慢慢解除，自己至少要先吃一片“聊聊乐”来预备一下了。

咔吧一响，一片聊聊乐从药盒落进旅鸽手中。这是一种直接与神经元结合的药片，让大脑误以为自己能言善辩，从而暂时压制社交障碍。药压在舌根，就好像田径跑前的预备动作一样。旅鸽深吸口气，摇开了那扇危险的车窗。

实际上这会儿就算旅鸽打开车窗，也已经没有人顾得上来抓她了，殴斗的噪声一时间灌入耳朵，她冲渡渡那边大喊“离远点”。渡渡那边好像没听见一样，还是像一团红毛线团似的左踢右打，拜聊聊乐所赐，动作似乎清晰了很多。越来越多的人躺在地上，剩下的人选择了拖着这些伤兵逃跑。

一个人对付七八个人，他真的做到了。而且是穿着那件愚蠢的红色运动服。

旅鸽半个头伸出窗外，看见渡渡把一只破草鞋拿起来，抡圆胳膊狠狠扔向溃逃的匪徒，连带他自己也踉跄了一下。

目送那些凶徒进入看不见的阴影之后，渡渡才回过头，面颊瘦削，眼睛仍然熠熠有神。

“是光头党，上次说好跟他们讲和，果然没用。”渡渡擦擦汗，语调有种在健身房推完杠铃般颓废的轻松。

旅鸽不知道光头党是什么鬼，她耳根“嘭嘭”作响，几乎能感到聊聊乐分子正在冲击她的血脑屏障。现在她终于有勇气开始社交。

事实没有那么轻松。尽管聊聊乐的药代机制在飞速调用她的社交脑回路，但面对这个突如其来的陌生人，想要操控自己的身体打开驾驶舱从车里挪下来，就已经很艰难了。旅鸽有点怀疑自己的灵魂和身体因为药物出现了错位——她的灵魂在车里潇洒十足地等了一个小时，但身体已经没打招呼就自己吓蒙了。还是说，“雷暴”卖给自己的这批药有点问题？

她摇摇晃晃要倒在车底，渡渡上前搀了她一下。现在无论怎么挤出笑脸都是尴尬的。但她还是努力站直了腰，貌似热情实则商务地伸出右手。

她只知道自己这只右手，今天失去了开那一枪的绝佳机会。

渡渡的胡子好像是刚刚才精心刮过，刚打完架的手握起来像BBQ的木炭，眼神里还流露出一种情报失误的犹疑。

“我还以为我要接待一批雇佣军。”渡渡又朝驾驶座看看那把枪，“格洛克 19？”

“买不起更贵的。”

聊聊乐在争夺话语权，是它在替我说话哦。旅鸽觉得自己的离体体验愈加强烈，剩下的只是一具躯壳。这是她第二次吃聊聊乐，这种副作用比第一次不减反增。这具躯壳自行把手伸进车窗，拿起枪来。

“客气了，一颗子弹已经比我一周的收入高了。”

“我也只有一颗而已。”

“那是得省着点儿用。”

旅鸽觉得对方也是在没话找话。她感觉自己的杏仁核颤动不止，有点眩晕。

“所以他们派你是要干什么来着？”渡渡自顾自地把他的摩托车停好，它被不知哪枚光头狠狠地蹭掉了一大块涂装。

“工作。”

“工作哦……”渡渡嗅嗅四周的空气，“我猜猜，你是化工部的？”

他一副对公司架构很熟的样子，但肯定也只是闻到了那股指甲油的化工气息而已。旅鸽答道：“边缘部。”

全称是“边缘系统”部。这是一年前的事了，但她自己也有点记不起来。

“了解过。好像是往各种没什么人烟的地方跑？”

“你可以理解为……修正周边的计算误差，比如把故障的传感器修好之类的。”

旅鸽接着说了一大堆解释用语。但她很清楚，那是在自己的意识反应过来之前，聊聊乐就驱动大脑抢先说出来的。旅鸽觉得自己有种沉尸入水的感觉。

“行吧，反正我的职责也只是带你走走。他们说让我保护你的安全了吗？”

“没有。”旅鸽老实回答。

“那就好。不过你看起来真的不算安全。”渡渡的声音虚无缥缈，“所以可不可以请你先放下枪？”

枪？听渡渡这么说，旅鸽双手自控不住地平举向前，直到准星对上渡渡的鼻子。

别啊，聊聊乐……

接着一团红色影子闪过，她的意识陷入一片黑夜。

* * *

这是渡渡今天最后一次出手。他用迎门一掌结束了这次效率低下的谈话，之后接管了主场。

对面这位奇怪姑娘还没醒，那把格洛克 19 却已经到了他手里，他的手指在叩发前一秒锁住了扳机，完全没有浪费弹药。二十三个菲星年来，渡渡在山下大小数以百计起械斗中活了下来，他现在夺枪熟能生巧，也正是基于这种持续了二十三年的幸存者偏差。战术总结：面对持枪的贴身攻击时“big silk-reeling”这招永远好用，如果再加一招“turtle style crush”突袭下位肋间神经，则可能会造成对方倒下并且陷入昏厥。但是新同事一来就被他以过当的防卫弄倒，终究也不算什么友好的见面。

也不知道是出于什么机制，眼前这姑娘可以做到一边和人社交，一边用黑洞洞的枪口瞄准她的社交对象，估计是吓坏了？渡渡不禁考虑自己是不是下手重了点，但他也因为精神紧张而坐下来喘息。他觉得一切因光头党匪帮而起，那么这笔账总之就该甩在他们的光头上。

渡渡其实不懂怎么用枪，但面前这位昏倒的同事显然也不知道在山下一把格洛克 19 的用处并不大，更别提里面只有一发子弹。这枪是从旧地球时代就流传至菲星的自卫用枪，虽然不知道是第几代产品，但掂着沉甸甸的，外面精心涂装了黑色网格纹，在枪柄尾部画着一只爪子，好像是什么凶兽的一部分，和她怎么看怎么不搭调。

渡渡实在辨认不出枪柄涂装的是什么动物的爪子。由于人们对物种的严格控制，菲星并没有这种长着大爪子的大型猛兽。草食动物倒是在大陆之间规律地迁徙，只不过每群都被传感器精准地监视着。如果有谁想要一睹狮虎熊狼什么的，除了能看到旧地球的媒体资料，还可以去博物馆参观基因工程做出来的活体标本品，但普通情况下它们不会出现在野外。

百年间，在菲星边缘地带曾经形成很多野生人类聚落，有的为了表示自己是部落、国家、共同体之类的东西，也会把一些猛兽的形象画成图腾。比如，此处向南四百公里的南风镇，居民有两百人之众，他们用织物碎片和废弃航天金属骨架造成巨大风车来发电，风车印着的就是一个直立行走的獾的形象；由于缺乏山上那种细致入微的填鸭教育，他们真的会认为这种远古神兽是站着走路的。

依照目前的状况，他只能收起枪，先把她车上的模块化行李箱卸了下来，拖到摩托车旁边。把这个行李箱装到摩托车一侧并不难。接着渡渡打开车头的一个东西，那是早些时候，深空公司配备给他的一个老款的终端设备，和旅鸽的新款奖赏回路不同。

盒子正面镶的是一种触摸式的OLED屏，也能看到公司内部的信息。取决于菲星飘忽不定的矿物行价，这种古董技术时贵时便宜，只有渡渡能从三教九流那儿知道它当下值多少钱。实际上既然已经接到这位同事，他一直打算明天就把这玩意儿卖掉来着。非正式员工对公司没有必要那么客气。

渡渡打开那个终端，天线侦测到四周的亲肤芯片，就把她的信息展示到渡渡面前。这玩意儿根据渡渡手指的压感呈现出一个拟物风格文件夹，第一份文档表明她代号是“旅鸽”，毕业于一个渡渡不清楚但是看起来很上等的院校，近两年本来在数据部，后来在边缘部工作，看起来平平无奇。奇怪的是，自己的密级程度只能看到这两年的信息，渡渡想要翻看再往前的东西，只能得到错误反馈。

要么是他这个编外人员被拒之门外了；要么是这位旅鸽小姐根本只有两年工龄，导致他这块古董终端出了兼容问题。说起来他更愿意相信后者，毕竟能甘愿被派到菲星人类居所的边缘地带的，也只有毫无人生经验的新人了。

说不好这位同仁是方山岱城常见的非自然繁殖的人——“杰拉尤”。渡渡在山下长大，但他知道杰拉尤们从小就被城里的社区养大，那些社区又基本上和深空这类大公司有意无意地绑定了。每五年出生一代，十四岁成年前分配一对父母，父母对她的新奇程度随年龄增长而一路下跌，没关系，成年后就可以输送给大公司干活。这有点像农业区的那些蔬菜，割完一期还有一期，补充着山上岌岌可危的生育率，但杰拉尤们对自己的认同感比一般人类更强。

话是这么说，也没证据表明她是一名杰拉尤。就算渡渡直觉精准，也只能看出她应该就是那种典型的技术员工，没准脑筋还挺古板。他其实并不关心这些细节，只要她不碍着他办一些私活，也不再拿枪对着他，一切就毫无问题。

况且，若不是最近急需一笔钱，渡渡也万万不想接下这个跋山涉水的任务。

他好不容易才把旅鸽固定在摩托后座上，一脚油门，朝自己家疾驰而去。

* * *

旅鸽醒过来的时候腰痛得厉害，肋骨好像被子弹楔进去过。她发现自己横七竖八地躺在一个房间里，身体麻痹不堪，四肢被扭成一个平时绝对无法做到的姿势——那是因为肌肉在清醒状态下会锁着自己不要任劳任怨地拉伸，而刚刚这场睡眠更类似于麻醉，所有的筋腱都像是放了长假一样松成一团了。

她双手摩挲一会儿，发现枪也不在身边。头顶是一个天窗，能看见星星，乳黄色的四壁颇为逼仄，恰好和聊聊乐的配色相仿，更显得它像一间牢房。

她从床上坐了起来。眼下还是弄清这是什么地方比较要紧。她踉踉跄跄摸向门把手。若说这地方像一间牢房，牢房的门可没有这么容易拧开。四周的家具摆设毫无侵略感，旅鸽想在附近找一把刀防身，却什么也没找到。

但她终于在门口找到了自己的箱子和奖赏回路。已经太久没有连接到深空物网了，开启收件箱，她一边听着未读信息一边向前继续探索。

> 您的报警已经收到 来自 伏隔核
>
> 给到
>
> 武装人事经理正在赶往 g3 区域 来自 伏隔核
>
> 给到
>
> 你在什么地方？为什么没人 来自 人事经理袋狼
>
> 给到

把所有人的语音留言转换成文字，再模拟出统一的人声，并且念一段就说一句给到，她每天接收到的 90% 都是这种垃圾信息。现在天高人事远，她可以一边听，一边信步漫游。这似乎是一辆车的内部，好像是那种改造成多功能车厢的房车？这车至少有四五个房间，在走廊里没几步就转完了。

餐车的桌子上放有一本厚实的相册，打开来看看，竟然是一本杂物的照片簿。竟然会有人用实体的照片簿？并且那些照片也太过没有主题了，有时候是一个金属零件，有时候是一把小刀，甚至面粉、茶叶罐也包含在内。再往后翻终于有了人，但那些人的照片来源十分驳杂，分辨率也不一致，有些是相纸，有些是打印件，有些根本就是临时涂鸦的画像。

太奇怪了，但基本上可以断定这就是渡渡的居所。终于来到车门，内侧竟然有转盘阀门的，旁边贴着中文：小心高度。这就有点滑稽了吧？一辆车而已，有什么好小心的？

她拉开车门时，倒吸一口黑暗中的冷风。的确需要小心，因为室内外温差提醒她现在已经是接近午夜，室内外高度差则提醒她这根本不是一辆房车。

而是一架飞行器。

旅鸽的职业素养使她一眼看穿，这是一架破旧的航天飞机，机舱底的一排卤素灯光把地面照亮，这地面距离旅鸽双脚足有七米高。她摸到了下去的舷梯，显然是后焊上来的，旅鸽往下走才回头看到，自己所在的这架飞行器只剩一半残骸，丢失了尾翼和大部分左翼。

她下到地面，仍然没有看到渡渡在哪儿，但舱底晾着的衣服、蔬菜地和一辆摩托都表明，它们的主人在这残破的飞行器里过得很滋润。

> 无法处理，检测您终端的信号 来自 伏隔核

> 给到

> 你要为此事进行一个交代 来自 人事经理袋狼

> 给到

> 武装人事经理到达该地点 来自 伏隔核

> 给到

> 补充一句，人事部 32 小时无休 来自 人事经理袋狼

> 给到

废话说完后，奖赏回路推送的消息终于到了没法忽略的环节，那就是 GTD 系统里面的待办任务，展开后就是等待清除的小红点，满满当当地提醒着旅鸽，不要想当哪怕一小时废物。进度条指示的数字十分严峻：0。今天算是全都浪费了。

旅鸽揉揉头发，聊聊乐的剂量她还没能完全掌握。倒不是讨厌这种深度催眠的效果，而是因为这种药好像除了增进社交之外没有她想要的那种用途。

一切都是因为她的失忆。近一年来发生的事她大概有一半都不记得了。她时常觉得有一个失忆酗酒的冷硬糙汉替换了她的部分灵魂，入住进她的躯体里。当然，这种情况是不可能发生的，她从种种蛛丝马迹中推测，自己是被合情合法地洗掉了部分记忆。

她不服输地想要获知这一切。聊聊乐的卖家承诺的“增进突触连接”并没能使记忆浮现，并且副作用是更想远远离开这个世界。

渡渡的出现使她没有冲动地做出这种事来。但旅鸽自忖这不是一个拯救与被拯救的故事，她从小就没有白马王子情结，那些与土地分封制度密切相关的幻想早就被扔在了旧地球。渡渡的定位更像是……一个渔夫。她觉得自己是一具沉进湖底的尸体，虽然渔夫开着艇儿路过，把自己从水里捞了上来，但自己仍然是一具尸体。

现在唯一能找回记忆的方式就是接受人力部门定下的规则，尽快地刷分升级，把 0 刷到 100%，这样就能有机会进行 San-8 测试，申请把记忆之锁解开，这正是她急于接受下山任务的原因。她在草原中静立，面前是这座硕大的残骸。右手的拇指还剩了一点儿边缘没有涂到，但也许是为了纪念，又或者是出于某种别的心情，旅鸽今天不准备把它涂完了。现在她决定回到那间胶囊屋狠狠睡一觉。

第二章　角马｜Beast Mark

——深吸一口气，由人事喊出上半句：

“okyakusama-goraiten-desu！”

——而旅鸽混在人群里喊出下半句：

“irasshaimase！”

如果旅鸽今天还是在深空大厦上班，那早上开工前应该照例是在这样喊口号。

这一问一答到底什么意思，连旅鸽自己也不知道。逃离地球后的文化断层太漫长了，已经很少有人能考证出它的真正含义。但没有关系，这两句话还是被镌刻在深空大厦一楼大厅的巨大石壁上，以睥睨万物的姿态，提醒着深空员工们每天要以饱满的精力工作。

所以，一大早起来竟然不用喊口号，还挺有一种虚无感。她今天换上了公司配发的工程服，把奖赏回路吸在左臂。推送来的消息已经爆满了，内置的算法甚至不敢把这些垃圾质询合并成一条。旅鸽觉得如果自己不干点啥的话，人事主管恐怕会派出十几个武装人事经理，把自己连同这座飞行器残骸一并轰到天上。但她又不打算正面回复那些消息，所以她勉强打了一下卡，用来表示自己还活着。

接着她翻出自己的早餐胶囊，正准备到别处找 350 毫升饮用水把它送下去。按照一个边缘部工程师的习惯，她一边走一边看着技术类的未读消息，它们反而比人事消息更有人情味一点儿。旅鸽决定今天先从一些闲杂小事开始清理。GF-71 区内的田间喷灌头的反馈信号中断，导致中心电脑的数据缺失，无人机没看出毛病来，需要人过去查证。GJ-982 区直接丢了两个摄像头。GH-153 区的龙卷风卷着大量的风滚草，把一个风速器扯进了满是浒苔的湖里，需要人工打捞出来。这类东家长西家短的事务处理起来不费脑子，能把这个令人尴尬的 0 迅速打扮成看得过去的数字。

而她的车已经被收回到公司，这些地方又足有几十公里，只能靠渡渡开车送。

说起来……自从昨天回去睡回笼觉到现在，还没有再次见到渡渡。

旅鸽进到餐厢，发现餐桌摆着一盘早餐，渡渡已经在那里。他还是穿着那套愚蠢的运动服，光脚蜷在椅子里，上半身极力瘫在椅背，耷拉着眼皮看着舷窗远处。他的胡茬儿又长出来了，看来也不是那种修理边幅的人。可以推想，他平日里的作息就是十分脆弱的，所以现在更是被打乱得一塌糊涂。

“你昨晚差点要我命。”渡渡看到她出来，抬起手比成一把枪，用枪口指指他自己脑门。

旅鸽完全想不起来了。当时他们好像还聊了一会儿天？

“但无所谓，你当时也差点没命，挺公平。”对方的话根本不能算是安慰，“哦对了，车子天线坏了，我拿去换了花生油。”

“你拿公司资产去换了油？”

旅鸽也不想一大早挤出的第一句话是这样的。但没办法，那辆车上随便哪个指甲盖大的零件都是贵重物资。旅鸽自认为是周围人里比较特立独行的一个，顶多有时会想到和车子同归于尽。

没想到从渡渡的言谈举止看来，还是他路子更野一点儿。大概他从来不会按照上级的要求做事，喜欢自给自足。

“那我的枪呢？”旅鸽又问。

“没有卖，但我来暂时保管。”渡渡不由分说地答道，并且指了指盘子里类似蛋炒饭的东西。

显然他并不想提关于枪的事。旅鸽坐下来尝了一口，这盘东西很奇怪，放了超多不明不白的调味剂，导致里面充满芝士味但是没有半点芝士的口感，很坦然地透露出“对付女孩子多加芝士就可以”的敷衍。

渡渡看着她吃了一会儿，她左臂的奖赏回路时常蹦出提示音，不得不中途停下来，把读消息的语音转入骨传导。这人一天要工作 15 小时！渡渡这才意识到自己的眼神不算礼貌，就随意抓起那本厚若轮胎的图册假装翻看。他原本觉得能被派下来干活的员工，怎么也得是一个年轻上进的单细胞愣头青，但这个少女给他的感觉完全没那么简单。她身上有种过于沉稳的感觉（身体本身却很轻）。

他往回瞟了一眼——因为她现在穿着灰橙配色的工程服，这种感觉就更加明显了。旅鸽这件衣服上绣着一枚金属徽标，徽标上的图案呈现出土豆状，土豆上还有几个不同方向的圆孔，像是凭空长了几对眼睛。这土豆似的小行星正是 Aza- Ⅱ。

“对了，昨天袭击我的是附近的人吗？”

渡渡的思绪被旅鸽打断。“哦，他们啊。他们哪都会出现，跟他们讲不通道理的，脑子不太清醒。只能躲远一点儿。”

旅鸽只能干笑两声。当然还有另一种解法，她昨天就差点那么干。自从尝试解开那段记忆封印以来，这种想要自毁的情绪就开始加重。就在下山前，她还每天想着开车冲出方山岱城的悬崖，和那些翼装飞行客一起坠落，但现在她至少可以迅速对付完这一餐。等她拿出防晒喷雾往脸上喷完一圈，渡渡带她下了这个废旧飞行器。两个人整个早上只说了不到十句话，并且没有任何一个人提出就昨晚的事好好聊聊。

渡渡的摩托带着旅鸽疾驰。他曾经听说在旧地球上，石油是远古生物历经亿万年变成的矿产，地球就像一粒大型花生仁，随意榨一榨就能榨出油来；还有些国家因为占据油源而本来异常富有，但面对星际迁徙就变成了无比尴尬的拖油瓶。菲星的情况就简单得多了，渡渡胯下这四川崎的燃料箱写着“E45”，意思是燃料中有 45% 的玉米酒精，剩下 55% 全是生物汽油，工厂的那些发酵师们先在真菌池养基油，再从基油里提取出这些轻质燃料。现在这辆车上多坐了一个人，好像更费燃料了。

一株株高耸的大息壤菌在他们身后飞驰而过，这是人类在菲星上合成的第一种大型生物，一座座十米高的塔状子实体已经令人心惊，菌丝网络更是蔓延地下五十余米。它就是用这种不到头发丝粗细的菌丝慢慢把石块崩裂成碎石，并混着上一茬长完的植物残骸一起消化成腐殖质，为千年虫下达的下一茬种植计划提供土壤。

旅鸽开始还时不时把左胳膊伸过来，凑近渡渡的耳朵给他听导航，后来就无聊到放弃导航，开始在摩托车后座玩一个占卜游戏。在她的视野中会出现虚拟的卡片，她随手就能“抓”到。息壤菌的菌盖下面的卡片翻开是一只普通的晴天娃娃，通常代表她今天都会过得不好不坏。如果是乌鸦：运气一般，需要用努力的态度面对工作。招财猫：运气绝了，需要用乐观的态度面对工作。

但她更想要那种能派发特别任务的卡片，比如赫尔墨斯的鞋子、贝多芬的音符，能让自己达标更快一些。抓到第三个晴天娃娃的时候，行驶停止于向日葵田地的喷灌器。

她下了车，发现只是无人机的旋翼太长，没办法拍到兔子毛绕进喷灌头的转轴。

千年虫通过深空物网一刻不停地吞吐信息来控制整个菲星，数据来源就是遍布菲星的传感器。奖赏回路终端，工农业用到的机器人，近地轨道的数百枚卫星和空间站，甚至为数不多的大型百年树木也内置了芯片，所有数据统一上传，野马尘埃，生物以息相吹，一切有根有由。直觉上来讲，把一团纷杂的数据排成同心圆，依照人居密度向外扩散，那么越在中心的数据总是最有用的，远离中心的边缘地带貌似可以忽略不计。实际上，人类的活动范围大约也只有该球的四分之一，也是计算机吞吐数据的极限。但是根据长尾理论，那些看似粗糙、边缘化、解读性不高的外围数据同样至关重要。

旅鸽的任务就是跑到离中心电脑最远的地方排查这些数据。她花了十五分钟就修好了两个喷灌头，顺带检查了周围的十几个，提交信息，上传数据。

接下来是公路上的两个摄像头，从旁边的子弹痕迹可以看出是有人蓄意破坏，至于是谁破坏的，就不是她操心的范围了，直接从箱子里拿了新的，爬到电线杆上去替换。

旅鸽早就有预感，这些低科技错误最终要用低科技手段来解决，但能给自己刷满积分又何乐而不为呢？

渡渡则在旁边丘陵顶上坐着摩托，边打电话边四下乱看，好像在联系什么人。过了一会儿又走来电线杆下，抬头问道：

“角马群快到了。你要不要看看？”

“我还是先把进度提到 1% 再说吧。”她到这儿来又不是为了看风景的。旅鸽继续修了没一会儿，就觉得大地在震颤，扳手一个不稳就从高处掉了下去。

蹄声鼎沸。渡渡在下面大喊：“还是等它们过去再修吧！”

空气中传来电缆振动划破空气的嗡嗡声，好像老旧的琴弦。

旅鸽站得高，所以远远就看到沙尘之中，有几千只角马朝这个方向飞驰而来。公司每年都会向菲星生物圈里投放一些物种，其中大型食草动物类的代表就是这些角马，经过基因层面的行为学改造，这些角马会无视旱季和雨季的区别，一直迁徙，从大陆南侧跑到北侧，然后再一溜烟跑回南边，铁蹄踩踏之下，菲星土壤加速成型。

为了安全起见，每一只角马的运动状态都处于监控之下，政府和公司近百年之内都不会启动大型猛兽的投放，角马的往返跑从来没有天敌，就像一支永不停歇的急行军，直到它们暂时停在湖边大嚼浒苔、疯狂大小便，监视位点才停下来。假如有哪只角马中途受伤掉队——

“嗖！”

旅鸽似乎看见渡渡抬手举起一台奇怪设备，一只角马应声倒地。一辆吉普车驶来，车还没停稳，就有一个迷彩服胖子从车上蹦了下来，手上端着一把长柄猎枪，跑到倒地的角马旁边蹲了下来。角马没有任何恢复生命迹象的意思。

是偷猎者。旅鸽心里一毛，角马这种东西属于公司资产，每一只的造价都昂贵到可以惊动武装人事经理。这只角马万一死了，那么很可能这件事就会被推送到旅鸽的待办事项里。如果是正常死亡倒还好说，现在一和偷猎挂钩，就会成为一个大麻烦。

旅鸽看到渡渡跑到事发现场。他不会有什么麻烦吧？她赶紧把腰间的软性爬梯松开，想从电线杆上降落下来。没降几米，却看到迷彩服往渡渡手里塞了一台照相机。这个渡渡是怎么回事？他已经开始给迷彩傻大个和角马拍合影了。

原来他们是一伙的。等旅鸽跑到角马尸体旁边，渡渡已经把照相机还回去了，傻大个儿现在正在充满怜惜地抚摸角马的雄健身躯。

“原来你还有这种生意？”旅鸽出现在渡渡身前。

“混口饭吃嘛。”

“也太明目张胆了吧？”旅鸽瞥瞥那傻大个儿的枪。她手里只有刚捡起来的扳手，可犯不着跟他们作对。

“别看了，那是样子货，”渡渡把手里那台设备拿了出来，“是用这个干的。”

那是一架简易的小手弩。少来，这玩意儿能射死角马？旅鸽心想，这位老兄不会认为她真的只是粗通枪械吧？她只能念叨一句：“我的百分数会因为这个波动的。”

“说起来这件事还真需要你帮忙。”渡渡突然堆出一脸笑意。接着傻大个儿回到吉普车，有两个城区装扮的人拿着扫描仪跑来，蹲在地上对着角马脑袋扫了几下，换几个角度又扫了几下。等他们干完了，就朝渡渡殷勤地做了个“OK”的手势。渡渡提醒道：“在哪儿下单就在哪儿付费。”

“明白，全球工单系统嘛。希望下次再合作。”接着两人也回到车上，朝着与角马迁徙相反的方向一溜驶开，角马的尸体却留在原地。旅鸽看得瞠目结舌，这算什么玩法？

“有合影和建模就足够了。”渡渡蹲下身往角马嘴里塞了个奇怪的药丸，“回头合影和头部模型打印出来挂在家里，角马麻醉失效继续往北跑，win-win。”

“麻醉？”旅鸽分明看到角马的蹄子抽搐了几下，接着睁开眼睛。她瞬间明白了，深空公司的生态技术被改造成了游乐手段。

“所以你要我帮忙的就是把嘴闭上？”

“太聪明了，我觉得这个请求十分符合你的个性，退一步海阔天空。”

伴随着渡渡的讨好，角马站起身来甩甩头，又抬起鼻子嗅嗅大部队的踪迹。渡渡伸手指了一个方向，那只角马就迅速朝着那边飞奔过去了。这角马的行为有哪里怪怪的，但旅鸽一时间说不上来。她本来很想说“就算是麻醉剂也有损害”，但立刻就想起深空公司甚至在表观遗传层面定制了角马群的迁徙模式，这种损害也未必就轻到哪里去。

而且说起深空的改造……旅鸽又想起这一年的整段谜之空白。

“渡渡先生，”她严肃地问道，“您是不是真的很缺钱？”

“不好意思，这么快就被看出来了。最近我们全球工单系统是有点入不敷出，所以什么都干。”

旅鸽从来没听过这个商业组织。“给我做向导不是有报酬吗？”

“那哪儿够啊。”

“为什么不试试去……”

“山上不太欢迎我。”渡渡生生打断旅鸽，“也没有飞船住。”

旅鸽没再说话。她又工作了一下午，数据艰难地刷到了1.5%。一旦进入工作，消除待办任务红点的过程就让她暂时离开行尸走肉的感觉，以至于黄昏时刻当渡渡极力推荐附近的一家夜市的时候，她的胃肠甚至开始蠕动起来。

* * *

那是一个巨大的野外吃饭场地，以一辆大篷车为中心围起百十张桌椅，早已经有各色人等占好了座位。大篷车旁边树立霓虹灯牌——“永春饭店”，走近看时，这些人有的在努力辨识着手写菜单，有的摆着一副常客的样子闭目养神，只待发号施令直接点单。

“这是露天中餐馆？”旅鸽发问。

“叫作‘大排档’。但是，是周围最好的大排档。”

渡渡张望四周，指了指旁边一个排水盖。野外的排水盖数量以城区为中心，向外逐渐变少。所以，有时候这么一个黑洞洞的排水盖凭空出现在野外还蛮吓人的。旅鸽双手插兜，看了一下铸铁盖子上面的“污”字，想象下面是一个多么大的世界，全都是盾构机挖出来的。

两人滑稽地守着这个井盖，旅鸽怀疑地瞟瞟渡渡。她开始疑心渡渡要从井盖里取出食物来给她吃。

接着从大篷车后面伸出一根一抱粗的大软管。四周的人耸动起来：“来了来了。”一个白色莫西干头从车后冒出来，就是他在抱着管口。莫西干头稍微蓄蓄力，管子就被拉长到井盖附近，就像正在把一条大蟒从动物园里拽出来。接着是另一个莫西干头，又一个红毛爆炸头，有老有小，有男有女，有些还文了身。

“他们六口人是一家子。”渡渡在旁边解说。

行吧，不是那批什么光头党就好。为首的莫西干眼神犀利，表情不太高兴，他上前把污水盖一掀，把排水管头丢进污水口。一个大嫂紧急跑到灶台边开了风箱，大蟒就像吃饱了似的蠕动起来。剩下的人也松开大蟒，往棚子里架上电视机，把红案白案菜墩炒锅一字排开。再看渡渡，早已和那帮人挤在一起，向第一个上来的莫西干头喊着什么东西。

“大盘三季鸡！”“水煮白菜。”“我要老样子。”“今天有饺子吗？”

他们点菜用的语言各异，也不知道白色莫西干头往心里去了没。他始终面无表情，但食客们都满意地坐回了桌子耐心等待。灶台那边，不苟言笑的厨师们飞速运臂，锅中不时有大火冲天。白面团在桌案上不断变换形状，连最小的孩子也在认真地往竹签上穿着肉块，但六口之家始终表情严肃。

热量迅速从厨房那边传来了，旅鸽觉得她僵硬了一天的身躯正在微微陶醉。

渡渡也回到座位的时候，旅鸽禁不住问出了她思考已久的问题：

“是不是所有有精力开夜市的人都是朋克？”

“这样做出来的菜才好吃吧。”渡渡回答完毕，又自顾自念叨，“避风塘鲺快点上吧……”

“避风……塘鲺？”旅鸽平常不太吃这些东西。

“其实这个是简称。它的全名应该是‘避风塘塘鲺’，也就是用避风塘的做法做出来的塘鲺。”渡渡头头是道，“你把蒜末炸成金黄色，裹在塘鲺这种鱼身上……”

他这么一说，旅鸽就想起来了。塘鲺在菲星的水产养殖产业中是一种非常廉价的鱼。渔农拿液氧直接加压通入水里，把养殖的密度提升到最高，就像方山岱城地铁一号线的早高峰那么挤。塘鲺之所以能成为称霸菲星的鱼，也正是因为它极端适应这种环境。经过基因改造后，这些鱼吃玉米就能长大，是一条条产肉机器。

塘鲺和其他几道菜很快就端了上来。出乎旅鸽意料的是，这种廉价鱼被他们做得非常美味。外皮沾满炸好的金蒜，肉质却清甜可口。旅鸽又吃了几筷子，脱口而出：

“这主厨以前是监狱食堂的？”

渡渡一口豆芽菜差点没喷出来。“这你都吃得出来？”

旅鸽拿筷子指指头顶：“不是，他们把电视挂得过高了。”一般来讲，餐馆会把一个立体的歌星投影在客人身边，但现在那个电视高高在上地播放着演唱会现场。

“观察得很到位，不过这是山下。”渡渡拿起啤酒杯朝她举了举，“闲事莫管，饭吃三碗。”

旅鸽扬扬眉，觉得这句话简直是今天的写照。他们碰杯，饮罢，刚刚还劝人不要多管闲事的渡渡，突然发问：“对了，你为什么要吃那些药？”

旅鸽想了想应该怎么描述这件事。

“为了做梦。我最近忘记了很多事情。我想试试能不能重新做梦，在潜意识里把它们唤醒。”

渡渡沉默良久：“人不会不做梦。我昨天还梦见我又从我家二楼摔下来。”

“……又？”

“不重要。我是说，你有没有去看过治睡眠障碍的医生？”

“重点不是梦啊。”旅鸽说，“我有一段时间发生的事情记不起来了。”

渡渡想起那些资料上的空白。“我猜猜。你是说，你怀疑有人做了手脚？”

“没错。离身化脑信号收容术。”

旅鸽不知道自己何德何能会接受这种手术。需要用到它的人屈指可数，一般是为了治疗过于严重的 PTSD，比如在地区冲突中不幸患上战后恐惧症的士兵。而且任何一个被收容者本人都不会有机会得知自己被做了这件手术：为了避免收容失效，重新唤回痛苦，连抹去记忆这段记忆本身都会被抹除。

“你不知道何时何地，为什么封锁你的记忆，但你确定有人封锁了你的记忆？”

“我做过调查。”旅鸽点点头，“这一年我都在问熟悉的人，不光没得到任何信息，还忘了所有调查结果，也记不起把文字结论丢在了哪儿。”

也就是说，只要她想触及“那段经历”的记忆片段，这些片段就会像鱼一样溜走，不在大脑内留下任何痕迹。看来她对这个判断非常笃定。店员推车走过，渡渡顺手截停，端了一碗阳春面。

“你想记起那些东西干吗？我听说，把痛苦的记忆锁住是一种合理的医疗手段。”

"你有过吗？痛苦的回忆。"旅鸽问。

"有。"

"如果记忆丢了一块，你会觉得那是完整的自己吗？"

"还好吧。我没有那么在乎。"渡渡看向远方。

"还是在乎点儿的好！"一个声音接下话茬。旅鸽看向说话的年轻人，他双腿支着台摩托，后座上一个年纪相仿的人从莫西干头手里接过几个快餐盒。渡渡的这些朋友真的很喜欢骑摩托。

"介绍一下，这是家豪和阿四，阿虹婶的小弟。这是旅鸽，不是谁的小弟。"渡渡说，接着转头问来人，"你们又帮阿虹婶取外卖啊？"

"干炒牛河嘛。你有空和女孩吃饭，找简医生倒是也抓点紧啊，我们整个全球工单系统可都指望着她呢。"开车的家豪说。他显然是针对渡渡关于痛苦回忆的表态不依不饶。

"早说让你们自己找她，我就算找到又能怎么样？"

"所以说你还是在乎……"家豪摇摇头，一溜烟骑走了。

渡渡看着他们远去。"阿虹婶是鱼露帮的带头大姐，从上次星球大版本更新开始，他们就再也不用争地盘了，索性都加入我的全球工单系统了。哎，你刚才说到哪儿来着？你很在意那些东西。"

"是我的私事，总之我乐意到山下来是有原因的，只要你的行为不太过分，我就可以当什么都没看见。但是真的别太过分。我只有一周的时间。"

"明白了，那你多吃点。下来攒积分……是你们人事部想出这个鬼点子的？"

"实际上是这个。"她把奖赏回路打开，划到一个"生活也是工作修行"界面。旅鸽光是滑动那些选项也让自己直皱眉头。看看它们都是什么吧，那些可以绑定人生的子程序。就算你忘了自己是谁，也可以依赖这些东西在深空活下来。答案之书——旅鸽下定决心从公园来到丛林，少不了它的辅助。占卜游戏——为前者煽风点火的帮凶。心理测试——据旅鸽亲测，如果你吃了神经类药物，最终你做出的人格类型其实是药物的类型。

渡渡明白了。千年虫可以解答每个人的每个人生困惑，给出解决方案，有求必应。它是这个时代的千手千眼观音。

“最后一项不用看了。”旅鸽收起终端，没有给渡渡看到“团建游戏”这一项。

“你的进度是多少来着？”他问道。

“我明天想干到 8%。”旅鸽巧妙地避开了这个质询。

“一周。”渡渡叹口气，“我来帮你吧，看看明天能不能直接冲击到 20%。”

“那再好不过了。我这里刚好有个有趣的，肯定合你胃口。”

* * *

全球工单系统的界面上，一个叫作“搭乘员”的 ID 从绿色变为灰色。他下线之后，继续用丝帛对折，用它一道一道地缠着自己的日本刀柄。渡渡搞来的木材的确不错，他从心底大加赞赏。这是一件需要耐心的工作，每一个动作都要做到足够精准，不然就会影响到这把刀具的手感。

好在庭院寂静，月光皎洁，伴着促织的声音，很适合进行这项工作。在缠到一半的时候，一阵急促的铃声响起。促织的模拟音效消失了，搭乘员不悦地呼了一口气。

“我的兄弟。”对方的嗓音显然是经过变声的。听到这个声音，搭乘员的不悦消失了。

“兄弟，”他也虔诚地称呼着，“我的祈祷起到了效果？”

“是的，兄弟会重新确认了你的侍奉事项。”

“我很荣幸，我离神又近了一些。”搭乘员的声音变得有些激动了。

“你的侍奉事项是很重要的。神在一年前留下的遗言，你还记得吧？我破解了它。那是一种药物的配方。药物已经在生长了，但它现在需要一些监督。具体去哪里，怎么做，将由我接着和你沟通。”

搭乘员看着静悄悄的庭院，咂摸着对方的话。“真是令人激动的成果，想想那件事也有一年过去了。我愿意进行任何形式的侍奉。”

“你很有诚心，兄弟。重新行动起来吧，菲星的大版本更新就要到了，我们时间紧迫。”

“明白。我会让它成为最好的节日。”搭乘员合上刀鞘。

第三章　搭乘员｜Samurai Materialize

“谁啊？这么早就找我！”

渡渡的怒吼充满了起床气，吓了正在刷牙的旅鸽一跳。说实在的，都已经过了两天的相处时间，旅鸽还没能摸清他的作息规律。渡渡的作息显然不能用简单的“昼伏夜出”来概括，前天晚上他还满世界乱窜，昨天吃完夜宵回来却又来个倒头便睡。

但这会儿，渡渡已经转怒为喜，迎着朝阳走向客厅，准备迎接夏季长达 20 个小时的白昼。能让他这么高兴的只能有一个理由——

“看，他们打钱很快。”他对刚刷完牙的旅鸽炫耀。他的手机没有深度影像，是一部老古董。

“那倒是把枪还给我怎么样？”

渡渡顿了一下。老实讲他是有点犹豫的，谁知道这次自己的半个脑子会不会溅在墙上？但因为收到了钱，心情不错，所以他还是找出枪还给旅鸽。她检查了一下，仍然是可怜的一颗子弹，一次打偏就弹尽粮绝。

渡渡显然也想到了这一点。他在旁边看了一会儿，问：“你枪法怎么样？”

“可以说是神枪手。”

渡渡满心不信，但她玩枪的动作看起来又挺熟练。这两天她没有被围堵那会儿显得落魄了，生命仿佛重新回到了她的脸上。并且只要情绪不是被压到低谷，她也是可以有点不要脸的。两种要素结合在一起，逐渐塑造成眼前这个聊聊乐退出之后的旅鸽。想到要和这样的人处一个星期，渡渡就开始有点发愁为什么接下这个任务。

“就算只有一发子弹，你也能顺利撂倒一个人？”

旅鸽抚摸着她的爱枪点点头。

最好你是在吹牛，渡渡想。为什么自己在部队的时候没好好练练枪呢？是因为过于信赖那些射击机器人吗？接着他又问：“那这个装饰画有什么讲究？”

“什么画？”

“就这个。”

那个爪子涂装明明很显眼，但旅鸽还是反应了半天。她好像石化了一样，盯着枪身出神。

“哦，这个呀。”过了很久，她才这么回答，“这不就是一个普通装饰？”

一个人不会连她的与众不同的印记都不记得，渡渡暗想，除非这也是被封存的一部分记忆。把枪还给她真的不太安全，所以他盯着旅鸽把保险关上，把枪收起来，才允许她坐到摩托后面。

摩托启动，旅鸽开始讲解她要去的地方，这时渡渡才知道她昨天所说的“有趣的事”原来只是一件屁大的事。

原来山上的一些餐厅最近发现，深空旗下的农产品公司供应的有机蔬菜表面总有一些灼伤的斑点，有头发丝粗细，虽然不影响食用，但看上去就有点倒胃口，他们怕顾客投诉，于是找到了深空公司的售后。

菜源是可追溯的，售后发现这些痕迹从进城前就存在了。但是他们鉴定不出问题出自哪个环节。因为这些都是由山下的AI质检、机器人装箱，再用气动管道推到山上的，那帮衣着光鲜的售后觉得这片菜地已经超出了他们远行的承受范围，就把锅甩给了边缘部，最终旅鸽接到了这口锅，所以一个小时之后他们将要到达著名的南风镇。

渡渡帮旅鸽设计了一个不错的路线，因此旅鸽在到达南风镇之前，就沿路清理掉了不少任务，带着15%的光荣数字来到了这个压轴之地。远远能看到那架巨大的风车和帆叶上巨型的恐怖獾，再开一会儿就到了镇子里。

在镇子里走了一会儿，旅鸽觉得这里气氛也太过凋敝了，别说找不到那个收菜的人，半个居民也没碰到。据奖赏回路里的介绍，南风镇的居民大部分在附近的工业发生器和农田工作，所以可能是晚上才会回来。

“可别听那上面瞎扯，”渡渡反对道，“这里本来是一个杂居小城，从我小时候就在了，那时候人没有这么少。也许是光头党干的。”

从前面的一道墙角处传来机械的转动声。他们循声走去，发出声音的是一个废弃的厂房，走进去四下无人，但墙角里有一个废弃的龙门吊，一条长长的传送带正在把一棵棵甘蓝运到龙门吊下面。吊杆上随意地绑着一台激光发射器，连了一台电脑，此外无人看管。

渡渡看了一会那个激光发射器，大叫道：

“这不是我卖过来的东西么！”

只见发射器像发型师一样，对准甘蓝左烧烧，右烧烧，然后下一个甘蓝就被传过来。

旅鸽走上前查看那些烧灼的痕迹，很快就明白了。出于对地球生态圈的模拟，菲星也有数量极为庞大的昆虫，以便于给被子植物授粉；但它们不能白干活，所以有时候会啃蔬菜。山上的消费者觉得有虫洞的蔬菜是好的，所以深空下属收菜的部门造了一种内置机器视觉的设备，能扫描蔬菜上有没有孔洞。这人偷了算法，再加上激光发射器，就能在菜叶上烧出算法喜欢的洞来，骗过扫描仪，高价卖出去。其实，这些菜都是在气雾工厂里种出来的通货。

她把自己的猜测说了一遍。渡渡评价道："你分析这个可比回忆涂鸦快多了。"

"什么涂鸦？"旅鸽听完一脸困惑，"对了，卖他东西的时候没有打听他是拿来干这个的？"

"我干活可是有信誉的，不该问的我不会问。"

"那您一定记得他是谁吧？应该有交易记录什么的？"

"你是说我那本锁在全基因组测序装甲保险柜里，用我的血打开柜子才能看到的账本吧？"渡渡没好气地说。

"不管什么都可以，其实只要给个名字，让他们处理就好。"

"这人叫海弗里克。"渡渡说，"别告诉他们是我给你的资料啊。不然我在这的信誉就破产了。"

"没想到这么快就解决了。谢谢！"旅鸽一边得了便宜卖乖，一边赶紧上报了这个名字。

"那可以离开这鬼地方进行下一项了。"渡渡说。

不知为什么，旅鸽感觉渡渡的节奏比以往快了很多，甚至可以说是有点着急了。看他交出人名时候那种配合的程度，就差把丢车保帅写在脸上了。

旅鸽不动声色地问道："您对这儿熟吗？"

"不熟。"

"不太凑巧啊，我想找个人带我转转。"

"白天没人来，这地方最多的就是光头党。"

无视渡渡的逃避态度，旅鸽指向远方："来人了。"

来者是一个小孩。小孩看不太出性别。深空物网最新的算法说人类在男女之外至少能分出七个亚性别表型，尤其是小时候更加模糊。渡渡小声表示他觉得这小孩属于偏男性谱段的，旅鸽则相反。两人还没争论起来，孩子已经在向他们打招呼了：

"物流叔叔！"

"……叫哥哥就可以。"见孩子临近，渡渡毫无必要地蹲下来。"我认识你吗？"

"你买走过我家一个发电机，钱到现在还没给全。"

渡渡抬头看了旅鸽一眼，后者嘴角牵出一丝意味悠长的笑，渡渡终于想起来了，上次来的时候居民还不少，交易的东西又多，可能在人群中就把这个不起眼的孩子忽略了。不过这孩子倒是没着急要钱，果然小朋友的世界是最纯净的。

旅鸽也蹲了下来："小朋友，这个卖菜的人家在哪里？"

"他没有家，他有时候睡在仓库的行军床上，有时候床上全是南瓜。"小朋友回答，"不过我可以带你们去他经常出现的地方。"

结果整一路上，他都在絮絮叨叨地说自己家里的情况，爸妈如何每周才回来一次，一架破旧的社区机器人又是如何全面接管了他们的日常生活。

"我不喜欢那个机器人！它懂得还没我多。"

"看孩子的机器人嘛，都是做成弱智的样子的。"渡渡也只能拿他当个小大人来搭茬，"一直让 AI 决定你的人生会变得像这位姐姐一样哦。"

"那还真是不一定，有的机器人看起孩子来比家长高明多了。"旅鸽突然道。

渡渡敏锐地意识到自己说错了话，没准她也是那种机器人带出来的孩子。小朋友停下脚步，给他们解了围：

“还有个朋友每天来看我，这就快到了。”

渡渡听听四周，好像没有什么引擎的声音。

“我朋友会坐飞机过来。”

两个大人对视一眼。渡渡可没听说过这地方有空降乘员的传统。接着，这小朋友又喊道：“啊！来了！”

果然一架飞机从天空飞过，那还是一架喷气机，是几百年来一直沿用的老技术，力求稳妥。

小朋友一跃而起，冲着飞行器飞过的方向呼呼奔跑。

渡渡和旅鸽急了：“这带的什么路啊！”

喷气机飞得当然比他跑得快，过了一会儿就变成一个银色的小点了。

“这飞机就是你的朋友？”旅鸽望着天空问。

“他见到你就跑那么快，算什么真朋友。”渡渡也打趣道。

“不是的！我的朋友还在。”小朋友努力指向头顶。

旅鸽和渡渡对视一眼，心里大概清楚了。飞机匆匆飞走，尾迹却留在空中。这小孩着迷地看着。渡渡熟悉这块地方，和山上不太相似，如果一户人家选择不让孩子接受教育，就给他一部渡渡手里那样的手机让他玩一天，显然这个孩子的家庭情况做不到这一点。尾迹在空中变换形状，每秒都比原来淡一些，但基本的结构会持续一段时间。

“有一天，会有一个真正的人从那个云里跳下来。”小孩笃定地告诉旅鸽，仿佛只有她能理解自己在说什么，而旅鸽也确实赞许地点了点头。

“你不吃药的情况下只能跟小朋友交流啊。”渡渡在旁边说。

旅鸽不置可否，她这两天的确没有再吃聊聊乐，但这是因为没有遇到令她社恐的陌生环境，再过一会儿可就不好说了。

“哦对了，我说的地方就是这里。”小朋友指了指不远处。仔细看看就能看出那是一个地洞。

“这是什么？”渡渡先问道。

“不知道，”小朋友摇摇头，“里面太黑了，等我长大了才敢钻进去。”

这里应该是一个秘密入口，底下的空间怕是更大。旅鸽猜想这应该是海弗里克囤菜的地方。往下摸下去，没有灯也没有开关，奖赏回路自带的手电筒应该撑不了多久。总觉得有朽烂的气味从深处传来，但并不算太难受。

“要么是菜烂在里面了，要么里面是一个大蚂蚁窝。”渡渡捏着鼻子在旁边说。

接着往前走，远处隐隐有蓝色荧光闪现。旅鸽终于找到一个开关——或者说只是一个铡刀式的简陋电闸，接通之后，整个空间亮了起来：那是一排排实验台，上面全是培养基，种着的东西是蘑菇，桌子下面则是电缆。这个地下空间完全没有人看管，也没装监控，而且旅鸽确信这个蘑菇养殖场也根本不在深空物网管辖下，但这都不重要，因为眼下最奇怪的是蘑菇上那些蓝色发光的斑点。

“这蘑菇长得有点超出我的理解了。不过没关系，我还有场外援助。”渡渡在手机上点来点去，也许就是他们口中的全球工单系统，看起来他要在这种老古董上办点什么事，还需要自己发公开信息。相比深空物网终端全面、自动的服务来讲，实在是落后得可怜。

“我也有我的场外援助。”旅鸽提醒道。

“我的一刻钟内就能到。”渡渡狡猾地笑笑，“等等，放长线钓大鱼嘛。”

他在黑暗中联系好人，就往回走。旅鸽跟在后面，到了地面上之后日光终于亮了起来。小孩早就不见了。渡渡自顾自往车那边走，旅鸽跟在后面，鼓起勇气问：“你好像不太开心是吗？”

渡渡没有表现得不开心。他只是边走边指着四周绵延的土路：“你看，像南风镇这样的小地方，在这座星球上本来有很多。人一多，土地会被拆得很碎。所以，如果我是千年虫，首先得把这些农业工人叠起来。”

“叠起来？”

“就是盖一些高楼，然后把镇子里的人赶到楼里去，或者修地下城，这样农田就又多起来了。对——我知道你想说，边缘之外还有那么多空地，远远没有饱和，全都可以转换成土壤，但是最方便的还是把人叠起来。这样呢，他们离自己的土地就越来越远了。”

“你是说深空内部有人在干预千年虫的判断，控制资源分配。”

“对。不只是我们在钻物网的空子，决策者也在这么干。现在附近的机器人有点不够用，上一代机器人也还没造出下一代机器人，所以人力还是值钱的，但是等到下一次版本更新，就不好说了。”渡渡说，“所以我估计这里的人不会太欢迎你。你的奖赏回路采集的数据很可能改变他们的命运。”

旅鸽沉默了。当然，这也不能怪在一两件事上面，但她的这些任务总会给千年虫的决策增加一些权重，就像稻草一根根落在骆驼背上一样。不过上面的人为了吃点菜竟然会把权重定得这么高——数值已经跃升到21%，渡渡昨天的承诺还真的达成了。

“不过也可能是我多想，没准是光头党作乱搞的呢，”可能觉得气氛过于严肃，渡渡转移了话题，“一会儿要来的朋友，我们叫他‘大群’，到时候你可千万别怕。”

“怎么会怕？”旅鸽很奇怪。

* * *

而当大群扛着测序仪从他的车上下来的时候，旅鸽还是给结结实实地吓到了。大群长着一个奇怪的脑袋，那张脸不太像人类，倒和猪更相像。他的四肢粗壮结实，手指异常地蜷曲着，一下车就笑着和渡渡寒暄，虽然那种笑容看上去还不如不笑。等他和旅鸽打了个友善的招呼，她才反应过来。

“怎么不跟我提前说一下……”趁着大群去捡蘑菇，旅鸽向渡渡埋怨道。

“我不是说了吗？让你不要害怕。大群人很好的。这是我认识的那个黑诊所治好的，弄成这样已经很不错了。”渡渡只是这样回答。

大群捡完蘑菇，称了重，标了编号，就算是采样完毕了。他又一次来和旅鸽打招呼，准备坐下休息一会儿。在此之前，没人发现她偷偷吃了半片聊聊乐。

“这些货还挺不错的。”他说。他的嗓音出奇地好。但由于体格和任何灵长类都不太相似，他每工作一会儿都要用一种奇怪的坐姿休息。“这些蘑菇有些长出荧光指示，有些没有，这是一种标记。我敢说这里面有点不合法的东西。”

“是迷幻剂？”旅鸽尽量不去注意他外翻的鼻子和大耳朵。

“没错，海弗里克可能在用蘑菇地帮人生产不正经的东西。运气好的话会有悬赏。”大群憧憬地说完，然后指指自己的耳朵，“别在意，还有一些疗程和钱才能治好。”

“我能问问这是谁干的吗？这种伤。”

大群有些惊异。“我确实是被人暗算了。知道这家公司吗？”

他拿出一个破旧的工牌。

“‘生机畜业’？经营调谐同期畜牧业的那家公司？”旅鸽看看那工牌上的照片，那是一张略显英俊和富态的脸。她有点不忍心假设那就是大群本来的脸。

“以前在我名下。”大群点点头，“出事那天我就是拿这工牌刷进养殖场，经过喷淋室消毒，然后进猪舍。那里面有两万头猪，每头猪被关在限位栏里，当时我想要挑一只猪给媒体做报道。不过其实没什么好挑的，你知道，调谐同期嘛。”

旅鸽有所耳闻。调谐同期是一种标准化养殖技术，猪有高矮胖瘦之分，这种猪舍一直会有机械臂挪过来，抓住小猪往它们脑子里发射电信号，让大脑调控它们的身体，这样每头猪进入屠宰包装线的时候体形才差不多。大群继续说：

“但那天是我刚参加完宴会，人太多了，猪舍里除了猪就只有机械臂，我觉得那里才安静。我走在二楼，不知道被什么人推了一下，掉到猪群里摔晕了。三米多高，醒过来的时候我就被机械臂钳住了。”

旅鸽已经猜到接下来发生了什么。

“好疼啊！我叫不动人，脑子好像有钻头在里面硬挤。那几条机械臂觉得我不是一头标准的猪，所以对我重点照顾，每一天我被电刺激叫醒，修修这里改改这里，慢慢把我改成它们想要的样子。那帮人一定觉得我死定了，但我和那家伙硬扛了一个月，吃饲料，睡不锈钢地板，还是撑下来了。”

大群一口气说完，指了指远处的渡渡：“出来以后公司已经不是我的了，是这哥们儿把我救活的。他的祖辈是‘枯叶幽灵’。”

“枯叶幽灵？”

“嗯，第一批下定决心离开深空物网的人。一开始他们找不到能开垦的土地，只用大息壤菌支起新鲜的蕉叶做房子，蕉叶变枯了就离开。”

旅鸽若有所思。也许这就是渡渡对土地敏感的原因，也许他生怕自己的队伍也会和南风镇一样遭到驱逐。

“说起来，你是不是想加入工单系统来着？”大概看旅鸽也有点毛病，大群问道。

“我连你们那个系统是什么都不知道。”

“那是你的幸运。全球工单系统这个东西就是我们这帮老弱病残一手做出来的，我们其实是一个基因编辑错误受害者的互助组织。”

这么说来，渡渡应该也是基因编辑出了问题的人。正说着，渡渡过来了：“光头党又来了，我们离开这吧。他们好像最近拿这儿当据点了。”

“光头党到底是怎么回事？我看他们行动很奇怪……”

“脑袋里多了点东西。”大群插话道，“会分泌粥样蛋白，压迫大脑。”

“正常的β淀粉样蛋白是四十个氨基酸组成的，变异后可能会是四十二个、四十三个氨基酸，已经很难溶解了，然后就会得阿兹海默之类的神经病变。”渡渡说着举起五根手指，“他们脑袋里的更厉害，有五十个。”

“你懂得这么清楚？”旅鸽以为渡渡这人不太在意科学。

“他……”大群刚开口，看了渡渡一眼又闭上嘴。

“久病成良医。”渡渡说。

“好了，测序结果出来了。”大群拿起测序仪，“怪了，有荧光的蘑菇的确是转了一组代码进去，但产物组检测不出任何一类迷幻剂。”

“就是说我们现在还没办法举报他们，除非抓个正着。”渡渡挠着头说。

“布鲁托说你的账面很难看，但现在就差这一笔了。她能知道这个吗？”

“就当我没听见。”旅鸽迅速回答。

“你们两个谜语人的关系也太岌岌可危了。”

“我们只是萍水相逢一个星期。”渡渡说。

“知道了。这条鱼线还不够长，我继续查一下这段异常代码。”大群收起测序仪，离开了。

* * *

旅鸽也在等这条“大鱼”露出破绽。接下来的几天，她除了清理常规任务外，每天都在联系丰年虾查询南风镇有没有异常的耗电，结果是没有。本以为那是物网的一个大窟窿，可以增加她的任务权重，让那些红色数字上升得更快一点儿，没想到千年虫根本不在意这种事。

更尴尬的是，在等待过程中，她的任务做得还不错，得益于渡渡的规划，数字快速攀升了。她的车自动驾驶回来了，现在渡渡可以坐在副驾驶座，不需要挤在狭窄的摩托上，更加提高了工作效率，只不过他有时候会在副驾上狂睡。奇怪的是，天线和引擎并不能解释那次偏航是怎么发生的，但具体的原因也没有时间追究了。

就这样突击到了第七天晚上，她坐在“永春饭店”的打边炉旁边，看着奖赏回路上鲜红的“100%”，心情非常放松。只要熬过今晚不出岔子，San-8 检测流程就可以自动触发。她可以回公司了！为此她已经提前两天断掉任何神经药物，以便于通过尿检。

渡渡吃了几口就拿出那本厚重的图册，去到别的桌子找人说话了。旅鸽也离席跟过去，凑在渡渡身后看。他似乎和这里的每个人都熟悉的样子，举着那本册子，向一个吃饺子的老人展示了其中几幅照片，老人若有所思，接着点点头。

“我跟他们说了最近要收什么货物。”渡渡转回身，仿佛一早就知道旅鸽在身后，“山下很多人没有可以及时通信的终端，所以也只能这么干了。很多都是我的老主顾……”

“啊，渡渡先生。”一个端着清酒杯的正装人士出现在两人桌边。他西装革履的样子出现在大排档并不违和，就像是肚子饿了恰好路过这里一样，头发很长，但盘成一个颇具男性魅力的发髻，与淡淡的络腮胡子相得益彰。“啊……您是哪位来着？”渡渡挠挠头，原来渡渡也不认识他。

那个人鞠了一个标准的90度的躬，非常有礼貌地说道：“我是‘搭乘员’啊。”

“哦哦！”渡渡一副恍然大悟的样子，“怎么样？那东西还合用吧？”

“非常棒。真是太感谢了，没想到能在您这里得到解决。”那个自称搭乘员的人笑得很开心。

“上次我们约好见面，但是您说有事突然推掉了，没想到山水有相逢。”渡渡转回头解释道：“这位先生在我这里找到了适合做日本刀鞘的木头。”

旅鸽终于明白了。看来“搭乘员”多半是他的虚拟ID，这两人线上交易，线下头一次见面。

渡渡和那人在打边炉旁坐下，后者拿出一条风吕敷包裹的细长物体。“珍珠鱼皮也不太好弄啊。只能用旧的了。”他抽出刀身，渡渡立刻凑了上去。

搭乘员早有准备地笑了笑：“我家自从旧地球时期就已经是‘大云无想流’的剑道世家，在方舟内也没有停止过开馆。这把‘小乌丸’正是从地球运过来的古物啊。”

“古物”这个词有一个隐藏的画外音，那就是此刀的价钱可能抵得过一座城。他说起“世家”时的语气很骄傲，但他身上那股杰拉尤的气息是藏不住的。有些大家族或者经济实体确实会定点、批量地招收杰拉尤，甚至是从儿童期开始豢养，所以他们对家族有归属感倒也正常。

“冒犯了。物以稀为贵，我只是好奇。”渡渡示弱道。

“哪里，如果不是您找到了合适的木材，胁指拵的刀柄也无法修补完成。您知道，如果刀柄的木头过于随便的话，那么劈砍下去手感会很糟糕，简直会难受到胃里。”

搭乘员持刀摆出一个中段姿势，然后凌空劈下。旅鸽瞄瞄渡渡的眼睛，觉得他心里肯定有什么东西活络了。

“是啊，是啊。千真万确。”渡渡果然点头道。

所以一分钟后，这两个人已经坐在大排档里推杯换盏，介绍起各家的武术来。

“人类最初得到铁矿，正是夺取了行星的遗骸。”那个日本人端坐在椅子上，指指漆黑的天空，“刚刚使用火，不可能从氧化铁矿中获得钢铁的时候，所谓的‘陨铁’‘天铁’就是神明的馈赠。后世的剑豪为了得到一把好刀，求最好的刀匠打造其刃，最终也不过是对神的拙劣模仿而已。”

旅鸽在旁边听得无趣，这个年代，遍地都是机器人，漫天都是卫星，还想要用刀剑解决问题？简直是好笑。并且这个日本人口中的工作也令人生疑，谁会带着刀去工作啊。

旅鸽自己去冷柜拿了瓶啤酒，让朋克们撬开瓶盖，又拿了几串烤肉。有人争吵，有人在远处的篝火处跳舞，情侣在大声交谈。她没有看到这堆三教九流里面有一个药贩子，也没有见到一个人长得像卖子弹的。她喝了没几口，左臂就感应到了信号。

竟然是丰年虾的内线语音邀请。旅鸽躲去了稍微安静一点儿的角落。丰年虾开门见山：“记得上次你让我查渡渡的资料吗？他是改造人。”

旅鸽一惊，朝大排档方向看了一眼。渡渡好像在和搭乘员比画腕力，却是手腕外侧搭在一起。“完全看不出他哪里体现出改造了。难道是‘杰拉尤’吗？”

“不，他那个族裔买不起人造人。三年前他有段时间在深空，就是那时候做过一些轻微的改造，细节没有录入物网，所以具体在我们这儿做什么也不清楚。你快帮我问问呀！”丰年虾反客为主。

旅鸽还从没见过丰年虾。一个只在家办公的未成年同事竟然这么八卦，这是她想不到的。

“所以到底改造出什么异常性状了？”旅鸽问。

“资料显示他曾经扛过三天的睡眠剥夺实验，算吗？”

“好像不足以解释他的身手……”

“他没惹什么麻烦吧？”

“当然没有，能有什么麻烦。”旅鸽又往渡渡那里看了一眼。怎么可能没麻烦？渡渡已经被一堆光头围住了。那个日本人也在人群中间，但仍然在端着架子吃鱼。旅鸽只能声称自己要先挂断了，往嘴里又灌了两口啤酒，快步赶到大排档那边。

渡渡又在和那些光头交涉。旅鸽一眼就看见领头的仍然是那个威胁他的大汉，从这一秒开始她决定称他为“唾沫飞”。那个日本人还在饮清酒，时而笑眯眯地朝那些人点点头，好像他自己就听得懂一样。

她离现场只有几步远的时候，渡渡就又动手了。旅鸽顿时觉得自己肋骨疼，她终于记起来那天是怎么回事了。“唾沫飞”虽然很快就被打倒在地上，但他顽强地站了起来，突然掏出一把枪对准渡渡的脑袋。那家伙哪来的枪呢？“唾沫飞”丝毫没有停手的意思，旅鸽本能地掏出格洛克，比他更早地扣动扳机。几乎确定这会影响明天的检定，但眼下只能由她这个神枪手来救渡渡一命——

打偏了！

“唾沫飞”的大半条胳膊却已经离开他自己的身体，连同手枪一起落在远处。整个大排档瞬间鸦雀无声。谁？谁出手了？“唾沫飞”甚至没有惨叫，人群是自己乱的，永春饭店老板将一把大砍刀剁在砧板上：“冇埋单，唔畀走！”这是旅鸽第一次听到老板说话。接着，她才注意到搭乘员手中的刀。

刀甚至没有留下血迹。但搭乘员还是从西装里掏出一块丝巾，仔细把刀擦了一遍：“他们不会再麻烦你们了。”

渡渡看着鲜血四溅的现场苦笑：“是吗？”

剩下的光头党帮“唾沫飞”包了包，就把他拉走了。渡渡指了指地上的残肢：“喂！你胳膊还在那！”但是光头党们并没有理他。山下经常有人发生工伤，有足够多的黑诊所可以接这种断肢再植的简单活，但如果你付不起钱，那就只止血算了。很快，爆炸头小朋友缩着身子偷偷跑上前，把那只残肢拿去后厨了。

搭乘员把刀鞘夹在腋下，纳刀入鞘。由于他手里有这么一把东西在，没有任何一个人敢上前。搭乘员随即喝完了最后一杯酒，结账告辞，临走时朝渡渡和旅鸽意味深长地看了一眼：

“渡渡先生的身手不错。行星骸骨的事情，如果您有兴趣，我改日还想要拜访您。”

“萍水相逢不好吗？”渡渡板着脸道。

搭乘员微笑着摇头。一辆不错的自动汽车开过来，朝他打开车门，他后退着回到自己的车上。

车子启动了，旅鸽赶紧启动奖赏回路想要报警，被渡渡拦下：“和定位重叠，你的数字会波动的。”

“真没问题？”

“酒鬼砍疯子而已，别给警察添麻烦了，何况这些疯子还骚扰过你。”

旅鸽垂下胳膊。看起来渡渡应该有自己的法子了吧。

“祝你明天胜利，‘神枪手’。”渡渡没来由地用了“胜利”而不是“顺利”。她只在自己父亲那里听到过这个词。

埃萨埵斯档案：Ⅳ

2042 年

克什维娜有一辆小小的穿梭机，它画着繁复的几何花纹，机体四周有四个伴星不停绕动，为她抵挡飞来的流石。她骑着繁复几何花纹的小穿梭机，一路来到那颗机械埃萨埵斯之上。

她把穿梭机降落在一处平地上，信号显示了岛鸫的位置，但随即就消失了。她确定她先一步抵达了这里。

这颗小行星至少有 97% 以上的部分是金属，磁场怪异，难以探测，也无法用机器人钻探它的核心。但只要走近看，就一定会惊异于它表面那些由金属结晶形成的复杂构造。能量就在这些构造之间流动。一旦形成结构，它的价值就不再仅仅是一堆矿物质。因此，人们把它的都灵指数提升到 8 级，在所有的埃萨埵斯中排名第四，并且昵称它为“Machino”，排在“Psycho”后面。

克什维娜让一颗伴星跟着自己，脚步轻轻地在这座钢铁星球上追踪。她不知道自己是什么时候爱上这个姑娘的，但当她意识到这一点的时候已经迟了，就连岛鸫询问一句“你会不会来参加我的婚礼”都会让她心里五味杂陈。克什维娜血统来自遥远地球的一个少数族裔，她平常只能坐在穿梭机上，朝着黑暗无边的宇宙歌唱，那些用两个声部同时发声的歌谣大胆炽热，只有借助真空才能掩盖歌声里的心思。

结婚？跟谁结？深空的航天部没有那种适合她的男人。岛鸫的族裔也极为少见，它有自己的语言，却从来没有过文字，很多地球学专家曾经想用拉丁语系来还原这套语言，却都没有真正成功过。到了菲星时代，仅仅有几个故事口头流传下来。

岛鸫曾经给克什维娜讲过这样一个故事——“落洞女”。在她的族裔里，有一些女子到了青春期，会变得忧郁，她们把自己打扮得干干净净，仿佛不再在意人间的烟火，和别人也不再说话。有人说那是路过山洞的时候，被山洞的神看上了，从此她不会再喜欢人世间的男人。

克什维娜觉得，岛鸫最近就变成了这样。她经常消失不见，基地的水也因为洗澡而耗费更多，她的棉条不知怎么不再和她的丢在一起。或者说，她最近已经不再用那些东西。但她洗得再努力，身上那一股机械润滑液的味道也还是挥之不去。

好像有一个雪白的影子闪进前面的一个金属洞窟。克什维娜摸进那个洞窟，走了十几步，看到岛鸫的宇航服扔在地上。克什维娜一惊，但机体随机告诉她，这个山洞里的环境符合人体生存的标准。岛鸫不会死于窒息或者能量辐射，但这并不是她脱下宇航服的理由。

但她再往前走，岛鸫贴身的衣物就散落在地上。克什维娜开始觉得自己浑身冒汗，她向计算机发出指令，伴星走在前面，进入战备状态。

可前面已经没有路了，只有一个几十厘米的孔洞，不知道岛鸫是怎么消失在这里的，但克什维娜听到她的声音就在前面，只能派伴星穿过那个孔洞去查看。

这是克什维娜见到的关于岛鸫最后的影像。她所熟知的岛鸫现在走入那些钢铁的结构，轻抚那些坚硬的金属物质，后者变换着结构，挤压着这具雪白的躯体，使她得到极大的愉悦，她在用这样的方式和这座金属星球相拥。

克什维娜拍打着金属墙壁，大声呼救，但无济于事。星球越来越用力，直到岛鸫完全被黑铁吞没，消失在金属洪流里，就像一个婚礼——克什维娜不知道为什么这样的词汇会涌入自己的脑子里。

这是人类目击的第四颗“埃萨埵斯”。没有人知道这些怪异的行星来自哪里，一些科学家大胆猜测它们统一出产自宇宙中一片极其复杂、遥远的区域，但其中细节并不是现在的人类所能掌握的。

第四章　各自的惩罚 | Limbic System

深空大厦那标志性的顶楼长得就像一个抽象的方形大脑，其沟回由金色管道扭曲折叠而成，其中的一片沟回里，有一个状如花生的转角，那里就是整个深空集团人力系统的办公室。

现在旅鸽就站在办公室外排队，从窗口向外看去，方山岱城尽收眼底。它形状奇特，像一团枝杈四溢的大型黏菌一样包围着盾状山脉。那些比深空低矮的宏大建筑像黏菌的子实体一样散布着，旅鸽觉得它们随时会往宇宙里喷射孢子。再往远处，连绵的高原构造湖群散碎地反射着阳光，湖水可以供全市使用。在山脉和湖水的深处，那些看不见的气动物流管道里，胶质、水、废物、自我修复模块等内容物日夜奔突，使方山岱城这座菲星的心脏有效运转。人们只知道这城市算得上菲星的制高点，生活条件优渥，就业机会众多，就算失去生存能力，也还有一万种方式被它庇佑着苟活下去。

幸亏昨晚那堆事情没有闹大，她终于可以得到这个来之不易的“自我提升的机会”。不断有人进了办公室又出来。这座办公室的铭牌上写着“伏隔核”，人脑里释放多巴胺的中枢。伏隔核办公室使用的员工激励机制有一套基础理论，叫作“古猿脑”，该理论认为人类虽然已经可以乘方舟移居太空，躯体的底层机制却还停留在非洲草原。人身上其实没有哪个分子明白自己早就飞出地球了。医疗技术改变一部分现状并不难，比如，欺骗自己的细胞不必再囤积脂肪，永远保持一副健美的身躯，但在心智方面，他们永远没法把脑子那位古猿祖宗赶出去，它每天被食物、性冲动和死亡恐惧环绕，做出种种不理性的思考。

因此，伏隔核办公室把员工的工作视为一种采集和狩猎，消除待办任务的过程会让大脑获得足够的多巴胺和5-羟色胺，只为了避免员工的大脑在第二天产生抑郁。就这样，深空给出的激励是提纯过的激励，员工得到的多巴胺也是提纯过的多巴胺，通过朴素的红点消除，让人类的耐心在平和与焦灼的两极之间震荡。

旅鸽从十七岁进入深空，开始和这些红点纠缠，随后开始意识到塘鲺式教育不会给自己带来什么提升。Aza-Ⅱ的研究成果被层层打开，从它身上获得的知识让技术自动迭代，这样下一波孩子就可以炫耀着刚学到的那点新鲜玩意儿，把她的工作推翻重来。无法阻止菲星更新对自己的碾压，而只能选择被碾压时的姿势——这就是枯燥人生的最终来源。不再憧憬，不再幻想，是她进公司之后得到的最宝贵的经验。

终于轮到旅鸽。她推门而入，伏隔核办公室的对外空间并不大，只有一个拉面座大小，坐到这个拉面座上，对面就是熟悉的那位人事经理——袋狼。

作为人事经理中的“杰拉尤”，袋狼从小就笃信古猿脑理论，并且比普通员工信得更深。每一位优秀的人事经理甚至都被重塑出了二分心智：他们的脑子全都花了大成本改造，与深空物网直接相连，和那些家用电器一样。大脑和千年虫用一个输出自然语言的协议沟通，这样可以保证每时每刻都有千年虫的声音在脑中响起，每当人事经理有了困惑，他们就会用半个脑袋询问另外半个脑袋该怎么做。

比如，袋狼这会儿就在努力回忆眼前的这个员工是谁。一旦产生了这个疑问，就开始有信息通过重塑后的胼胝体传入他的大脑，如同神谕一般告诉他她是旅鸽。

“好久不见啊，走鹃。”袋狼还是一开口就把她的名字叫错了，“我们收到了你最近的体征报告，问题不大。你想提升密级？”

“是的。”

“是为什么提出来的呢？”

“我认为 San-7 等级限制了我自己的发展，使我没有办法更有效地履行我的员工任务。”

旅鸽现在只能小心翼翼地用这些鬼话应答。袋狼显然还比较满意，接着房间里的灯光转红，检定开始了。最烦人的就是这种灯光，它一会儿蓝一会儿红，在脑袋周围转来转去。有几个瞬间，旅鸽回忆起昨晚的刀光。

袋狼先是问了她一些最近的收获，角马晕倒的事情也问了，深空物网果然检测到了它的异常。旅鸽早有准备，淡定地表示那只是角马低血糖了。她觉得这个二分心智人事经理比自己还迟缓，因此可以说是胜券在握。

“你最近去了南风镇？”

“是的。”旅鸽回答。

“4.0 版本要更新了，我们要把那里拆掉。”袋狼貌似漫不经心地说。

旅鸽想到那个拿飞机尾迹当朋友的小孩，感觉自己的某根神经跳了一下。她告诉自己要镇定，他把这个告诉自己，只是为了故布疑阵，所以按顺从的方式去回答就好。

“挺不错的。”旅鸽也很自然地耸耸肩，“那边居民应该也能过上更好的生活。”

“你收集的数据对这个决策帮助很大。当然，你的行为对你能否通过 San-8 也有决定因素。”

“意思是最后一题了，对吧。”旅鸽笑道。

“没错。要公布成绩了。”

旅鸽仍然在笑着，并且希望他被深空物网接管的视觉皮层没有注意到她在捏沙发角。

“很抱歉。”袋狼的语气就像在宣判绝症，“这不是你的真实想法。检定失败。”

旅鸽觉得自己的面部管理完全溃败下来。怎么会这样？

“因为微表情暴露了很多东西，”袋狼指指旅鸽的脸，“再次抱歉。”

袋狼完全信任深空物网对旅鸽面部肌肉走向表情的分析，否则，他也不会把这对眼球借给另一半脑袋用。你就是要把一些神经信号直接交给千年虫处理，把它的一部分打造成自己的第二大脑。某些人事经理的工作教程里就是这样说的。就在刚刚他和旅鸽对话的时候，已经有无数决策通过胼胝体过去又过来，最终的结论是她试图检定的行为本身就已经说明她已经意识到记忆封存，这一点很可怕。

果然，这姑娘已经开始在皱眉头了。她的眉毛和眼睛让袋狼觉得有一种神奇的既视感，好像和她接受记忆封存手术有关，但当袋狼针对此事想要回忆更多的时候，神谕却突然消失了。那种另半个脑子失联的感觉，就好像停电一样。

可能只是胼胝体暂时断联。他清清嗓子：

“下次 San-8 check 无限期延长。其实你在下面的工作已经差不多结束了，你可以选择回来，也可以继续在下面待命。”

一般人都会选择回来的吧，袋狼想。

“我要在下面工作一段时间。”

这回换袋狼不理解了。根据他以往的工作经验，这些自然人就是比杰拉尤要麻烦得多。不过她是为什么做了记忆收容手术的，而我当时又在干什么？当袋狼这么想的时候，神谕就又消失了。袋狼不禁拍拍自己脑袋，仿佛这样就能让两部分大脑重新连接。一阵耳鸣袭来，胼胝体传来的更多是噪声。

“您没事吧？”旅鸽没好气地问。

“没事，一点儿小故障。我来跟你重新说一遍——”

袋狼职位本来是专门代替资本家做恶人的，随着这几年物网本身可以解决的事情越来越多，人事经理也变得清闲很多。但这回他需要独立地和这位犯别扭的员工沟通了：“无限期延长的意思是除非你接受物网的安排。千万别被海弗里克那类人影响，那些逃避物网的人只是不思进取罢了。”

“他们并不是在逃避深空物网。”旅鸽把身体埋进沙发。她确信这位袋狼经理已经感受不到他的上帝了。“每个人都在忽视埃萨埵斯的存在，这才叫逃避。”

“薪资不会发生任何变化，你可要想好了，渡鸦。”他又记错了旅鸽的名字。

“哪怕没有钱我也会弄清楚。”

“弄清楚什么？正确的回忆对你的人格塑造很重要。”袋狼急切地说。

旅鸽什么也没说就起身离开了。袋狼很想咨询一下千年虫，接下来到底给旅鸽派点什么活合适。除了持续不断的耳鸣之外，他没有得到任何答复。

* * *

渡渡今天是搭旅鸽的车进入方山岱城的。本来他今天完全不用起床，但是今天有人要和他见一面，所以他现在只能在深空集团十六楼的“白驹食场”酒吧坐着。得有好几年没有这么清闲地坐在方山岱城了，闲到他直接趴在吧台上睡了起来。

过了足有两个小时，一个花衬衫胖子来到酒吧。他没有叫醒渡渡，渡渡是自己醒的。他把一杯加冰的威士忌滑给他，但冰早就化得只剩乒乓球大小了。

“我翘班来的。”花衬衫举举脖子上挂着的工牌。

他是渡渡在深空集团生物部的内线，渡渡通常叫他“雷暴”。无论出了多要命的事，深空集团的员工都要先展示一下自己的工牌。雷暴喝了一口酒，开门见山：“那只角马是怎么回事？”

“什么角马？什么怎么回事？”

“你上次让我给你行动路线的那个，角马。一种食草动物。可能现在的地球人对家畜以外的动物一窍不通，但它确实是一种吃草的动物。”

“你到底要说什么？它吃你家草坪了？”

“昨天我去白老板家玩，他跟我炫耀那个建模的角马头。”

“你要不要再大点声？”这回渡渡警惕地四下看看。

“我看到它的牙缝了。”对方压低声音说，“然后我发现那东西的牙全是尖利的獠牙。”

雷暴俯下肥胖的身躯，在柜台底下给渡渡投影了那个建模，软质的部分可以手动掀开。看着雷暴掰开角马的嘴，露出那些别扭的牙，渡渡沉默了一会儿，有异样的寒意在他骨子里升腾。“你是说不该这样是吗？我对这种动物不太了解。”

“我不懂技术都知道完全不应该。”冰块在雷暴的牙缝里吱吱作响，“当时还有谁在场？有没有深空集团的人？永生重工的呢？”

“哪有人。”渡渡撒了个谎。他记得旅鸽一开始是挂在电线杆上，希望白老板没有看到她。他发消息给旅鸽：“先别过来。”

“妈的，这些角马幼崽都是跟永生重工买来的，我亲手过的订单。”雷暴嘬完最后一口威士忌。

“那你赔大了。”

“这已经不是钱的问题了。这个星球的生命出了问题。”

“那它长出牙来又不怪我。”

“别装没事人了，快把它找到吧。我得好好看看那玩意是怎么回事。”

“五万。”渡渡说。

“少来这套。”雷暴显得很暴躁，“你是不知道问题有多严重吗？我已经劝白老板把东西收起来了，不然被他们发现，咱们就都完了。”

“那帮我查这个基因序列，我就查那匹马。”渡渡甩出早就准备好的U盘。

“成交。是角马，不是马！要这一只的编号。随时叫我出来。”雷暴站起身，花衬衫一晃一晃地远去。

其实，他们更需要弄明白那只角马去哪儿了对吧？但雷暴这家伙就是从来不会用恳求的态度让人帮忙。渡渡咂巴着自己的牙齿正陷入沉思，有个人拖着疲惫的步子进了酒吧。她坐在他旁边，点了一杯酒，长出一口气。

“虽然现在不太合适，但我想问问，那只角马，后来深空物网没有报错吧？”渡渡问。

“报错了，号码还能查到，但我糊弄过去了。”旅鸽回答。

“你们一般怎么处理这些角马？”

“武装人事经理定期拿橡胶子弹打晕多余的角马，拉回去养在动物园。”她顿了一下，渡渡并没有说话，“开玩笑的。是实弹，就是你们吃到的角马肉。基因改造过，味道有点像牛肉。”

渡渡仍然没有说话。

“出什么事了吗？”旅鸽终于意识到渡渡是完全不想开玩笑。

“我在生物部有个搞生态的朋友，叫雷暴，你认识吗？”

“‘雷克斯暴龙’？当今少有的胖子。我刚还在外面见到他，他好像翘班出来喝酒，见到我就溜了。原来他和你也有勾结？”

“什么叫勾结？”渡渡不满道。

“他的灰色产业也不少。我的聊聊乐就是从他那儿买的。”

“这回灰色变成红色了，他那边出大问题了。”

渡渡把刚刚的事复述了一遍。旅鸽和他一起陷入沉默。

“我猜你不会立刻上报吧。”渡渡说。

“我？我基本上已经完蛋了。”她说，“你竟然没把我卖出去。”

“那当然，就算你完蛋了，我们也还是搭档。这样的搭档我还有几十个，我一个都不会卖出去。说到这儿，你刚才说完蛋了是什么意思？”渡渡指指自己脑袋，“是说这里吗？”

“等我喝完。”

旅鸽一口气喝了一大杯酒，才把袋狼没让她通过的事情讲完。

“每个 PlanB 后面都还有一个 PlanB。”渡渡说。

“目前还没有这个东西。”

渡渡把包里的一堆破烂拽过来。接着按了一个键，那东西竟然启动了，连酒保都吓了一跳。在元件中间，一块显示屏亮起来了。

“我帮你问一下有没有别的药可以用。”

“你如果不说是电脑，我还以为是一堆没卖掉的生锈元件。”

“这是 Collapse OS ，旧地球时期就出现了。如果你的零件也是从垃圾场找来的，那运行这个系统就再亲切不过了。现在我要登进全球工单系统，昨天那个砍人的疯子也是在这里认识的。”

旅鸽坐到渡渡身边，好奇地看向屏幕：“它不是连到深空物网的？”

“根本不是。深空物网的本质是一种物联网，这你应该很熟悉吧？它的用户大部分是机械、AI、机器人，还有那些角马之类的所谓功能性物种。还有小部分是人类，就像那种二分心智人事经理。但全球工单系统的用户全是人类。”

“只有人类会用它吗？”

“没错。它的前身在地球上叫‘互联网’，到了二十世纪三十年代，它已经被物联网完全取代了。”

“小时候在历史课上学过这种慢悠悠的东西……有人把它复活了？”旅鸽还没能看到这玩意儿打开。

“TCP/IP 协议只适合超文本传输，的确是有点慢。但慢有慢的好处啊！不被深空监视，可以随便在里面聊天。它最开始的雏形是一家医院病房区的电子留言版，病人闲坏了就在里面发帖，最近几年才做大的。我可以按需给别人下订单，而不是给深空物网。看，已经有卖家在回答了。”

“这么快？”旅鸽来精神了。渡渡的头像是一把细长的刀，光凭围绕在他头像旁边的金色特效就能知道他在全球工单系统里的等级很高，“最好再来点子弹，教练弹也行。我要恢复我神枪手的名誉。”

渡渡不可思议地看了她一眼，上次她那一发子弹打到别人排气管的事还没告诉她。他和卖药的聊天夹杂着文字和语音，过了一会儿，他的表情开始有些为难：“他们说目前没有药物能精确地解开记忆收容。”

“说得也是。”旅鸽坐回餐椅，“可能我放弃崩掉自己的计划，再混几年，就有机会解封了吧。”

“我有个地方没弄明白。他们封存这段记忆就绝对合法吗？”渡渡关机了，因为硬盘转动声有点吵，而且空气中的一股焦味让酒保提醒了一句不准使用明火。

“法律上讲，深空人力部这么做是出于主观善意。”

“看来我们今天都得到了各自的惩罚。”渡渡总结道，“好吧，只要深空继续给我钱，我不介意继续接待你。”

旅鸽深吸一口气：“那么从现在开始，我们必须重新认识一下对方了，不然事情对谁都没有好处。”

“话总得有个头啊。”

旅鸽打开奖赏回路，在“团建游戏”类别里乱翻。

“这不就是上次你没给我看的那个？”渡渡说。

“有了，真心话大冒险。”

“已经到了需要用这玩意儿的程度了吗？”

“就这么干。谁输了谁选择真心话。”

“真心话大冒险”本质上是一个真随机数生成器。这个小破游戏不惜借用量子计算机的算力，因此即使只有两个员工在玩，它的随机性也毫不含糊。设定为双人之后，屏幕上就有一个硬币在翻转，两人盯着它停在正面，第一局是旅鸽赢。

趁渡渡琢磨游戏规则的时候，旅鸽悄悄拿出一片聊聊乐。渡渡眼疾手快，劈手夺下：“不许作弊。”说完，他把它一口塞进自己嘴里。

“问吧。”他囫囵着说。

旅鸽的目瞪口呆只持续了几秒。“你和那些光头是什么关系？”

“一上来就是这种问题啊……”

“不可以耍赖。”

“这可就得从这东西说起了。”渡渡指指她胸前的小行星标志。

“埃萨埵斯？”旅鸽没想到这事有这么深。她甚至坐直了身子。她的工作从没和这种大气层外的东西有任何关系。

“没错，我去过其中一个。我当兵那阵儿，就经常有人被派去上面驻扎了，说是要探测什么资源，但是前几代去过的人都疯了。你说的那个‘唾沫飞’，就和我一起去过那里。”

“该不会你的脑子也……”

“嗯，我们的神经元被改过。每个细胞里都有一个独立的mRNA包囊，里面有一些基因序列。这算是深空设计的一种针对埃萨埵斯的病毒，他们想试试那玩意儿能不能读取这段代码，让它中毒，换言之，我们就是一些定时炸弹。”

“有几年永生重工宣传那种只有4小时意识的杰拉尤，本来想让他们去，但被叫停了，应该就是那几年的事。”

“杰拉尤也有人权嘛。说起来，你知道旧地球一天只有24小时吧？为了适应这颗星球的自转周期，我们祖辈的PER基因都被改造过了，生物钟的周期稳定在31小时左右。”渡渡聊起基因编辑的时候总是相当专业。

“这应该是我们的缺省配置吧。”旅鸽说，“这个星球人人都是变异的。”

“可我们全家都没有接受过这种改造。”

旅鸽恍然大悟。渡渡的作息混乱，他那种像夜猫子一样的没精打采和不合时宜的亢奋，都是来源于此。

“但到了我这一代还是没逃掉。不，不能说是逃，是我和那个女医生走得太近，却又没有听她的劝。”渡渡望向不存在的远方。旅鸽猜想，那大概就是家豪口中的“简医生”。不知道是不是聊聊乐在起效果，总觉得他话越来越多了。

“再后来，就是植入的序列在脑子内部错误表达了。没有人给我们治病，我们只能散落在全世界。”

“所以你和大群，还有鱼露帮成立了这样的组织？”

“现在那帮光头也加入进来了。昨天阿虹婶想了个主意，让他们背着信号接收器到处走，可以给全球工单系统提供分布式数据。”

旅鸽觉得这种做法似曾相识，是一种她熟知的徒步通信技能。

“也可以把行动路线卖给深空物网设计地图用。哦，他们剃成光头是因为他们脑袋一直发热，非常难受。”渡渡凑近旅鸽，“别看我现在还算正常，但没准以后也会变成这样。”

旅鸽看看他的脑袋：“但你现在看上去比他们正常很多。”

“我现在已经很头疼了。有时候吃了一些药，可以把那些RNA剪断的那种。我们换下一轮吧。”渡渡好像真的有点痛苦，他又灌了一大口酒，食指戳向奖赏回路。

幸运女神再次站到了旅鸽这边，这次她想了很久。“你和他们打架用的那个是什么？”

渡渡直接拿出手机，给她看屏幕。旅鸽好奇地看着，视频里只有一个老人家在走来走去地打那种简单的拳法，接着出现标题：“Xing Yi 5 Elements Linking Form with Selected Applications”

“旧地球的拳术。我都说了这么多，你好歹也透露一点儿。”渡渡自顾自地说。

旅鸽仔细研读那些文字，发现每个词都认识，但连起来就是不懂是什么意思。还有一个看起来像是视频网站标志的红色图案，旅鸽辨认了一会，觉得那个标志是视频网站“UseTube”。旅鸽从小学习的只是军队持枪技术，屏幕上这种东西再怎么看下去也看不明白。她只能回答：“我倒是想，这不是锁着呢。”

“我和你不一样，有些记忆我宁愿锁起来。”渡渡看上去非常颓丧，眼睛直直地盯着酒杯。还没等旅鸽琢磨清楚他这句话有什么深意，他已经在转动新的硬币了。“耶呼！你看，概率都在帮我。来说个能让我鼓掌的秘密。”

旅鸽颇想了一会儿。那段空白的记忆就像一道白雾弥漫的峡谷，要跳过去还真的需要一点儿反应时间。“我在永生重工还有一具义体，够吗？”

渡渡很大声地鼓了掌。“我还以为你是机器人养大的。”

“你说得对。”但旅鸽接着说，“但我也不算是杰拉尤。”

见渡渡疑惑起来，旅鸽决定大方一点儿，让他再震惊一些。

“永生重工有过一项单父生育服务，后来和 4 小时杰拉尤一样被叫停了，但我恰好是唯一的一批。挺多人觉得养孩子是一件很有吸引力的事，但不想捆绑在婚姻里。一开始，只有女人这么想，孤雌克隆非常简单……但后来是男人。”

渡渡认真想了一会儿。“可是孤雄生殖必然会让表观遗传系统紊乱，以及隐性遗传病全部暴发。”

“永生重工给我修剪过，风险会降到最低。”

“所以那个义体也是预防风险用的？”

“没错。除此之外就是打包赠送了育儿培训，但是没对我爸起什么作用。‘换尿布很脏，哄睡觉太麻烦’。”

“你爸说的？”

“我曾经交往一个叔叔辈的人，他说的。”

“那你让他帮忙回忆过那些东西没？”

“问了，他会错意，把我骂了一顿，第二天又跟我道歉，说了一堆什么只是想断了我的念想之类的怪话，吓得我把他拉黑了。”旅鸽表情痛苦，渡渡却听得大笑不已。

“所以说我是机器人养大的嘛。从我能记起事，‘六艺大师’陪我的时间就比我爸多。”

渡渡听到“六艺大师”四个字就放下杯子。“你爸是……”

“怎么？你也知道？”

渡渡顿时干笑起来。“我怎么不知道。六艺大师是你爸的机器军师，至于你爸呢，哈哈，我说的服役就是在他那儿。”

旅鸽惊讶得说不出话。她还以为自己把这个秘密藏得够好。

“看来团建项目也不是完全没用。”渡渡示意酒保再来两杯。

“那我爸应该给你添了不少麻烦。他觉得和南岛海盗作战永远比给女儿选裙子有意思。”

"我还没打过南岛海盗。"

"那会儿你应该还没入伍。他有一艘挺大的空天基武器，从地外轨道往海上发激光。"

"上去的时候远远见过。这么一看，你跟你爸确实有点像。"渡渡觉得她总算打开了话匣子。不过将军的女儿会沦落到做底层职员，真是令他意外。

"你是说脾气吗？能够喝了酒就随便给自己生个女儿的男人，可能真的不会遗传给她多靠谱的性格。"

"别小看他给我惹的麻烦，比你惹的多太多了。"渡渡说。

"我至少没偷过角马呀。"

两个人此刻放松了很多，但又立刻同时僵住了。关于旅鸽父亲的事，没有一个人想去转动新的硬币。

"你们什么时候又偷马了？"手机里有个声音传来。渡渡举起手机，大群的脸正在通话界面上。

"你们一直开着这个？"旅鸽一把抢过手机叫道。通话时长显示有十几分钟。"你什么都听到了？"

"嗯，一开始我就打来了，一边织毛衣听你们聊天来着。不是渡渡自己接通的吗？"

"鬼知道是不是那药丸替我接通的。"渡渡说。

"说起来你不吃聊聊乐的时候，聊天也没问题嘛。"大群冲着旅鸽说。他又看向渡渡的方向："倒是你，吃完药怪怪的。以后不许再吃了。"

"有那么明显吗！"两人同时问。

"你们脸红了。"大群不依不饶。

"那是因为我们喝了酒。"旅鸽虚弱地说。

渡渡抢过手机："说正事，咱们得再追踪一回角马了。旅鸽那里应该可以定位，她现在是我们的人了！"

旅鸽看向渡渡，他的招兵买马也根本没有经过她的肯定，但语气不由分说。不过她总觉得这场游戏远远没有结束，就像袋狼说的那样："这不是你的真实想法"。渡渡还有许多事情没有说完。

出了白驹食场，她打开奖赏回路里的角马热力图层，准备给大群看看这些可爱的小动物们都已经到哪儿了。

奖赏回路发出一阵不同寻常的振动，旅鸽整根桡骨都在发麻——热力图里那些角马散点乱成一团，已经不能称之为一个角马的群体。从图中看来，这些生灵已经迅速乱了阵脚，并且偏离了深空为它们制定的迁徙路线。它们正在北上，踏过农田，越过大河，并且再往前就是一片大森林的边缘了。她突然想起自己刚下山时那次没来由的导航失误。

第五章　搁浅｜Nonsense Machine

大群沿着草原的边缘开到太阳都快落山了。

旅鸽时不时发一些定位过来，一个红点指示着大群搜索的目标——雷暴想要的那只角马。和它的角马朋友们一样，它就在前面那片树林里。没有正常人会把它们的迁徙路线设计成这样，大群愿意称之为“陆地搁浅”。

但是红点再也没有动过。大群到了树林边缘，停下车子，爬坡入林。他没花多少时间就找到了那只角马，它只剩下一个脑袋，呲牙咧嘴，离它的身体有些远。

大群从角马头上切下一些肌肉和下垂体，装进随身携带的测序舱里。很快，他们就发现像这样一动不动的点还有很多。

这种事情他不是没有经历过。生机畜业的调谐同期技术太好，有一次，他操纵管道给小猪喂料，两万头小猪听到响声同时站起来吃料，吃了几口之后因为低血糖而集体陷入休克。

但是那些成年角马没有理由完全不动。

他继续小心地往深处走去。一路上的确有角马踩踏的痕迹，但大树上的痕迹更加触目惊心——那些角马在啃树皮，齿痕全都是利齿。有一些牙齿甚至脱落卡在木纤维里，旁边都是鲜血。

大群把那些牙齿用钳子拔下来，小心地收集起来。这些牙齿显然来自不同的角马，情况要比之前想象的严重很多。

* * *

“没想到你俩还有勾结。”雷暴说。

这是雷暴今天的第二次翘班，他在深空二十七楼的汉堡街待了一个小时。算上他手里这个，旅鸽和渡渡已经看着他吃下四个炙烤角马肉汉堡。为了方便吃汉堡，他竟然能把宝贵的深空工牌放进花衬衫衣兜里，实在令人称奇。

“你是再也吃不到这家店了是吗？”震惊于他的吃相，旅鸽在旁边皱着眉问。

雷暴伸出两指沾满肉汁的手指：“你说得对，从明天开始，我和角马肉之间必然滚一个。”

“现在不是还没查出结果吗？”渡渡说，“再说你可以问责那些卖给你角马的人。”

“永生重工的售后没那么快。”雷暴的级别只有 San-7，他指指自己的奖赏回路，焦虑仍然没有缓解，“现在是整批角马的航道完全乱成一团，武装人事经理马上要出动，我的草原改造项目完蛋了。”

“怎么会这样呢，就因为有一只角马长了尖牙，它的朋友们都被它吓跑了？”渡渡问。

“你真是哪壶不开提哪壶。大群到底有没有找到那只怪物？得在武装人事经理之前把它弄走啊。”

“那我们可有得聊了，”渡渡按住他要拿第五个汉堡的手，“我的东西你查到没？”

“什么东西？”

渡渡指指角马汉堡里的口蘑片。

“如果我说我完全忘了呢？谁还在意那东西啊！”

“收工了。”渡渡作势呼叫大群回家。

雷暴赶紧按住渡渡。“我只是没空查。”

渡渡把手伸进他前胸口袋，在工牌后面翻出了那个U盘，递给他，又指指他的奖赏回路。“你现在也在闲着不是吗？”

雷暴没奈何，只能把通用接口仓打开，读取了那段资料。没有荧光的蘑菇看起来只是普通的毒蝇伞，在深空掌握的基因库里算是一般有毒蕈类，有荧光的蘑菇多出来那段序列却完全查不到。

“你看，没有吧，他们只是把表达蝇蕈素的基因换成这段了，但我不知道它究竟要表达出什么东西。如果这种蘑菇是正规产物，你得去永生重工的‘万神殿’问问。”

“万神殿？”旅鸽头一回听说这个建筑。

“好像是什么印度语来着。不过它是个比喻义，里面其实是一排排恒温箱，里面全是永生化的体外细胞，你把这种片段转到细胞里，就能一直存档。相当于基因文库。”

渡渡说：“但我比较希望它是生物黑客做出来的。最近警察在出钱找这类线索，为什么我们不帮他们一把呢。”

“他们图啥？有荧光的那些样品，蝇蕈素水平比正常的毒蝇伞还低。生物黑客怎么会把最赚钱的玩意儿给去掉？”雷暴说。

生物黑客。就在刚刚，雷暴还在抱着不切实际的希望，觉得那只角马会不会是生物黑客搞的恶作剧，但生物体身上真的没有更多的玩乐可供他们发挥了，所以只有最想搞钱的人才会去干这个。

“但还是有成瘾物质在的是吧？我正想问你，你到底有没有卖过这种蘑菇，或者它的制品？”渡渡问。

“我会为那点破钱……我卖的都是高级货。保健品。”雷暴得意地眯了一眼旅鸽。

“你的保健品差点把我送到下边，两次。”

“你也吃了？那东西是有点副作用。大脑异常放电，有点类似癫痫，但没那么疯，更像是那种求生欲丧失综合征。”

“谁给你的那东西？”

“商业机密。万一我以后只能拿它当主业呢？”

接着，旅鸽那边收到了大群的呼叫。

“有一个好消息，一个坏消息。你听哪个？”她说。

雷暴厌烦地看了一眼旅鸽，她心情看起来还不错，估计完全是拜他前阵子卖她的聊聊乐所赐。相比之下他的心情糟透了。“我太需要好消息了。”

“大群找到那只角马了，只剩个脑袋。”

“这种在你们部门算好消息？”雷暴哭笑不得。

“相当不错的消息。”旅鸽说，“我可是处理最边缘的问题的，更怪的事还在后面。”

“白老板干的？”

“他没有那本事。”渡渡插嘴道。

“算了，有脑袋也行，拜托了，让大群测个序。”雷暴说，“接下来是审判？”

“你自己看吧。”旅鸽把渡渡的手机扔给他。

大群正举着手机向前，因此雷暴看着他边喘粗气，边翻越那些树枝和树干。前方横七竖八地出现十几具尸体，有些还咧着嘴，露出森森的獠牙。变异的角马不止一只，是一群！雷暴气急败坏。大群把手机更靠近一点儿，给他们看那些形状复杂的碎块。雷暴刚刚暴食四个角马汉堡，现在拼了老命才能不吐出来。

大群的声音在手机里有点发闷：“看这些刀伤，脖颈处的断裂十分光滑，好过生机畜业的任何屠宰设备。可是森林周围没有载具开过去的痕迹。”

“要么是被角马踩得看不出痕迹……”旅鸽说。

“要么那些人根本是从飞行器上蹦下来的。”渡渡说。

渡渡已经被那些刀痕吸引住了，刀法干脆利落，令他很轻易地想到那天在大排档闹事的怪人。大群又发来新东西——他在一具角马尸体里抠出一颗奇怪的弹头。

“气枪子弹，不是武装人事经理的。估计是猎手。”旅鸽说，“这些人是在取乐吗？”

“我想象不到那个搭乘员会有正常人类的乐趣。”渡渡说。他特意叮嘱大群：“别往深处去了，撤退。”

“撤退干什么，快查完啊？”雷暴催促道，“武装人事经理快来了。”

“吃你的汉堡吧！”渡渡和旅鸽从椅子上下来。

“如果你真的急，就跟我们下去看看。”旅鸽临出门的时候说。

雷暴讨厌越野运动。他看了一眼自己的奖赏回路，永生重工的售后只是说可以把角马寄给他们重修，看得他都气笑了。接下来是别人在满世界找他的消息——管植物的同事埋怨角马撞坏了大息壤菌，大田作物部的老大已经气坏了，连被踩坏的传感器都要怪罪到他的头上。现在深空一定会派出武装人事经理来用橡胶子弹强制“牧马”，直到他们发现角马全都变成怪物的事实。他擦擦嘴，挪动庞大的身躯出了汉堡街，准备跟上旅鸽的步伐，结果看到她和渡渡停在那里。前面有个人拦住他们，赶上去发现是袋狼。

“你耳鸣好了？”旅鸽警惕地问。

“我正好有事找你们。你提交的那个名字，那个海弗里克，法务部和武装人事经理没有找到他，已经报警了。”接着又转向雷暴，“但是那帮武装人事经理没有回来，正好可以赶过去对付你那些惹事的角马，所以没事不要过去凑热闹。”

“你们去了多少机器人？”渡渡突然问道。

“我司对偷菜这件事相当重视，已经去了三位法务和十四台武装人事经理。”

“我的天。真是谢谢提醒。”旅鸽倒吸一口凉气。她赶紧把车钥匙掏出来丢给渡渡。

“你们俩还挺默契。”雷暴还没说完，就立刻被渡渡拉着跑了出去。

“然后，就像上午说的，我要和你聊聊接下来的工作安排了，贼鸥。”袋狼又一次彬彬有礼地叫错了旅鸽的名字。

* * *

天色已晚。大群支开车后厢的小桌，把测序仪放上去，取出那几枚盛有角马组织的测序舱挨个插进仪器的卡槽。马达声响起，里面的血肉被打成了匀浆。测序需要点时间，因此大群要对着树林撒泡尿，浑然不知危险将至。他离开车，刚走近一棵树，就听到林子里有响动，好像是有谁在踩落叶。他往树林深处看看，两个蓝色的光点在远处亮起来，恰好是一对。接着是更多的响动，第二对荧光，第三对……他的左右也有。

是那些角马。大群尿也不撒了，他记起这种蓝色的荧光是在哪里见到过——南风镇地下的那座蘑菇工厂。

不知道为什么，大群有点害怕。渡渡说人类有一种最原始的情感是没办法被改造掉的，那就是对于某些事物与生俱来的恐惧。大群盯着那些幽光，他明知道菲星已经不存在什么大型食肉动物，但就像那颗遥远的、死亡行星上的祖先一样，他开始获得一种面对狼群的体验。

更别说那些身体巨大、长有獠牙的四蹄生物确实可怕。

手机在身后的小桌上响起，那些角马被惊了一下，纷纷朝大群的位置试探。

“接通。”大群喊道。

渡渡的声音在对面响起。“你还没回去呢？”

“采样耽误了点时间，那些家伙在围着我转。”大群一边说，一边试图往后撤离。蓝色荧光越来越近。

“这么快？你发‘H645D’这串码到深空物网，带上定位，武装人事经理就不会瞄准你。但要当心流弹！”

“不是机器人，是那些怪物。”大群解释道。

“妈的，都怪你跑得慢。不是说你，是雷暴，他在我旁边。”

“它们视力不好，但小心它们的角，别被顶到。”是雷暴的声音。但大群想起那些被咬得乱七八糟的树，又觉得角已经不算太麻烦的事了。

“我刚换了不少零件，花好多钱呢。”他回答。

“什么时候还心疼车？躲车后面啊！”雷暴喊道。

“你才他妈的车，是我身上的零件。”大群退无可退，“布鲁托对账的时候一定想掐死我。”

“倒是想个有用的办法。”渡渡又在那边催促雷暴。

“用最大的音量驱赶他们，”雷暴喊道，“我以前就是这么干的。”

大群回头看了一眼汽车的方向，车门没关。他确实有几首旧地球的老歌，就是经常被渡渡吐槽品位不行的那种。

大群摇摇头，下达了这个指令：“连接汽车音箱。”

“汽车音箱已连接。”

“最大音量。”

“音量最大。”蓝色荧光开始躁动不安。

大群继续说，“来首摇滚，直接副歌。”

“不知道不明了不想要为什么，我的心……”密集的鼓点从扬声器里宣泄而出。

“完了！”大群撒腿就跑。音箱选出的这首歌对角马而言显然过于温柔，十几条黑色的影子往树林外疾射而出，全都冲着大群的车头奔去。

* * *

袋狼坐在汉堡街的街心花园，轻抚波斯菊。他的头顶是绝育的椰子树，不会有椰子掉下来伤人的情况。袋狼喜欢绝对安全的场所，如果他的右耳能听到声音就更好了。旅鸽一直在抬头看那些椰树，阳光透过微小的缝隙洒下来，令她出神地思考自己早些时候究竟认不认识这位人事。

直到袋狼悠然开口。

“我们今天一直在和永生重工谈判。”袋狼优雅地翘起二郎腿，“今晚过后，武装人事经理会继续去调整角马的走向，你负责跟随它们善后。”

“怎么善后？”旅鸽问，“你下的需求真不如千年虫清晰。”

“你需要把那些角马尸体护送到永生重工。”

“我一个人？”

“所以永生重工给了些秘密武器。二十六楼，去领取吧。”袋狼指指旅鸽的奖赏回路，她打开一看，千年虫发了一则资料过来。

“你该早点给我的。”这是她读完这些资料后的评价。

* * *

大群从来没觉得那首情歌是如此滑稽，音箱还没唱完“就让你自由”那句，歌声就已经戛然而止，那是因为手机被角马踩坏了。音乐停掉后，旷野之上的场面又变得有些冷清。

角马的奔跑路线并不是特别难预测，但问题是它们实在太愤怒了，幽蓝的眼睛因为愤怒瞪得更大，让雷暴的那句“视力不好”

变成一句笑话。现在大群就是在这样和角马博弈。如果能绕过那个大圈，跑到车上，他就算安全了。据说地球上有那种“月球”，就好像晚间悬挂的巨大照明灯，但现在天上只有一颗颗星星和人造卫星群在看他出丑。

一只角马首先按捺不住性子，朝大群奔来。大群踉跄躲过，找了个机会跑向汽车。他跑的时候别无他想，直到被整个撞出三米，撞到车轮旁边才回过神来。才不疼呢，这种疼痛我可经受过太多了。大群这么想着，他刚要钻到车底，又被一脚踩在地上。肋骨应该又断了两根。如果是渡渡，他应该能轻松躲过这些东西吧？

大群没办法移动，他呼出一口血腥的空气。群星被遮住了，那些怪牙出现在他面前，但首先是嗅探。总体来讲，这根本不是食草动物的行为模式。看起来对方已经对自己非常感兴趣，它努力张开不大的嘴，让那些獠牙暴露在外面，接着只要轻轻一咬……

“砰——”

枪声响动，一股浓稠的液体洒在他脸上，大群就势一滚，没有被轰然倒塌的角马压到。以他的身体，这是他能做出的最灵活的闪避了，但他的裤子还是因此迸裂。又是几声枪响，蹄声四散。这么好的枪法，绝对不是旅鸽。

大群努力呼吸，试图让自己坐正。一个端着玩具步枪的未成年人出现在不远处。不，那不是玩具步枪，是一把气枪，应该就是旅鸽指出过的那种。

“谢……”他刚要道谢，那小孩就又去枪击新的角马了。

又一个身影从树林闪了出来。他的短刀闪闪发亮，西装上全是血。渡渡提起过这个人。

一阵沉默。测序仪发出“嘀”的一声，提醒大群测序结束了，接着两个人的目光全部聚焦在那台仪器上。这给了大群一种直觉上的判断。他用尽全力站了起来，想要拉开车门跑得越远越好。

一双手按住了车门，大群甚至没看清对方是什么时候来的，他的速度好像比渡渡要快。远处似乎传来一阵轰鸣声，但又不是很真切。

“我知道你。”搭乘员说，“‘大群’，《圣经》里附身到猪群的魔鬼。看看你毫无价值的身体。像你这样的人为什么还要活在世上呢？”

大群是真的没有想到世上有人能在见第一面的时候就激怒他。他踹了搭乘员一脚，后者退了几步，接着举刀砍来，但这次动作极小，小到大群根本不知道这回到底该怎么躲。

“这是我讨厌的部分。”

搭乘员的声音伴着刀光闪过，大群耳朵一凉。“谢谢，我也看它们不爽很久了。”大群回答。

他知道接下来的一击会是致命的，但搭乘员的身体突然倾斜了一下。他清晰地看到，是一颗橡胶子弹打中了搭乘员的肩头。接着是太阳穴。搭乘员闷哼一声倒在地上，那个端气枪的小子也从远处跑过来。跟在他后面的是受惊的角马群，轰鸣声则来自其后的十几台人形自行火炮——武装人事经理。

子弹像下雨一样多了起来，打得车外壳噼啪作响。不顾耳朵流血，大群跑到后厢把测序仪收好，接着躲进车里，把这辆车连进物网，发送那段临时码。起初，气枪小子还试图射击他，但前挡风玻璃碎裂之后，他的气枪也随之落地，双手鲜血淋漓。不断有角马倒在地上，接着气枪小子把搭乘员扶起来，他自己又被橡胶子弹击倒。武装人事经理不分青红皂白地倾泻着弹雨，大群缩着身体发完临时码后，世界总算安静了一点儿。

从车窗里看去，世界好像子弹横飞的电影一样，只不过时而有流弹袭击观众。首先是旅鸽那辆车开到了，撞死一只角马之后，渡渡从车上蹦下来，与搭乘员开始打架。看得出他早想这么干了，大群开心地笑起来。他检查了一下怀里抱着的测序仪，并没有坏，正在输出结果。这里面一定藏着那些人不想让人知道的秘密。只要他们不把这车攻占就好了。好在，搭乘员虽然拿着那把刀，但唯独对渡渡不想出全力，好像是要放弃灭口这回事了。

一个重要的原因是——所有人都会拜倒在武装人事经理的火力压制之下。你总不可能在暴雨里面生火吧？现在雷暴也下车了，正一边捂着脑袋一边怪叫着向自己这边爬。渡渡已经靠在旅鸽车旁边躲子弹。

一切告一段落，测序仪上沾满鲜血，他摸摸两侧不存在的耳朵，想起那个拿刀的对自己说了什么，做了什么，终于哭了出来。

* * *

渡渡的胳膊一直在流血，流到旅鸽的汽车座椅上，而砍伤他的正是那把他找过柄木的日本刀。搭乘员在忙着劈武装人事经理，为他争取到了一点儿调整时间，但她车上没有任何止血工具——好吧这也不能怪她。也没有任何可以防身的工具——唯一的一把手枪因为没有子弹而空置在收纳仓里。在车的四周，他随手捡起的打架工具已经全部被砍成了两半，什么森林里的树枝，大群的折凳，但仍然没能制伏搭乘员。这个人比那些混混难对付得多，渡渡一边翻找一边想，只有在部队里才见过和他旗鼓相当的人。

他打开旅鸽修传感器的工具箱，一把不错的螺丝刀躺在那里。冲出去之后免不了又是一顿橡胶子弹暴击，很难睁开眼。他妈的，武装人事经理的红外检测就看不出我只有两条腿吗？

天完全黑了，星空之下看不清那两个疯子到底去了哪儿。有声音从天上传来，是一架飞行器。那艘飞行器盘旋一圈，扔下几团高热烟丸，迷惑了武装人事经理的目标。渡渡气笑了：这是什么高科技忍术？武装人事经理也没有示弱，干脆发射几枚高空弹。

那些炮弹悬浮在空中，没有爆炸，而是宽厚地发出过于耀眼的光芒。是照明灯。天亮了，飞行器的轮廓完全显露出来，比自己住的那架还大，像是一架黑色涂装的军用运输机。武装人事经理们转向了模拟人眼视觉，有几台暂时不发射子弹了，而是四下追寻这里的动物的痕迹。渡渡听到身后的动静，后撤一步，用余光控制着自己来了一个后蹬腿。感谢照明灯。

这是搭乘员今天第二次被踹了一脚，接着他怀里多了一个红色的影子，腹中一痛——有钝物刺入了自己的身体，但不碍事。手中胁差落下，刀柄的铁制柄头狠狠砸在渡渡锁骨上，各自后退。这下两败俱伤，两人暴露在零星的枪击里，谁都没有再前进一步。

“怎么回事？”耳机里的变声人又在说话。

“出了点小问题。”搭乘员只能这么回答，“‘噪声’还是先被人发现了。”

“我在跟你说话，”渡渡说，“什么噪声？”

渡渡刚要上前攻击，一颗子弹在他脚下炸开了花，阻止了他的脚步。不是橡胶子弹，是一枚带着火药味的真家伙。那架运输机冒着弹雨缓缓飞近，舱门后正蹲踞着那个小孩，鼻青脸肿地端枪对准他。

“不要拖泥带水，把他们干掉。”耳机对面的声音非常不悦。

“没用的，他们不是简单的几个人，得连根拔起才行。享用已经开始，热力学第二定律[①]是不可能违背的。还有很多时间见面。”搭乘员收刀入鞘，退回了那艘飞船。

飞船开走了。渡渡觉得武装人事经理应该已经拍下了一些照片，这很好，他迟早要找到这架飞船，把它从天上轰下来。但如

---

①热力学基本定律之一，它描述了一个孤立系统总是朝着微观状态下混乱程度增加的方向运动，其中的自由能倾向于转化为无序能量。

果它们不发疯似的射击自己就更好了，他只能再次躲在车后面，这才感觉到浑身酸痛。偷眼望去，又有一台相同的武装人事经理过来，显然是冲着自己来的。

别来了吧。渡渡刚要冒险冲到轮毂后面躲避弹雨，但现场的十几台机器人突然收起了火力。接着，他远远看到旅鸽从那台机体上跳了下来。

武装人事经理在收拾雷暴那些失败品的残骸，旅鸽发现情况比想象中的要安静。大男孩们坐在大群的车后面开始煮咖啡，坏掉的折凳扔在一边。他们遍体鳞伤，尤其是大群的脑袋用纱布包得比屁股还大，这大概是渡渡的手艺。察觉到旅鸽在看自己，大群把脸扭到一边，虽然他未经修复的面部肌肉还不足以表达充分的情感，但眼睛不会骗人。

渡渡抬头说："来得正好，我们要揭露一个大秘密了，没有你可不行啊。"

"抱歉，拿这个花了点时间。"旅鸽拿着一个鼓鼓囊囊的大包。

"这是什么？"渡渡问。

"是我接下来几天的新工作。"旅鸽把那个大包拆开，里面是一堆凌乱的电线，两端连着贴片和探针，看上去很简陋。她拿出一根线，找了一具还看得过去的角马尸体，把探针塞进角马耳朵，再用贴片把耳朵封起来。

"它已经死了。"大群说。

旅鸽又把一根天线连到奖赏回路，调试了一会儿。

那只死角马晃晃悠悠地站了起来，睁开了眼睛。

"早就听说永生重工的技术比咱们公司强。"雷暴喃喃道。

"说是什么'感知质增益'设备，给它增加 4 个小时的生命时间，足够它们走到永生重工。"旅鸽没有过多解释，只是又找了一只没那么像样的角马尸体如法炮制。

“就算死了都要把初级神经反射榨干吗？”渡渡感叹道。永生重工对于“感知质”的狂热追求，他有所耳闻。这不得不让渡渡想起当年那些4小时杰拉尤，他们在军事演习中担任人质角色，如果在感知质耗尽之前拯救没有完成，他们就不复存在了。

第二具尸体再起失败了，这种尸体只能交由武装人事经理处理。但第一只角马开始往永生重工的方向移动了。用不了多久，就会有一群这样的行尸走肉赶往永生重工。旅鸽坐下来，听了一阵刚刚这里发生了什么。“那个疯子为什么会在这？”

渡渡指指那个测序仪：“没准这东西里面有答案。”

现在他们四个人围在测序仪旁边，就好像在等待一个电饭煲煮好饭。

雷暴翻来覆去地分析了好大一会儿。“有一段变异的基因，和蘑菇里发现的是同一段。它也嵌进角马的基因组里了。”

是种蘑菇的那些人改造了角马吗？渡渡望着星空，是时候再去南风镇杀个回马枪了。

“好消息是我算是撇清关系了，”雷暴做出阶段性结论，“并不是谁改造的，和蘑菇不一样，它的基因组里没有人工转染工具留下的痕迹。是那段基因自己插入了角马的基因组。也许恰好打开了一段非编码区，就表现出了怪样。”

“怎么插入的？会不会是吸入了那种蘑菇的孢子？”旅鸽说。

“我哪知道。”雷暴没办法给出任何解释，“我只知道我不习惯待在没有重力势能的地方，我要回家。”

大群始终没说话。他回忆着那些角马嗅探自己的行为，和猛兽如此一致。还有那些獠牙——那需要无机钙质年复一年地沉积。如果这只是意外的突变，那也太难以解释了。

卷二　可感知的集合

我认出风暴，
而激动如大海。

——里尔克《预感》

第六章　哲学僵尸（上）｜Philosophical Zombie

“到底要多久才能到啊。”旅鸽在副驾上醒来的时候天还没亮。

满身弹痕的汽车慢慢地开着。虽然车程已经交给了自动驾驶，但渡渡现在的精神依然无处安放，两只发光的眼睛看着窗外——那些角马呆呆地往永生重工的售后处移动，行尸走肉两个小时，估计它们的肌糖原已经消耗殆尽，那些只能活 4 个小时的运动细胞正在燃烧它们所剩无几的脂肪。

旅鸽花了点时间连接所有的角马。昨晚他们一直喝着咖啡等警察飞过来。但警察也只是把武装人事经理记录下来的东西取走，那警察和渡渡似乎认识，并且要求他们在调查结果出来前保守秘密。雷暴实在熬不住，用一瓶聊聊乐为代价，让她帮忙全权负责和永生售后部交接，然后让武装人事经理自己出列一台载他回去，但结果显然令他不满意，他说出列的正是打过他那台。但实际上，后来足足动用了两台才能把胖子抬回家。

在那期间，大群被医生叫过去提取一点儿体细胞，以便过几天给他弄一对新的耳朵。大群走后，旅鸽已经困得不行了，因此换作生物钟诡异的渡渡来盯着那些角马。渡渡刚开始还很不情愿，他好像很排斥那个地方；但旅鸽说完“你可以不进去”便很快在副驾驶上一睡不起。

永生重工不在方山岱城，而是在五十公里外的恒河城。虽然不算远，但赶着一群角马尸体在荒凉的地表极慢地行走，后果就是四周景色和两个小时前根本没有什么区别。

“大群这个样子太容易挨打了。”旅鸽刚想再合上眼，突然听到渡渡这么说。

“得想法子治好他。”他又说。

旅鸽又差点睡着。这次她刚要入睡，后座上渡渡那堆垃圾电脑的蜂鸣声响起来。

渡渡打开全球工单系统。

“是我认识的一位诊所的主刀医师，他说可以用手术的方法帮你。”

“你是说……”旅鸽瞬间不困了。

“没错。可以做个逆向手术，把它偷偷解开。”

旅鸽决定先去看看情况再继续赶尸。半个小时后，她来到渡渡说的那个荒郊野外的所谓“诊所”前面，下车之后就惊呆了。

“外表是邋遢了点，但我的腿真的是他们治好的。”

“是吗……”旅鸽能清楚地看到店面写着“医疗敕形”“起死转生”等狂野大字，而那位主刀医师就站在他们车窗旁边，他的手甚至因为常年饮酒而在发抖。仿佛是为了印证渡渡刚才的话，不断有哀号声从诊所里传来。

“是‘医疗整形’。”渡渡觉得有必要做出一些解释，“老板的文字功底有点问题。”

“重点好像不是这个吧。”旅鸽喃喃道。

主刀听了还有点生气。“非正规渠道也就我这儿了。你可以去打听一下！深空人力部是没有能力做这种手术的，和胼胝体载体化一样，这都是永生重工‘标准生命部’的技术。”

听起来他对这些东西还挺了解。旅鸽问：“您是从永生重工出来的？”

“不，我小舅子是永生重工的。”

“也是标准生命部？”

“人力资源部。”

旅鸽吓得赶紧进驾驶室开动了汽车。“打扰了，我下次再来。”

车速风驰电掣，渡渡在副驾扒着车窗，用自以为是的分析对抗着颠簸：“对吧，我就说你现在根本没必要做这玩意儿……你之所以想象手术室里存在另一个完美的你，只是因为你不想接受现在的自己！”

旅鸽一口气开出两百米，来了个急刹车。

“想通了？”渡渡喘了口大气。

“想通了。”旅鸽说，“我得在永生重工逗留一下。”

“我真的会跳车。”渡渡满脸拒绝，但他没有办法阻止旅鸽猛踩油门绝尘而去。

旅鸽紧绷着脸开了五公里，与角马保持了并肩。看着地图里越来越近的恒河城，旅鸽握紧拳头。马上就是她人生中第二次踏足这个公司，她的心理障碍不比渡渡小。

恒河城规划有致，早年间它有个别称是“菲星昌迪加尔①”，但现在谁还知道昌迪加尔是什么鬼东西，各种干净又卫生的零食摊和永生重工生产过剩的白色巨牛已经霸占了恒河城，只有开过这些零食摊和白牛，才可以看到永生重工的大厦。那只是它的行政楼和一部分实验室，更为巨大的种质建造场地分散在菲星的各种地貌之上。

永生重工的发家史要追溯到很久以前的跃迁时代。在寸土寸金的方舟空间内，大多数老牌企业都冻结了技术研发，拿股权炒

①印度第七大城市，也是印度主要的工业和制造业中心。

泡沫把自己玩垮。但永生重工没有这么做，他们从一间简陋的实验室开始疯狂地积累生物技术，直到租下一整艘飞船“奎师那”号，成立了最早的标准生命部。

所谓退潮后才知道谁没有穿裤衩，永生重工登陆菲星后开始从深空集团那里拿到大量订单。他们提供各种与人体改造相关的服务，其业务触手甚至深入人类最神秘的领域——心智与记忆。

与大部分人一样，旅鸽十五岁成年那年要在很多文件上签署自己的生物识别信息，其中就包括脑部手术授权：如果未来发生某某情况，自动同意记忆收容，并且自愿放弃手术过程的知情权。这个合约可以在深空物网的公证链上查到，但有没有做过手术是不公开的。一切手续毫无破绽，为的只是把那段记忆本身完美隐藏。

“虽然没办法直接查到，但我从出生就有一份档案在永生重工。既然他说手术是永生重工做的，那么有可能还是记到那份档案里。”旅鸽对渡渡说。

角马们到了永生重工售后处时正好全部死光，这回完全死透了。对于角马变成这副怪模样一事，售后人员只字未解释，旅鸽和渡渡相视而笑，让他们自己跟雷暴扯皮去吧。随后，他们进了永生重工的大厅，渡渡看着旅鸽跑到前台和接待人员艰难地沟通着，自己坐到椅子上休息。

天亮了，这里人来人往，除了买卖种质资源做生意的，更多的是想要修改自己的某种基因。他看着大厅中央垂下的双螺旋模型。几年前，渡渡曾经因公来过几次。就是在这里，他认识了简离质——渡渡想起这个名字，脑袋又开始有点疼痛。她应该已经不在这里了。如果没有猜错的话，她应该在大洋里的某个小岛上做一些实验，比在他身上做过的那些更可怕。

他想起自己那些色彩斑斓的CT成像，和简离质看它们时的那些隐秘的动作。吃了聊聊乐的自己一定会让她更难堪……

旅鸽悻悻回来。“他们连我的账号都没找到。”

“你号没了？”渡渡惊道。

“可能是因为那个项目后来被叫停了，所以没有记录在案。那我的义体不就没了吗？”旅鸽四下打望，她觉得总不能白来一趟。

“让开让开！”

大厅突然嘈杂起来，原来是人群被一台飞行机器人强行冲开。那玩意像一只乳白色大马蜂一样到处疯狂嗅探，画8字舞，大厅因此乱作一团。几个红脑袋保安机器人赶上去，试图用长杆把它打下来，但它浮在半空扇动翅膀，灵活地躲避着攻击，同时继续用天线和摄像头骚扰每个人。

“蹲下，它冲你来了。”渡渡提醒道。

机器人飞过来，还是把旅鸽撞了个正着。接着是一个面皮白净的年轻男性冲过人群跑到这里，试图抓住这个失控的机器。两人手忙脚乱，渡渡站起来，单腿站立，用另一只脚简单结束了混乱——他那一脚踢得比旅鸽的脑袋还高，而且准确地踢断了它的一个扑翼。

旅鸽和年轻男人在地上胡乱扒拉着那个机器人，然后双双站起来，两人又差点撞到脑袋。

“不好意思。”旅鸽抢先说。

她干吗这么紧张？渡渡想。明明是它先撞到你吧。

“实在抱歉，‘谛听’把你们吓着了。”

渡渡对永生重工的员工并没有任何好感。这个年轻男性就像拉住一条狂扑女生的狗狗一样，一边假装安抚着机器人，一边自我介绍：

“我叫施一寓，标准生命部的。”听到标准生命部的旅鸽立刻警觉起来。

那个叫谛听的机器人还不老实。透过它的半透明乳白外壳，可以明显感触到其内部是一个人工培养的大脑。施一寓夸张地睁大眼睛：“谛听是冲你来的。你是杰拉尤？”他明显是直勾勾地盯着旅鸽。

“我不是……好吧我的确是在你们这儿出生的，但你们把十九年前的我的资料弄丢了。”

几个人类保安拿着警棍走来，在人群里四处打量。施一寓一把抓住旅鸽，示意渡渡跟上：“跟我来，你对我们非常重要。”

“可是保安在找你——”

“没事，不是最厉害的那个。”施一寓说。

他七拐八拐把他们带到一个逃生通道，其间渡渡和旅鸽一直狂递眼神，谁也不知道发生了什么。早有几个人等在楼道里，好像那种为了给人生日惊喜而枉自等了一下午的衰仔。旅鸽和渡渡的到来使他们躁动起来，纷纷问道：“今天找到了？”

“十四楼的小伙伴说‘那迦’正在从牧场骑马过来。”负责放风的人在门口喊道，“快点快点，我们的茶歇时间可不多了。”

施一寓把旅鸽推到众人中间。“让我们听听谛听怎么说！”

受伤的机器人在施一寓怀里抬起一根扫描探针，朝旅鸽左摇右晃。旅鸽差一点儿就以为这东西在窃取她的个人生物信息了。过了一会儿，机器人说：“判定成功。”

人群沸腾了。“我们A组需要您！”“让Y组那些家伙瞧瞧！”

“他们说的是标准生命部的两个组！”施一寓在噪声中大声向两人解释，“阿闼婆组和夜柔组。”

“那判定成功是代表什么不得了的事情呢？”气氛炒到这里，旅鸽已经不得不感兴趣了。

“谛听不会出错，你是人群中比较特殊的那一个，”施一寓兴奋地告诉旅鸽，“你是一位‘哲学僵尸’。”

旅鸽立刻板起脸来。

* * *

在施一寓解释后，旅鸽仍没能对“哲学僵尸”这个名字消除一点点抵触。

“不是那种会咬人的。哲学僵尸的生化构成和人绝对一致，日常生活，人际交流也没有区别，但唯一不同的是哲学僵尸没有内在感受这种东西。”

“她也没有严重到这种程度吧。”渡渡说。

“我们用一个小装置来说明这件事。”

人群呈两列散开，露出一个房间门口，施一寓却没有让她进去。屋里有人，旅鸽像探监一样望向里面，看到房间里关着的正是现在的自己，那个自己也在透过一道门看着一个更深的房间，更深的那个房间里不用说又是另一个自己。

她挥挥手，房间里的自己也挥挥手，于是立刻猜到自己背后其实有一个摄像头，正在把她的一举一动传到房内的显示器上，并形成一个理论上无限的“自己小队”。

“这是什么‘向机器证明你是真人’的逆向图灵测试吗？”旅鸽问。

“这只是一个比喻。当你想要确定自己是否拥有主观感受的时候，你其实需要调用大脑去感受那个感受。所以主观感受是一个永远无法触及的东西。”

“那你是怎么‘谛听’的？”

“谛听能听到类似的延迟。”谛听说话了，吓了旅鸽一跳。我能真正感受到惊吓吗？她突然想。

“她很明显。”人群窃窃私语。

谛听继续说：“理论上完美的哲学僵尸是不存在的，但一个人如果是越接近哲学僵尸，那它感受自己感受的延迟就越高。我有自己的算法。”

“但如果她只是单纯的神经大条而已呢？”渡渡插嘴道。他觉得这个谛听根本没什么用，只是预设了施一寓的发言方式，换句话说，它也只是一种机械式的聊聊乐罢了。“顺带一提，你这机器卖吗？”

“唔，没有那么简单。”谛听根本没理渡渡，而是接着问旅鸽，“比如你恋爱的时候经常觉得自己是反射式地挑逗和回应，并没有内在情感的驱动，总是觉得和对方隔着一层东西，是不是这样？”

“何止，经常这样。”旅鸽说。房间里的旅鸽似乎在依次说：“经常这样。常这样。这样。”

“谛听把延迟换算为感知质浓度。”谛听说，“永生重工信仰感知质，或者说我们的企业愿景就是掌握感知质。那是一种有别于物质，在意识层面的绝对存在。虽然我们还没有找到这种东西，但谛听可以在数学上计算出它的浓度，引入感知质浓度，谛听就可以像界定一堆沙子和一个沙堆一样，界定一个哲学僵尸和一个真正的人类。”

“等等，听起来哲学僵尸只是一个剥离了内在体验的智人模型？我没说错吧？”旅鸽说，“你们试了很多人，然后觉得我符合这个模型？”

说到最后她都要笑出来了，但先笑出来的是渡渡。旅鸽横他一眼。

“看来这位先生对我们感知质不足人士有一定的成见。”施一寓说。

“没有那种意思，请你们继续。”

施一寓不满地继续说：“我们确实试了很多人，为了赢过夜柔组。一直以来，夜柔组的观点就是所有杰拉尤都是哲学僵尸，他们没有‘获得感知质’这个过程，所以不是完整的人类，但我们就是要证明哲学僵尸正是人类的本底状态，感知质是后天在大脑中产生的，杰拉尤只是在这个机制上出了问题，比如移出人工子宫环境的时候有哪个步骤做错了。”

旅鸽听明白了，这根本就是两个基于同一个假说形成的企业内耗。她想起用所谓的“感知质增益”是如何让那些角马死而复生，变得像是行尸走肉。而在这帮怪咖眼里，她的感知质浓度过低，只是保持着生命个体的形态而内里是一盘散沙。了解到这一点，她反而没觉得有刚刚的被冒犯感了，他们爱这么说就由他们去。她问道：“那不好意思冒犯一下，你是杰拉尤？”

“对。”施一寓郑重点头，连同他的几个同事也举起了手。

那你们感情还挺充沛的，旅鸽想。她觉得现在是时候说出那个他们忽略的先决条件——

“但我觉得……是不是因为我的记忆被你们封存了一部分才会变成这样的呢？你们的实验会不会有问题呢？”

“你是说记忆收容术？”

“我也想搞懂这一点。”旅鸽说，“如果是，就说明你们控制变量有问题。”她终于把话题艰难地引到了正确的轨道。

阿闼婆组安静了。有人开始捂住脑袋。施一寓简单地调试了一下谛听，它重新对着旅鸽的脑袋扫描了一阵。组员们催促：“那迦坐上下行电梯了。”接着谛听发出声音：“谛听探测到您脑袋里面确实有几个锚体。”

“干得好，谛听！”施一寓说，“就算他们的技术再高超，也不会留不下任何痕迹。这些微型的金属锚体是被人植入的，就好像大脑里的地基或者脚手架，足以表明他们动过你神经网络的证据。”

“恐怕 S 组才有这个记录。”谛听说。

“S组？”

“娑摩组。”施一寓解释道，“可是他们已经……”

听到娑摩组这个名字，渡渡突然抬起头来，接着走进了门后面的黑暗处。旅鸽没管他的怪异举动，问施一寓：“那怎么找到这个组？”

“恐怕他们自己都找不到那组人了。”暗中传来渡渡略显干涩的回答。这个人4小时前还在和她见过最凶的暴徒决一死战，怎么来到这家公司就像引发了PTSD一样？

“哼，没了娑摩组，永生照样转。”看得出施一寓的胜负心已经爆表了。

旅鸽这会儿的心跳越来越快，她觉得自己已经开始接近那个真相了。她伺机说：“如果你们能找到方法，那我就成了一个不错的模型。”

“你会成为我们的迦梨。”施一寓充满赞颂地说。

“可‘那迦’来到一楼了。”一个负责放风的阿闼婆组员刚说完，逃生通道的铁门被一脚踢开。谛听立刻从施一寓怀里挣脱，歪歪斜斜地飞走了。

“我看你们这些落后组屁股又痒痒了，聚在这里干什么呢！”

一个粗壮的保安出现在走道里，他足有两米高，手握一个塑胶安全金刚杵。这就是阿闼婆组员们口中的那迦给他做了强化肌肉是任何一个永生员工想到就会后悔的事。那迦在逃生通道里挥舞金刚杵，灯马上碎了一盏，有两个阿闼婆组员被精准地揍到了屁股，哭喊成一团。更多的人保护住他们的“迦梨”，施一寓挡在最前面，搞得旅鸽尴尬中还有点感动，可是金刚杵再次挥下，马上施一寓的脑袋就要遭殃。

黑暗中有一只手挡住了那迦的胳膊。那迦怒目瞪向来者，看到那一双在黑暗中发亮的眼睛后，却立刻软了下来。

“渡……渡哥。”他的反应出乎所有人的预料。

“那迦，你差点打到我。”渡渡不满地说。

第七章　哲学僵尸（下）| Philosophical Zombie

“你是把生意做到这了吗？”旅鸽看着连连道歉的保安问。阿闼婆众也惊讶至极。

“谁要和永生重工做生意，”渡渡说，“但要说在永生重工打架，那迦三年前就是我的手下败将了。那迦，这么多年没见，你怎么一点儿也没有长进？”

“功力不济。”叫那迦的保安尴尬地笑了一会儿，然后向阿闼婆组员们吼道，“既然你们是和渡哥一起的，今天就饶过你们，给我散会。”

直到那迦溜走，阿闼婆组员们才说出第一句话：“据说这世界上揍过那迦的就只有一个人。”

“过去的事了，你们不了解是你们的幸运，”渡渡说，“不过也真是，可以随便打员工这种坏传统怎么还留着。”

那迦走远之后，阿闼婆组员也开始四下散去，只剩下施一寓自己。“还有别的需要吗？”他问旅鸽，“需要我带你去找找你的义体吗？”

旅鸽只见过一次那东西，是小时候父亲带她去看的。那时候它像一棵裙带菜那样散乱地泡在某种抑制箱里面，除了脑袋之外很难称得上是一个人形，因为其他部分还在长大。还好脑袋的部分又人性化地用毛玻璃挡住，没办法看到她的眼睛，没准儿眼睛不止一对……从此她就再也没来过永生重工。

“不用了。”旅鸽的潜意识几乎要冲到幕前对她喊了，万一你敌不过她怎么办？万一你才是那坨裙带菜呢？不管怎么样，现在是需要回方山岱城一趟了，如果能在家里查到二十年前的账单记录，也许就可以找到这坨义体。出了永生重工，旅鸽开动汽车，问渡渡：“对了，你认识那个什么S组的人？”

“现在永生重工主管人类的只有标准生命部，娑摩组是这个部门最早的一条产品组。听说他们去年全组跑路了，估计是哪家公司慢慢把负责杰拉尤的人全撬走了吧。”

“是不是咱俩的脑子都是他们动的手？”旅鸽沉思道。

“干吗？我可不会帮你去找他们。躲还来不及。那帮疯子看见咱俩现在变成这样，也不会大发慈悲帮忙复原，肯定会更兴奋。”渡渡说。

“不过今天我至少得到了证实。”

“那么你要回去找你爸？”

“三年没见过他了。”旅鸽痛苦地摇摇脑袋，仿佛要把什么东西从脑袋里赶走。旅鸽很想说——要不你作为老爹的旧下属跟我一块儿去，也好照应一下——但这个念头只出现了一秒钟。

“好吧。在南风镇放下我。”渡渡说。

* * *

旅鸽的车开到方山岱城的东南端，就需要用汽车转盘把她的车抬升到别墅高地了，她家就在那个地方。现在她旁边是一辆粉红色的敞篷车，和旅鸽这辆满身弹痕、时见血迹的肌肉车相比，简直精致得像个玩具。确实，她这辆车现在的品相不怎么样，毕竟在一个多星期里先后遭遇了两次袭击，能开起来就已经不错了。

正有三位优雅的老女士坐在车里啜饮咖啡、大吃零食，给她们开车的是一个年轻小伙子，也许这车根本没有自动驾驶机制。尽管转盘声音震得天响，旅鸽都能听到她们在肆意聊天。坐副驾驶的婆婆正把糖倒进茶杯里："那个年轻和尚上门要一小块电路板，带锡的。我把我整个电饭煲都给他了——我也用不到那东西了——他好像还透出点不乐意。"

"是嫌给得不够多那种不乐意吗？"她身后的婆婆问。

"是强迫症的那种不乐意。好像我没按他的要求把电路板卸下来给他，就是我的不对似的。"

"谁知道电路板在哪儿啊？"缩在角落里的婆婆是三个婆婆里最年轻的。

"你可是开过飞船的兼职演员，竟然不知道电饭煲的电路板在哪儿。"第一位婆婆喝起了红茶。

旅鸽记得她们。依据刚刚发言的顺序，她们分别叫作大婆婆维吉尼亚、小婆婆琳达和女明星伊丽莎白。旅鸽认识这三位婆婆，是因为她们都是"方舟巡回剧团"的前演员，承上启下，代表着一个旧时代的荣耀。

这都是父亲告诉她的。在三十年的方舟航程里，成立一个巨大的巡回剧团是非常必要的。它的演员来自各个国家，有时会凑到一起演出一场《麦克白》之类的大戏。这场戏是莎翁的巨作，但为了烘托该剧的气质，剧团还别出心裁地利用加入了失重的元素。那时候维吉尼亚、琳达和伊丽莎白还年轻，但她们饰演那三名形似乌鸦的老女巫，会突然出现在机舱的一些意想不到的角落。麦克德夫这个角色也能在失重环境下连翻八十四个筋斗，有些观众带着计数器亲自数过。

但不知是从哪一次《失重麦克白》谢幕之后，方舟巡回剧团发布了一个新的风俗。剧团声称，《失重麦克白》这部剧每上演一次都会招来厄运，所以除非是所有演员死亡之后，才可以重开班底。如果不这么做的话小则飞船遭殃，大则方舟团灭。

开始时，大多数观众认为这个生造的习俗只是为了给演员们偷懒，但剧团用固执的传承系统熬死了这部分观众。此后这个规矩逐渐传开，《失重麦克白》在后来的迁徙中果然只上演过区区两次。

最后一次上演是在人类登陆菲洛劳斯星之前一年。登陆菲星后的那段定居过程使不少演员不适应陆上环境，英年早逝，那些只是耳闻过《失重麦克白》观剧盛况的观众多么想再次目睹这部巨作上演，多想再次目睹三女巫张开黑色衣衫在空中飞翔的一幕，就像在那段伟大航程时候那样。

但紧接着，五十个菲星年又过去了，这部分翘首以待的观众就像他们的祖先一样，死了大半，三名饰演老女巫的英国女士也还是迟迟没有去世。

她们登陆之后一直在演更赚钱的角色，就这样度过了风华正茂的年龄，并且目睹了大部分剧团同事死去，直到所有同事死光光……只剩下了大婆婆维吉尼亚、小婆婆琳达和女明星伊丽莎白三个。要知道，只要大婆婆维吉尼亚、小婆婆琳达和女明星伊丽莎白不死，《失重麦克白》就没办法重启。剧团甚至没有想过怎么在菲星造出失重环境。

旅鸽之所以知道这些，是因为大概十岁的时候，父亲硬是许诺她看一场《失重麦克白》。他老是许诺这些空头支票，六艺大师管这些叫什么古籍里的“望梅止渴”战术。但那段时间，她的确表现得挺乖，万一剧团真的又重启这个剧目呢？她坚持了足有一年，也许更久……然后一晃就到了现在。

依靠健康的心态加上永生重工的保健技术，她们又熬到了退休后的第十年。她们已经到了饰演三女巫的最佳年纪，也就是说不用化妆就可以上台，不借助变声器就能随意发出乌鸦般的声音。人们会想，这样大婆婆维吉尼亚、小婆婆琳达和女明星伊丽莎白可以松松口，同意重启《失重麦克白》了吧？

但三位女士还是牢牢把握着手中的拒绝权。

她们从不管世人怎么看待自己。正如《失重麦克白》第一幕时三女巫的开场白那样：

“手携手，三姐妹，沧海高山弹指地，朝飞暮返任游戏。”

话越传越邪，话剧迷们觉得老太太们已经活成了三女巫本人，也有人传说她们被永生重工公司制造的杰拉尤替换了。但她们就是不顾观众们的咬牙切齿，带着顽强的生命力，一直生活下去。

三位老姐妹花一整个上午在方山岱城的商业街逛街，购买对于这个年纪来说过于鲜艳的衣服，然后饱饮富含人工咖啡因和奶油的下午茶，手牵手去洗手间换尿袋。她们坐在那里，对方山岱城上的所有新鲜事物嗤之以鼻。

* * *

现在三位婆婆的引擎声远去了，旅鸽把车停在别墅区下面，沿着熟悉的斜坡向上走。她的家就在斜坡的尽头。大门就在眼前，旅鸽伸过手，它应声而开——内置的生物特征并没有删除，她还可以进得了家。

庭院里的鸡爪槭名叫“苏州夜雨”，此刻树冠仍然和她走的那天一样鲜艳，颜色和她的指甲意外地很相像，叶片油亮亮的，好像一丛在雨中燃烧的火焰。从修剪的痕迹看来，仍然是出自六艺大师的手笔。除了精通外交、音乐、射击、战略机动和人机语言之外，它还是个园艺高手，但这位忠诚的机器人今天好像没有守在家里。

接下来是房门，旅鸽试了一下，没能打开。她稍微有些失落。

倒也无妨。等六艺大师回来——或者父亲回来，就能进去了。旅鸽整理了一下头发，朝门口看看，那里还留着一道她小时候赌气留下的铅笔涂鸦。她伸出手，手指沿着那道笔痕前行。

“苏州夜雨”是基因技术的产物，自己也是。幸好这些比较早的记忆都没有被修改掉。

回忆终止于屋里传来的响动。她站起身，从窗台向里看去。屋里的一切布置改变不大，只是现在还进不去。旅鸽试图抬起窗，那里本来有个坏掉的米黄色开窗按钮，但只要按的时候往窗缘方向使使劲就能把窗子弄开。她试了一会儿没能成功，那个按钮应该是已经被修好了。

响动声越来越清晰。一个十岁左右的小姑娘从里屋来到客厅，径直走向穿衣镜。旅鸽感觉手在发颤。小姑娘背对着窗户这边，旅鸽能看到穿衣镜里的稚嫩脸蛋，那模样她很熟悉。她也不得不触碰了一下自己冰冷的脸，仿佛只有这样才能让丧失支配的大脑确认眼前的情况：

那小女孩长得和小时候的自己一模一样，和想看《失重麦克白》那年纪的自己，一模一样。

小姑娘穿着裙子又转了一圈。她很开心，以至于没有发现窗外有人在盯着她。旅鸽感觉脑子里闪过一阵既视感爆表的眩晕：就好像那是自己小时候最想要的一条裙子，而那条铅笔痕就是因为没有得到它而留下来的。

小姑娘停了下来，她对腰前面的复杂绳结有点束手无策，旅鸽突然想要进去帮她弄一下，随即觉得自己这个想法有点可笑；并且过了一会儿，父亲也出来了。

事情很容易推理出来，很显然他们找到了她的义体，并且激活了她。义体制造时会捎入部分记忆，这是擦边球的做法。给她从介质里恢复这部分儿时回忆，缺失的部分回忆用算法打扮得精致些就好，毕竟正常人脑的记忆也不可靠。然后他会怀着万分愧疚的心情从头开始，好好抚养这个新女儿。

父亲看起来干得还不赖。也就只过去四个菲星年，他似乎变了很多。他在蹲下身，帮缩小版的自己绑裙子上的系带了，旅鸽从没记得自己被这么照顾过，眼前这个男人现在做得很理所应当，还打了个蝴蝶结，而那个缩小版的自己——怎么说，和小时候在永生重工看到的自己不同，她好像完全没有那种“僵尸”的感觉。

旅鸽在门外看了有十分钟，一会儿想哭一会儿想笑。她觉得自己完全没有办法出现在这房子里，直到六艺大师从外面回来，发现了她。

六艺大师的履带在斜坡上压过，旁边是一言不发的旅鸽。她总觉得这个机器人又比印象中矮了一些。

“将军其实是处于软禁状态。”六艺大师企图说点什么，“表面看上去一切正常，但一步也不能迈出去。”

一切正常。旅鸽哼了一声。

“将军非常爱您。”六艺大师又说。六艺大师最可贵的品质就是净说些实话，却从来没想过真实本身就是一种讽刺。

“所以才又做了一个十岁的我？”她问。

“我觉得也许他见到您，会更喜欢现在的您。十五岁以前的不太喜欢。”

“可是我喜欢那个时候的我。”旅鸽叹了口气，“再往前呢？”

六艺大师的脑袋发出某种设备转动声。“再往前有件事您应该不记得了，但将军经常提起。那时候您四岁半，也正好是第三次大版本更新的时候。您要去采花，种进我们家院子。”

说话的时候，一辆车在他们身边驶过。

“我小时候是个喜欢花草的孩子？”旅鸽觉得有些不可思议。

“年轻人的热度谁能知道呢。您一定要天没亮起来，才能摘到带露水的花，将军就带着您摸黑找到它。将军虽说是个军人，但作息时间还是和年轻人不一样了，一早上都困得不行。最后，他终于帮着您把花种进花园，自己已经折腾得完全没有困意。可您倒好，连花也没看，早就在他怀里熟睡过去了。”

旅鸽听完笑了很久，笑到眼睛都湿润了。明明是自己的童年趣事，总觉得是屋里那个小女孩的经历。

现在她还不太想好好消化这件事，这个时候问手术编号也已经没有意义了。她问六艺大师：“感知质浓度是怎么回事？”

“算是区分人造智能和人类的一种标准。”六艺大师说，“就好比说，我不理解红色，红色对我来说只是在人类规定的光谱里比红外波靠右一点儿。在文化层面上，你们说起红的时候，会是昂扬的，激动的，而我只能记住这个知识点，没有关于红色的主观体验。但是，人类就真的有吗？”

“可是人类的意识会把红色波长的信号处理成有关红色的一切体验……”旅鸽说。

“问题就在这里。既然人类视网膜上的感光细胞有和‘红色波长’相对应的受体，才能产生和红色有关的电信号——那么人类的意识里应该需要有一个和‘红色性质’相对应的受体，才能产生关于红的主观体验吧？并且所有人对‘红’的体验还得是一致的。这个受体，就是感知质。而人的意识，正是感知质的集合。”

旅鸽觉得自己快要被说服了。

六艺大师继续说：“据说这就是我们非人和人类的最大区别。七年前他们还拿我测过，我那时想要帮一个机器人士兵打官司。结果是感知质不足，没有法律保护，所以官司并没有打成。”他发出干笑的声音。

“那是永生重工的检测技术？”

“没错。我很快就能检索到他们的逻辑。”转动声再次响起，

“他们的创始人拥有不太一样的信仰，所以把生物分为胎生、卵生、湿生、化生四种。”

“杰拉尤是……”

“杰拉尤的本意就是‘胎生者’。”六艺大师说，“他们一直想让杰拉尤拥有足够高的感知质，和人的区别越来越小。但是不是所有杰拉尤都这么想，我就不得而知了。”

“那我是杰拉尤吗？”

这个问题把六艺大师问住了。他运算了一会儿，答道：“杰拉尤和普通人类的区别在于是否由家庭自然生育。这样看来，您不是人类，也不是杰拉尤。您是一切定义的模糊界限，是这个星球上的唯一例外。”

“同时不是一个女儿，也没有档案，可能是哲学僵尸，但一定不属于任何地方。”旅鸽小声说着，已经走到了自己的车前，“谢谢你送我，但就当我没来过。”

“您确定不回去了？”

“我有别的安排。”

六艺大师停下履带。“好吧。我的算法和千年虫一样，都基于贝叶斯预测，但你们父女俩是我永远捉摸不透的。”

说话的时候它已经扫描了一遍旅鸽的车。

“等等，您经历了战争吗？”它说。

“野外环境有点复杂。”旅鸽回答。

六艺大师不知道从哪变出一个喷头和抹布，帮她擦起车子来。一边干一边说：“您翻一下我的背包，我没有换下园艺臂，自己够不着了。”

六艺大师说的“背包”是它背上的一个军用铁皮斗。在旅鸽还没开始记事的时候，她大多数时间都待在这个背包里，由六艺大师背着四处乱转。旅鸽在其中翻动一阵，六艺大师又说：“就那个，这里不适合打开。”

那个油纸包里的东西大概掂重量也能掂出来。“一直给您留着，以备不时之需。”

“你的贝叶斯算法很可靠。”

“谢谢。”

“我才该谢谢。下回见了。”

旅鸽进了车，任由它在城市里开着，她自己去拆那个油纸包，果然是一包子弹和弹夹。想想刚才六艺大师模棱两可的回答，旅鸽更相信自己是拥有某种不被看作杰拉尤的特权。现在她的心情还没有缓和下来，施一寓还在这种要命的时候打来电话了。

“问到了吗？”施一寓问。

“我记错了。看起来我得找点别的法子了。”她满脑子不知道该怎么把这事解释给施一寓听。

为了打破沉默，她又问：“你还挺关心我的事？”

“没有，只是好奇我们的迦梨嘛。”那边支吾起来。不知道为什么，旅鸽觉得她对付这种小男生意外地在行，她也能更镇定一些。

“说起来，你有进入‘万神殿’的权限吗？”旅鸽问。

“啊，你还知道那个？”施一寓兴奋起来，“万神殿是实体的基因文库，我们只能手工操作它们，我不知道它的虚拟数据备份在哪儿了，就算知道也够呛进得去。”

“明白了，不过你可能会听到一些不对劲的风声，可能对你们组有点用处。”

“跟那批角马有关系？那我倒要打听打听了。”施一寓主动说，“对了，假如你要对自己的脑子做点什么有风险的事，可以随时咨询我。”

他说出了旅鸽刚刚一直在思考的问题。刚刚在家里经历的一切，使这个问题更迫切地堆在了她面前。但她眼下根本没空思考，挂断电话，新的资料又接踵而至——多亏了闪光弹，武装人事经理那天拍下来的飞行器影像也已经分析出来了。

“嚯。”旅鸽说，“这么长的名字。”

* * *

小组的哭喊声没有保持太久。标准生命部“创新驱动力”的幌子下，这样的骚乱时常发生，这次当然也不会引起太大的影响。

恒河城城郊的永生重工专属农场里，副总达摩在一堆草垛上躺着，奶牛垫料的味道让他感觉很舒适。他手指对着天空转圈圈，一个圆环状的信息图出现在指尖，那是一个人工设计的药剂，可以把一段基因送到任何动物体内。达摩看了一会儿，觉得设计得不好，划出下一个。

直到一张脸出现在他上方。达摩匆匆收起信息图站起来，刚要叫出声，来者叫了一声：“我的兄弟。”

一个称呼就让他噤声。“原来隔空指挥我的是您。”

“兄弟。”达摩压抑着窘迫和一些怒气，但他尽力不让自己显得慌乱。兄弟会的教导是，哪怕你生气了也必须保持基本礼仪。更不用说作为上线，不可以被意外乱了阵脚。“你倒是猜出是我了。”

“只用排除就可以确定您的身份。原来那段基因序列正是您破译的，您读懂了神的意旨，我对此敬仰至极。想到把它做成基因编辑蘑菇，更是神来之笔。”

达摩看着眼前这张亚洲血统的脸，这个人比想象中难以管理。他决定主动追问。“你查清上次是谁在捣乱了？”

“一个新的组织，叫作全球工单系统。领头的人，和我还有些渊源。”

“它会增加噪声，推迟第二定律的效用，亵渎的东西。不过我们在深空的内线可以轻松地注销这种野生机构，就像摧毁南风镇那样。”

达摩的遣词造句仿佛雷霆万钧，搭乘员却摇摇头：“本来是这样没错，但这个所谓系统用了一种全新的通信手段和深空物网隔离开来，所以千年虫根本没法计算。”

“不要让他们拖慢主降临的脚步。”达摩说，“另外，你去一趟南风镇收尾，这次手脚一定要干净。”

第八章　濑鱼｜Embodied Cognition

渡渡从南风镇的大门下面，贴着墙根溜进去。

他现在分外警惕。在车上的时候，他打开过全球工单系统，查看那个熟悉的个人主页。搭乘员，上线时间明明白白显示着两个小时前，看来他也是个活跃在 TCP/IP 世界的幽灵。但通常他的 IP 都是不固定的，于是渡渡又把之前和他交易的发货地址翻出来，那个地点是一个物流管道口旁边的加电站——应该也只是一个临时地址。从这一点看来，应该有不止气枪小子一个人帮他做事。渡渡在他的站内私信里给搭乘员打了一个“？”发过去。

今天的南风镇还是人烟稀少，感觉什么事都有可能发生。好在一路没有什么奇怪的人，也没有小男孩站在高处拿气枪指着他。溜到海弗里克那个卖菜的厂房，人确实已经消失了，菜也被居民洗劫一空，渡渡打算直奔蘑菇地窖。

路线只要一遍就能记住，但上回没来及安排人在这里盯梢，渡渡检讨自己最近是不是太闲散，和朋友们联络得太少了。走到半路，上次那个小朋友又出现了，几乎是跳着走向他。

“怎么，你找到你朋友了？”渡渡远远地问。

“找到了！”对方的回答令他有点意外，“我就说他会从天上下来！”

啊，这可不太妙。“然后呢？”

“其实就那样。他们开着很大一架飞船下来，像你和那个姐姐一样问了我几句话，后来进了地洞，又回去了。可我还是不敢进那个洞。”

渡渡松了一口气：“你做得对，永远别进去看。”

结合看来搭乘员是和这些蘑菇脱不了干系了。那么他们着急回收的那些角马——或者说那些所谓的“噪声”是什么东西呢？

“大人们都说不要靠近那个洞。那里面到底有什么啊？”小朋友问。

“我这不是正要去看看，能出来的话就告诉你，”然后他小声嘀咕，“如果活着出来。”

地窖还是那么黑，但这里现在已经没有任何从事过非法职业的样子，蘑菇已经没了，电缆也都已经消失，取而代之的是一摞摞白菜和青贮饲料。渡渡拿出一个小棍子，拧开之后发出微弱的白光。这小东西的前端像个昆虫的复眼，每个小眼珠里都内置微型可调谐激光器，能检测出环境里有多少基因插入过显色片段，市面上常见的荧光信号都能和它兼容，只要有特定的生物组织擦碰过环境，留下痕量的荧光蛋白，它就能把这些信号放大呈现出来。

现在他把波长调到趋向于紫外线一端，举着这枚手灯往前走着。已经很久没用过这东西了，加之摔过几次，有十几个小眼珠已经不能发光了。他暗自嘲笑自己——这已经是在寻找娑摩组做事的蛛丝马迹了。那时候他们每次都要用这枚手灯照一照实验室是否被打扫干净了。他们真的和那两个行凶者有关吗？

这项探索相当费眼睛。地洞里的植物汁液也在混淆他的调查结果，直到他的脚底踩到紫色视野里的一片诡异的红。那片红的形状就像一条巨蟒曾经在这里游过，接着进入一个不知名的空间，只留下神秘的拖迹。

这些生物体液在小手灯下也过于绚丽和明亮了。渡渡合理怀疑，这颜色来自被改造过的哺乳动物血细胞，而拖痕则反映了一具尸体曾在这里被拖行而过。

不用说也能猜到那是海弗里克。菲星的开发率并不高，到处都是荒郊野岭，还有茫茫无际的大洋，如果一个人不正常地死了，那他多半是永远都不会被找到了。

渡渡蹲在山洞里，找自己最熟悉的人群发消息，询问最近有没有人吃一种奇怪的蘑菇，或者有没有听说警察在追查这种东西，一直发到困意袭来。到底为啥追到这一步来着？一开始是为了赏金，现在连大群都受伤了。如果现在就让别人接手这事，那真的很难解气。正想着，手机发出巨大的声音，在狭窄的地洞里震得山响。

是旅鸽。“找到那船的名字了。叫‘十面灵璧仙槎’。”旅鸽念出这段名字还有点困难。

“名字那么长？”渡渡也失声叹道。

“是旧地球的一个艺术收藏家开过来的船。但是消息在四年前就中断了，估计就是那时候到了那个怪人手里。”

“还有一件事……那个什么‘医疗敕形’的地方可靠吗？”

渡渡假装没听到。他说：“快来接我。”

打完电话，渡渡躺在不知道谁家的户外摇椅上睡了一觉。醒来一看，全球工单系统的工作群里还是没有人见过这种蘑菇。至于“十面灵璧仙槎”这种名字，大家更是连听都没听说过。渡渡闲逛了一会儿，找到一个小卖部，买了一瓶水喝掉，再把瓶子还回去之后，旅鸽的车就再次出现了。

车子停下，没有人下来。渡渡隔着窗子一瞧，见到旅鸽那副样子，就可以猜到这几个小时内一定发生了什么。他上了车，就安排自动驾驶去往他指定的一处台地。

车子启动了，渡渡靠在椅背上发话了。“情况不怎么样啊。”

“相当糟糕。简言之，就是我可能再也不会回去了。”

“恭喜你，那就先别说了，我不太想听关于他的事。”

“随便带我去个什么地方吧。”旅鸽把窗户打开，“我想吹吹风。”

“那你可不能把发型吹乱了。”面对旅鸽疑惑的眼神，渡渡说，“因为现在要去见一个漂亮姐姐。”

* * *

过了一段时间，汽车接近一座陌生的城市，旅鸽扫了一眼，想起这里以赌博闻名。进了城，七扭八拐之后，车子在一座建筑外停下。往外看看，近处的街区横七竖八地趴着一些人，分不清是赌鬼还是瘾君子。渡渡带旅鸽进了大门，里面倒是干净气派，赌桌和赌具一应俱全。

“这是我该来的地方？”旅鸽问。

兜售筹码的机器人嘎吱嘎吱地开过来，渡渡说不要筹码。不交易筹码就连接酒的玻璃冰杯也没有，但渡渡径直走向咖啡机，取出两个藏得挺深的一次性杯子，又熟练地找到酒瓶，选了一瓶威士忌，倒给自己和旅鸽。

“我看出来了，你确实不是来赌博的。”旅鸽说。

“我的钱又不是我的钱。”

两人在一个卡座坐下，接着有一个女人的声音响起：“好久不见咯？”

那声音仿佛有魔力一样，实在让人难以忍住去看看是谁来了。接着旅鸽就看到一位皮肤略呈棕黑色的女子向他们走来。她不禁暗自称赞，那真是一位美人……看穿衣风格，应该是在这里专门从事高端陪伴业务的。

“她是濑鱼。”渡渡一边举手和美人打招呼，一边介绍道，“这是我的同事，旅鸽。”

濑鱼露出极其令人心旷神怡的笑容。接着她皱起眉：“你就给人家喝这个？真是一点儿没变。”

“有要紧事，没那么多讲究了。”渡渡说。濑鱼在他们对面坐下，要了一杯加冰的酒递给旅鸽，后者感谢地接过。

“可是你们要做什么要紧事？”旅鸽问。渡渡这个样子，该不会是濑鱼的客户吧？

面前两人却像看怪物一样看她一眼，然后哈哈大笑起来，我看起来很正经吗？许久不见也没必要开心成这样吧！

濑鱼停下笑声，严肃地说：“他这种脑袋的要紧事都不太行。”接着噗哈哈又笑起来。旅鸽打算不追究到底：“原来是这样，不过细节就不用说了。”

“别听她乱说。在她眼里男人就没有一个是行的。”渡渡很不要紧地聊起闲篇来，可旅鸽没明白这话的潜台词是什么意思。

见她不解，渡渡迅捷地抓过濑鱼的右腕，把她的手凑到旅鸽面前，同时肩膀挨了濑鱼左手两巴掌，整个赌场为之一静，随后又被嘈杂的赌博和音乐声淹没。濑鱼修长的手逼近旅鸽，使她清楚地看到，濑鱼虎口处文着一排密集平均的短促平行线——是把尺子的刻度。

渡渡转头向濑鱼嚷道：“十年前你家破人亡出来做这个工作，没过几个月就在虎口上文了这个，也亏了还有人吃这一套，专门喜欢来你这儿找不自在。”

旅鸽说：“我刚还想说这文身很酷。所以是什么意思？”

“这是个尺子吧？长度和周径都可以量，所以你看她这人有多刻薄了。”

濑鱼白了渡渡一眼，把手缩回来："你知道个屁。"她又喝了一杯，放下酒杯后突然安静下来。

"说正事，我们可好久没开会了。"渡渡说，"你最近有没有见到过吃一种奇怪的蘑菇的？有荧光。"

"还真的有。"濑鱼说，"他们完事的时候吃它，躺下来像是睡着了一样，但嘴里在念叨一些奇怪的话。"

"那蘑菇怎么做熟的？"

"哪里做熟了，是生啃。装在一个恒温箱里。"

"说什么你录下来过吗？"

"讲什么怪话，那是客户的隐私——不过他们都是杰拉尤。有男有女。"

渡渡和旅鸽对视一眼。老实讲现在旅鸽不太关心这个，她的目光刚才全被那个文身吸引过去了，还有她小腹处衣服下面影影绰绰的一些金属构件。

"那'十面灵璧仙槎'是怎么回事，你听说过吗？"

"你怎么还知道这么高端的东西？"濑鱼摆出一副意外又鄙夷的表情，"我的一个客户是做艺术品市场的，他提过这艘船。说是那艘船本来属于个赫赫有名的艺术世家，但是在四年前突然消失得没有踪迹，它的主人也不见了，但这几年，船上的宝贝一直在黑市陆陆续续地出现。你见到那艘船了？"

"何止见到了，"渡渡指指自己的伤痕，"那时候没人报案吗？"

"一直没有人给十面灵璧之主报仇来着。"

"我觉得抢船的人可能跟一件杀人案有关系。他还伤了大群。"

"懂了，你们要狠狠敲他一笔。看卖掉的东西，确实是个有钱人。"

"那样也太没尊严了，大群也不会高兴的。"

"那你到底要怎么样！"濑鱼嚷道，"放着这么肥的肉不啃。"

“帮我问问那个客户，有没有听说过那艘船上有一把很名贵的刀。”

濑鱼白了他一眼：“就这个？真无聊。”她转而看向旅鸽，见她盯着自己的脸，就堆起笑指指自己的脸：“这里做过一些，我颧骨不太好看。”

“不是这个。”旅鸽连忙道歉似的摆手。

濑鱼拉住她：“没关系，门口写着‘医疗敕形’那家，我全是在那做的。”

她还掀起衣服给旅鸽看了一下小腹处的机械改造痕迹。“又显摆。”渡渡嗤了一声。

“虎口那里的传感器也是在那做的吗？”旅鸽问。

“眼光不赖。他们技术还挺好的。这男人根本不知道它有什么用。”濑鱼凑到旅鸽耳边说了几句，旅鸽一脸严肃地点头，直呼厉害。

渡渡确实只知其一。濑鱼的这款尺子文身才不光是为了寻开心才文的。在她每次测量的时候，这个数据会自动进入她的身体，先是呈递给丹田处的一个处理器，再沿着皮下人造神经一路向下，到达一个不可言说的部位——那个“工作部位”。

濑鱼的“工作部位”已经不是自然拥有的那个，而是被替换为一个可塑件，与性快感有关的神经末梢连接到这个人造器官上，和中枢神经紧密结合。一方面，它通过改变自己的内部结构来适应客人的形状，因此总能给客人最好的体验，前提是客人本身的资质是否有福气消受。如果客人能受得了濑鱼的尖酸刻薄第二次来找她，那么这个数据还可以为他保留。

另一方面，它通过放大神经信号来输入濑鱼的大脑，保证她也拥有足够的快感。简单来说，这就是一个两头粉饰的信号交换器。

这个人造器官代表了对性工作者的终极物化，濑鱼甚至可以到黑市轻松地保修、替换这个可塑件。但不论客人能不能获得满足，它又都能细致入微地给予濑鱼本人足够的快感，所以根本说不清是谁占了谁的便宜。

这还不是濑鱼的最终“撒手锏”。为了让客人舍得出一份力，还有别的部位进行了游戏化改造——她的小腹还文有一个图案，两个羊角般弯曲的输卵管连着一个腔室，代表了她失去的那些器官，在濑鱼的快感充斥脑内时，这些文身会自动变成彩色，来给予顾客正向激励。

当然，这一切渡渡都没见过。这笨蛋还在毫不掩饰地大笑：“我还没有提养塘鲺的那个人，你在完事之后给他讲那个鱼的记忆只有 7 秒的故事，他提起裤子哭着就跑出去了。”

濑鱼白了他一眼，关切地问旅鸽：“您能听懂吧？”

旅鸽不知怎么作答，只能点点头。渡渡却抢白说：“放心吧，她也不是什么好人。”

“要你说……”

“不过说真的，她可是去过‘辋川’的人。”渡渡指指濑鱼。

“不提那段了。不然你以为我去做什么改造？”旅鸽看到濑鱼的眼神中闪过一丝不易察觉的退缩，渡渡也识趣地收住了嘴。她想起就算在方山岱城，也有人会把辋川的一些有钱人称为畜牲。

“大家最近怎么样？都没过来玩了。”濑鱼问。

“我总觉得要有大麻烦了。”渡渡叹了口气，旅鸽头一回感觉他深沉起来。“小马你还记得吗？去做了警察的那个，他告诉我工单系统引起物网注意了。”

“还没找到她？”濑鱼问完这句，下意识地看了看旅鸽，她一时不知道该不该问这句。“你最初成立工单系统是给我们这些人一条活路，那么如果有一个人能尽早把大家都治好，系统存在不存在反而没那么重要了。”

“不能把希望都寄托在她身上。”渡渡勉强笑笑。

＊＊＊

从赌场出来已经是晚上了。那些流浪的瘾君子有些生活还挺规律，有些醒着的已经开始生火做饭了，高级点的则使用了便携微波炉，加热一些垃圾食品，为自己接下来整晚的享受补充必要的能量。他们享用的玩意儿五花八门，有贴在脑门上的胶条，有视觉入侵的VR设备，有经典的注射剂，但就是没有原始的啃蘑菇，更没有人躺在地上说什么奇怪的话。也许这种东西流行得还不够广泛，也许还需要什么特殊的仪式，毕竟那帮人里面有搭乘员那种家伙——走着走着，他发觉旅鸽的眼睛在不怀好意地盯着自己。

“干什么？是还想再来一杯，还是没看够漂亮姐姐？”他问道。

“你要找的那个人，和离开永生的是不是同一个人？”

“肉体突破Psycho失败之后，永生重工借口我和她的关系是丑闻，逼她离开了娑摩组。那段时间她的确帮了我朋友们很多，他们现在觉得只有她有本事救他们，又觉得我之前和她走得近，所以才一直烦我去找她。”渡渡板着脸说。他这话相当于承认了简医生和娑摩组的关系。

“所以她是爱上了自己的实验对象？”旅鸽哈哈大笑，“原来你还有这种魅力。”

“别笑，你可以认为我恰好符合她的怪癖。”

“好好，那我问正事，我中午问你的事——”

“你不是坚决不要去那里吗？”渡渡继续大步往前走，“你可别听濑鱼胡说，那个手术室没那么厉害。”

“如果是我改主意了呢？”旅鸽拦住他。

“你家里……到底发生什么事了？”

旅鸽趁着篝火把今天的事大致讲了一遍。渡渡听完停下来，拿手机拨通了“医疗敕形”的电话。

“五万元。”对方接通就是一个狮子大开口。

“这么贵！”渡渡吼道。

“要加锚体，”医生说，“颅骨那么厚，不是好的导体，所以要拿电钻穿过颅骨植入好几个电极。那样得加钱。”

“不是钱不钱的问题，我是担心你的手艺不行。”渡渡说。

“你那两次腿断了可都是我接好的。”

“腿不就是几节骨头而已？你可是要钻她的脑袋。”

旅鸽打断了渡渡：“别担心医生，这些锚体已经有了。我脑袋里就已经有这么个玩意儿。”

医生沉默了一段时间。“那事情变得简单起来了。我只要把那些东西解开就行了。对了，手术过程需要全程录像，希望你不要介意。”

“为什么会有这么奇怪的要求？”

“多数患者做这种手术的时候会出现手术台谵妄，一种急性的意识错乱。患者在大脑噪声里迷失自己，会觉得医生在暴力侵害他们。我可不想你回头把我们诊所告了。”

“懂了。”旅鸽并不拒绝，但她听出了弦外之音——这台手术将是一个相当刺激的旅程。

“手术排期可是挺晚的，一周之后。”

* * *

搭乘员对着庭院擦完刀，给自己倒了一小盏茶，陷入思索。达摩让他把这帮人干掉，这并不难，只要找一台工单系统的终端机，把内部的交易数据扒出来交给千年虫，它肯定会把它判断为非法，第一轮派律师，第二轮则是派暴力机器人过去。

但他觉得应该有自己的解决方式，这个互联网系统也许能帮他不少忙，他比达摩更清楚这个事实。他鬼使神差地打开手机，输入“iryayama_kenkyou”访问全球工单系统。这是他的真名，入山家在旧地球时期就以大云无想剑名流于世。登录成功，界面上显示出他的昵称“搭乘员”。点击“关于我们”，入山悬镜看着页面上的文字：

>全球工单系统是通过特殊连接搭建的实用网络。它没有中心电脑分配工单，这里的内容全部由用户自己生产。请尽量不在全球工单系统外提及它的存在。为打造更自由的网络环境而努力，全球工单系统敬上。

联系人里，渡渡的头像在跳动。打开一看，他发来一个“？”符号。

入山悬镜想也没想，就点开回复框，先是凑在嘴边。输入一段语音，觉得不妥，取消发送。再输入一段文字，看了看之后又清空了。

最后他还是把自己的定位发了过去。就这么一会儿工夫，小盏里的茶都凉了。

埃萨埵斯档案：Ⅱ & Ⅰ

惠可关闭经文头盔的开关，摘下头盔，面前是一片深蓝色的大海。

师父去海边餐厅上厕所还没回来。刚才他觉得有海鸟在隔着头盔啄他，现在他发现并没有海鸟，也许是深空并没有投放这种东西。于是他判断不远处的小孩拿石子砸了他，他们就埋伏在餐厅背后。

惠可的目光重新被大海吸引。这里并不是什么值得作为断行之地的场所，因为风景未免也太好看了，但师父好像很喜欢这个地方。在这个季节，这一段近海的水体宁静，水面以下生长着影影绰绰的“植物”丛。仔细看可以知道，它们是从水面的浮筒中长出来的，由一根细长的茎垂下，连接“花体”。花有五瓣，有些完全张开，像一张巨大的莲叶，有些闭合成膨大的莲蓬，使得这里像一处倒悬的荷池。

惠可看得呆了。但他知道那并不是植物，而是一只只那罗鸠婆的幼体。那种五瓣的花叶正是它的头部。作为永生重工的产品，那罗鸠婆的技术含量可谓仅次于杰拉尤，其生命周期的精确程度甚至有过之。

每一年的春季，人们会往海中投放许多这样的浮筒，里面开有七至九条孔道，每条都装着一小团那罗鸠婆的脱水胚胎，长得像一块干木耳，可以休眠三个月；海水流过孔道，它就开始发育膨胀，从孔道中伸出细长的茎状触肢。这支触肢的顶端会先发育出一个完整的纺锤状原肠胚结构，这是那罗鸠婆生活史的第二个阶段。接着诡异的事情发生了，惠可永远难以忘记他在永生重工广告片中看到的情景：它的一半身体会吞掉另一半，剩下的那一半会发育成一个五轴对称的莲蓬状头部，周围海水流动，给它带来浮游的食物。

当这个生命期也结束时，不同形态的那罗鸠婆会按照基因中的编码，走上不同的发育道路：有些联合在一起，驱动浮筒游向大海的更深处；有些从浮筒上脱落，五轴莲蓬头再次膨胀，伸出三对触手和两对轮状足，发育成更复杂的、可以自由活动的成年个体。基于可塑性极强的身体构造，那罗鸠婆可以做的工作有很多——捕食、筑礁、清理海上平台，它们的大脑可以处理的工作都被编辑成了本能。当生命走到尽头，这些棘皮动物会从周围的环境里找寻富含重金属的食物，替换体内的轻物质，集体沉进海底，在那里自然死亡，等待时间把自己钙化成一个礁。

想到这里，惠可开始感觉有点恐怖。他深吸一口气，把经文头盔放在一边，从包里摸出一本《浮士德》。这是一本精装书，用了纸这种昂贵的材料，是在深空的时候得到的礼物。他在阳光下翻看，时而略作思索。那些幽暗的庭院、空旷的荒野、宏伟的宫殿，都只存在于过去的地球，对惠可来说是陌生的风景，但惠可挺喜欢看这本书，和魔鬼做交易的部分总让他想起以前为千年虫工作的日子，那时他还是千年虫的系统工程师。在跟随大师以前，他可以算是菲星的维护者。

* * *

2059 年。

格里安在系统部的时候，花名还是珊瑚虫。这天，他和同事海女虫乘坐水底轨道来到方山岱城的后山，检查计算机的“冰箱”需不需要修理。“冰箱”是一个比喻，它的真实形态是千年虫那颗量子核心外围的七层冷却壳，直径足有十几米，负责把核心冷却到接近绝对零度；而“冰箱”本身的运行又要产生巨大的热量，因此方山岱城的高原清洁水源有一大半用于冷却“冰箱”。这些水源以人工河的形式在方山岱城奔突，是通往“冰箱”的绝佳通道，但工程师们都喜欢从出水口逆流而上，因为经过热交换的水流才不至于隔着防护服都冻得人手脚发麻。

他们这次下来是因为千年虫的几次异常发热。格里安对这些巨大的设施没有深入研究过，但只要具备最基础的量子计算机硬件知识就能知道，“冰箱”和水源都是为了保护千年虫的核心不受退相干和热力学噪声的影响，否则他负责的算法部分就会出问题。硬件交由眼前这个姑娘负责，他只需要指出修缮的结果是不是达到他的要求就可以了，偶尔打打下手。

海女虫先递出了扳手，自己才从管道里爬出来。“只有一处冷凝管有点问题，我已经做好标记，下次换掉就行了。”

接着他们在“冰箱”旁边休息。因为没什么话题，他们只能不约而同地盯向那个大球，仿佛要看透它的七层外壳，直视最里面那颗脆弱的大脑。

不知道当时他们是怎么想到用它做个量子计算机的，格里安想。那颗核心取自埃萨埵斯Ⅱ的最中心一层，地球科学家早先发现它算是埃萨埵斯Ⅱ的“灰质”，即便Ⅱ已经死去，它里面的那些复杂结构也还存在，就好像珊瑚虫死亡，留下充满孔洞的钙化骨骼，它天然适宜构建量子计算机。

于是，工程师们在那颗核心里架设了量子比特[①]寄存器，事就这样成了。

“真不敢想象我们这颗星球建立在一个谜上面。”海女虫突然说。

“什么谜？”

“比如为什么编号是从二号开始的？明明它是人类发现的第一个。”

以格里安San-12的密级，当然知道这背后的秘密。“你可以猜一猜一号是什么。”他说。

“它伴随人类足够久，离地球又足够近。”

她猜中了。“看来你已经有答案了。”

“我猜它是‘忒伊亚’。”她谨慎地用了一个隐语来表示，“几十亿年前它撞击地球，然后一直陪在地球身边。”

“小心点，如果你猜对了，你就离被记忆收容不远了。”格里安半开玩笑。

“但是那东西靠谱吗？记忆真的能精确地编辑掉吗？”她想起最近的一些风言风语和例会上一些含糊其词的预告。

“不要小瞧大脑自带的算法。而且你总不会想成为第一批用户吧？”

“我倒不担心。”海女虫逐渐大胆起来，“既然我都能猜到，那一号是什么其实不是真正的机密，真正的机密是一号究竟有没有死去。你见过月相图吗？”

格里安摇摇头。

“在一个回归月里从一道亮弧再到四分之一，二分之一，一个亮的星体，最后变回一道弧。我总觉得它是活的。我们的文化里

①量子计算机的基本运算单元。与经典比特相比，在“0”和“1”两个基态之外还存在叠加态，因此支持更复杂大量的运算。

用它来指导农业。”

格里安没有见过，他甚至不记得什么叫回归月。在这里，月的概念只是计算机输出的一个日程指南。

“你关心这个？你甚至没见过它。”他问。

“就是因为没有见过它，而它在我们的文化里又太重要了。有时候我想到这个星球的晚上没有那个，我就会哭泣。”

“哪个文化还没个月亮女神了。”

“那你一定没读过李白和张若虚。‘江畔何人初见月？江月何年初照人？人生代代无穷已，江月年年望相似。’这是他们写下来的诗。”她尽力地翻译了一下。

但格里安不为所动。

“我还以为读《浮士德》的人多少有点品位。”海女虫显得很失望。

“老实讲那玩意儿我也读不太懂。也许以后会懂。我只是突然觉得，我们在离开地球后才开始关心地球。”

格里安记得，他当时是这么回答海女虫的，后来他们就回到地上继续工作了。后来他见过海女虫的次数很有限，又过了大概两年，他也离开了深空，开始跟随师父不断地苦行；他好像懂了一点儿《浮士德》，又好像没有。但他还记得那天海女虫在最后的畅想：“我真希望我们在模拟地球的时候，能把月亮也模拟出来。”

他们当然模拟了出来，格里安想。在千年虫的计算体系里，地外轨道上确实有一个天体在围着菲星周而复始地转圈，但那只是一个虚拟的参数，仅仅是为了给菲星的纪年划分出月份。而真实的月球永远不会再出现了。

* * *

“又在怀念过去了，惠可。”

师父顺便带回几瓶水和一些鲨鱼肉，是从海边餐厅化缘得来的。他们的蛋白质药丸已经早就吃完了。

“给你的，我已经吃过了。”

惠可感激地接过这些补给。远处的海面上一只海鸟跃出水面，接着又钻入水里，喷射出一束水花。

不，那不是鸟，那是鲸的尾巴。但惠可确定深空也没有投放过鲸。没有投放过的物种，怎么可能自己从大海里生出来？他看了师父一眼。

“我说什么来着，这里非常合适。”大师说，“适合那种容易被动摇的心智。”

“遵命，师父。”惠可说。

在距离海面不到两百米的珊瑚礁里，一个成年体那罗鸠婆终于找到了它的猎物——三条口袋鲨。水太深了，那罗鸠婆的视野不怎么样，但口袋鲨的额头都有基因工程编辑的发光符文，是极佳的活靶子，只要捉住一两条美餐一顿，接下来一天的工作就有了能量支持。

有时它们彼此用触手沟通，交流附近的三维地形，以及有哪些口袋鲨可以吃。在海洋里，投放口袋鲨是为了让它们尽量吃掉小型热带鱼类。小鱼没有自制力，它们会拼命繁殖，吃掉所有的浮游生物，再饿死自己，让大洋重新回到死寂状态，因此需要相当数量的口袋鲨来制衡。而这种型号的那罗鸠婆被称为“审慎掠食者”①，它们的使命就是以同样的方式控制口袋鲨的数量，好让小鱼不被赶尽杀绝。

那罗鸠婆发动轮状足，游入珊瑚礁。它用一米多高的身躯填补了礁体的一块空洞，伸出六根触手，伪装成一丛鹿角珊瑚，然

①美国生态学家斯坦利（S.M.stanley）提出的演化策略，对捕食行为自我约束以防止失去食物源。

后用触手放出一些诱导素，让几条小热带鱼靠近自己。它静静等待着小鲨鱼的到来。

口袋鲨的绿色光斑游近了。如果那罗鸠婆也和人类一样拥有意识和智慧，它就可以理解那种绿色符文的意义：那是深空在永生重工定制的物种。

实际上，如果那罗鸠婆能进化出一个柄状眼睛，或者把眼睛长到触手上，它会发现自己头顶也有这么一个东西。海里的大型物种都会发育出这么一个符文，没有任何一个动物会觉得有哪里不对。六只触手飞速挥出，在水下划出激烈的噪声和空泡，口袋鲨的劳伦氏壶腹还没有检测到电场的变化，就被冲击波狠狠掀翻，有力的触手从四面八方缠上它们的身体。那罗鸠婆挥动触手迅速吃了一条，但还不够。它离开礁体，并拢触手用轮状足前行，主动出击那条鲨鱼。

狡猾的人类还是平衡了那罗鸠婆和鲨鱼的游泳速度，那罗鸠婆开始觉得吃力。并且在追击过程中，它侦测到周围的水波在不祥地晃动。也许是鲸鲨。

这是全部海底生态的最后一环。经过基因编辑，这样的一头鲸鲨能长到四十余米，每头可以活五十岁有余，在海洋中作数万公里的巡游，其过滤的捕食方式可以把任何一个那罗鸠婆个体吸入腹中。

这只那罗鸠婆有过几次死里逃生，它记得这种大型捕食者的特征就是头上有更大的发光符文。与那罗鸠婆不同，每一头鲸鲨的符文后面都附有一个专属编号，这代表鲸鲨的数目更精确，也说明它们处在了菲星海洋食物链的顶级。

那罗鸠婆忘了口袋鲨的事，它感觉压迫感近了。那罗鸠婆睁大眼睛也没能看到那东西具体长什么模样，因为它没有符文。四周的海水开始涌动，这次的吸力更强。在被吸入无底的深渊之前，它碰巧看到了对方的眼睛。那只眼睛比它自己的身体还要巨大。

那是它从来都没有见到过的生物，一种本不应该出现在海底的生物，一头巨大的蓝鲸。

第九章　全球工单系统｜Koan Distance

旅鸽再次醒来是因为野外的喧嚣。最近没什么任务过来，既然手术排期已经确定，如果不出意外的话，这应该是她在渡渡这里住的最后一天，她要回到她的605式房间直到手术开始。大早上的，也不知道外面为什么吵，透过舷窗看不清外界的全貌，于是旅鸽走下飞行器，发现下面已经聚集了七八个人。

"你正好赶上我们开会了。"渡渡在最中间说道。

来的人应该就是渡渡所说的全球工单系统内部人员了。其中一个是大群，他恢复得不错，挺有精神。其他与会者就不怎么样，应该都是久病。其中一个老太太已经完全站不起来了，坐在医疗轮椅上搓着一串珠子。老太太旁边是那天在大排档遇到的年轻人，那个坐在摩托车后座的阿四，那天开车的家豪却不在。不用说，这位老太太就是他们口中的阿虹婶了，只是她看起来并不像那种叱咤风云的帮派领袖——在这个年代还需要医疗轮椅作为辅助的，要么是临时的伤病员，要么就是身体确实不好。

"你们还在跟踪那个疯子？"旅鸽问。

渡渡点点头："关键人物还没到，不过在路上了。"

"这就是你提起的新人吗？"轮椅上的老太太声音和蔼，"但她看起来很健康啊。"

他是在别人面前说了我什么坏话啊……旅鸽刚想辩白，轮椅上的老太太又问：

“你要加入我们吗？”

旅鸽承认这里的气氛算得上其乐融融，但还是连连摆手：“我就不参与了吧。我是来告别的。”她指指自己的脑袋，尽量暗示自己就快脱离苦海了。老太太露出欣喜的微笑。大群附耳过来，说她是从另外一个城市专程来的。

渡渡摇摇头，继续说：“濑鱼已经从自己人里面找到一个和搭乘员有间接交往的人。另外，小马也从警方那里知道这起案子已经在内部评估，因为星球面临大版本更新，深空集团在向他们施压，或许会以小规模悬赏的形式来抓这个人。”

“咱们的机会来了。”一个身形健硕的小伙举起手，神态得意，估计他就是被提到的小马。他的眼睛只有一只是完好的。

“小马的病治得不错，能重新回到治安系统，是我们全球工单不错的案例。”大群说。

“跟着千年虫抓抓人罢了，不值一提，回馈工单系统和渡渡哥才是义不容辞的。”小马谦虚道。虽然他眼睛不太好，但听力还不错。

“小马，南风镇的蘑菇地只留下一个尸体拖痕，和基因改造相关的痕迹全都被清了。我们得套出新的证据来。”

小马一边应着，阿虹婶手中的珠子突然停住了，看来她也注意到了这句话里的疑点。“阿虹婶，不是所有的基因技术都需要娑摩组才能做的。”渡渡解释道。

阿虹婶叹了口气：“我只是又在想，如果简医生当时没有走，我们这些老骨头也许就能帮上忙……”

“可以让家豪和阿四多做点事嘛。”大群说。

“蘑菇那条链有目击证人吗？就是说，能不能把贩毒的人指向那个砍大群的人？”小马把话题拉回正轨。

“南风镇有一个，那是个小孩，不能把他推出来。不过，其他耳目也很多。”渡渡志得意满地指指天边。

旅鸽眯着眼看去，原来是从远处飞来一架直升机。不，不是直升机，是T-涡轮飞行器，载量不大，部队的退役货。这台涡轮机很警惕，在上空转了几圈后，渡渡还是不耐烦了，举起手机说了句：“下来吧！”那台涡轮机才飞下来。舱门打开，一个穿皮衣的家伙鬼头鬼脑地冒出来，发现这里并没有那么冷，就把皮衣脱下来扔进舱门，卷起衬衫袖子走出来。

“好久不见了，大家。”那人一脸愁容，一下来就在寻找渡渡的身影，“你们找的那人，他听说我和你有联系，差点要找我灭口。”

“你为什么要嗑他的蘑菇，亚历山大？”渡渡反问。

“说了不是我，是我的一个搭档海弗里克。他人已经不见了。”原来这个亚历山大和造假菜的人是一伙的。

“那很遗憾，你可能再也见不着他了。”

听完海弗里克发生了什么，亚历山大更紧张了。“那他可留下不少钱，杰拉尤都找他买蘑菇。”

“你是杰拉尤，你没有试过那东西？”小马笑着问。

亚历山大连连摆手：“没有，我洁身自好。据说他们吃蘑菇要找一个安静地方，有时候还会找个密室一起吃，昨天为了避风头，要转移到一艘飞船里，就是你们说的那艘。我知道船主的真名叫入山悬镜。”

“仪式感？那还真和我想的差不多。”渡渡点点头，“我有一个主意，需要用一下你的涡轮机。作为交换，你就在这儿待着，小马会保护你不被他们干掉。”

旅鸽一怔，一直沉默不语的大群这时候站出来，说出了她想说的话："等会，你是想要自己过去？"她远远地见到过对方的火力，这些老弱病残没有一个能接近他们，更何况渡渡一个人去。

"那不行，他肯定会把你杀了的。"大家纷纷说。

阿虹婶也说："现在团队还有很多问题，报仇只是其中一项。冲动会蒙蔽你的意志。"

渡渡没有说话。正在众人沉默之时，远处又驶来一辆电动轮椅。人们纷纷望向来人，旅鸽看到坐在轮椅上的是一个正装的中年男人，开到近前，发现他戴着金丝眼镜，皮肤苍白，正在独自调节轮椅扶手的控制面板。那上面密密麻麻地分布着许多机械阀门，分明是一个体外循环系统。

"布鲁托气坏了，"大群说，"他一定有很多坏消息。"

轮椅加入人群，几声气阀"呲呲"响过后，这位叫布鲁托的人脸色终于好了些。旅鸽可以确定他是血液出了障碍，然后用全身基因编辑治疗出了问题，现在只能随时用定制的体外打印血液替换体内的血液。

布鲁托清清嗓子："大家早，我来迟了，路上充了个电。"他不顾场上的尴尬气氛，单刀直入道，"我的法律预警算法提示，咱们名下有几个小公司全都不合法，原因出在阿虹婶的身份证明上。"

阿虹婶捻着串珠："哦？我一把年纪，身份能有什么问题？"

"您的身份有些按照自然人类注册，有些却按照杰拉尤注册，有点自相矛盾。我想千年虫应该注意到这一点了。所以我想问问清楚，您能不能统一一个对外口径出来。"

旅鸽想起这个布鲁托是刚来不久，给他们管理法务的人，以前是一个记者，被工业发生器的辐射伤到了内脏和造血之后才沦落到在工单系统帮忙。听起来他问的是常规的公司运营问题，但这个问题显然涉及人之为人的本质。在经历了这么多事之后，旅鸽对这个问题也极为敏感。果然，在场的人脸色都不太好看。

渡渡问："这很重要吗？我说，你不是第一次想问这个了吧？你听着，布鲁托。在咱们这儿是不是杰拉尤都没有区别。"

"账单上的区别倒是不小。法律上讲，我也需要搞清楚各位的身份吧。"布鲁托说这话的时候故意往阿虹婶那边看了一眼。

"太久了，我生下来就没有家人，我不记得了。"她说。阿四有些不耐烦，但阿虹婶按住了他。

旅鸽看得出阿四是杰拉尤，那是人类社会在后天塑造的差异，表现在阿四身上则是眉宇间的天真气质。眼下他正为布鲁托的话气愤，显然布鲁托嫌弃工单系统里的杰拉尤们浪费了开支。但如果失去工作，杰拉尤面临的问题比拥有家庭和传承的普通人类更多。

"你可以爱填什么填什么。"渡渡给了他充分的权力。

布鲁托成竹在胸地看向渡渡："这事跟你也有关系哦。这个通知不是无缘无故来的，肯定是有人在深空集团操作过。你最近是不是得罪谁了？"

"当然是别人得罪我们。"

"能忍则忍，"布鲁托说，"现在是非常时期，菲星快要更新版本，咱们从要接受捐赠到盈利那么不容易，都不想这个团队成为一颗短暂的流星吧？"

"这就是我担心的。入山悬镜已经发来邀请函了。我们不能慢过他。"渡渡举起手机里工单系统"搭乘员"发来的消息——那是一串坐标，表明"十面灵璧仙槎"现在停留的位置。

"咱们可以让阿四用杰拉尤的身份先去探探路。"布鲁托调整了一下轮椅上的血循环阀，若无其事地说。

"你就这么想减员？"阿虹婶的语气听起来突然很可怕，吓了旅鸽一跳，"做好你分内的事情就可以了，布鲁托。"

布鲁托摊摊手："放轻松，我只是不想失去我们的头儿。"听到这么虚伪的答复，旅鸽不禁防御性地挑挑眉。

"现在只有我能和他对话，他不会拿我怎么样。"渡渡倒是很笃定，"更何况我的快递还没到呢。"

大家完全不知道究竟是什么快递那么重要，但既然渡渡发话了，就陪他等快递。这段时间里，阿虹婶的怒容已经完全消失，并且给所有人泡了茶。旅鸽喝着这种潮汕风味的"凤凰单枞"，听亚历山大讲那个叫入山悬镜的人的故事。那人确实是一名杰拉尤，是前地球上的望族——入山家族移民后，委托永生重工生产的，那几年他们家族扩充人丁，入山悬镜就是其中的一员。

亚历山大一边讲，大群适时地向旅鸽介绍着大家。阿虹婶年轻时候指挥鱼露帮是何等英武，不过那是她喝了太多茶导致骨质疏松之旧的事了。现在她的那些年轻小弟每人背着一个分布式运算终端在满世界跑，其中还包括那些懵懵懂懂的光头党。

"猜她是不是杰拉尤？阿虹婶不是装糊涂，她不透露自己的身世是有原因的。"大群小声告诉旅鸽。

"我知道，一碗水端平。"她答道。那边亚历山大还在绘声绘色地八卦着：

"本来这个入山悬镜籍籍无名，但他长大后做了一件事，在家族中变得很有地位。你应该见过他那把刀吧？"亚历山大问。

"没错，山鸟毛烧刃小乌丸胁差。"渡渡抱着胳膊说，"是古物。"

"没错，由于入山家的财政危机，这把刀其实在跃迁前就以一百年使用权的形式变卖给'十面灵璧仙槎'号的主人了。在他们家族里，还刀的那天将会是耻辱的一天。但四年前的一天，也就是还刀仪式的前一天晚上，'十面灵璧仙槎'的船长突然暴毙。而那把刀也不知去向。"

“刀到了入山悬镜的手里，船也是。”渡渡说，“而且还很高调，没人能管他。”

“说起来巧，从此以后，入山悬镜也就真正成了这个家族的一员。”亚历山大总结道。

众人不住点头，旅鸽有一搭没一搭地听着，她本来想提早离开，但确实有点放心不下渡渡秘而不宣的计划。她喝完茶，检查了一下自己的车，发现渡渡的小忍者摩托车不在。四下看看，地平线上有一辆摩托车远远地开过来。

“也不知道慢点开。”渡渡埋怨道。

开车的是一个年轻人，和渡渡一样连头盔也不戴。他停下车，叫了声“取来了”，就朝地上扔下一个细长的军火箱，众人啧啧称奇，都围上来看。

冲在最前面的是渡渡。他喊着“躺在我购物车里够久了！”喜不自胜地要去开军火箱的锁扣。看箱子的大小，是一把班用轻机枪？旅鸽好奇地凑过去。

箱子打开，众人都白了一眼，退回身去，只有阿虹婶微微颔首。

旅鸽也大失所望。本以为是什么好东西，结果是一把黑漆漆的刀具。渡渡拔刀出鞘，它大概八九十厘米长，长得半像刀不像剑，护手呈现奇怪的S形，尾端成一个环。护手的背面有一行字：“原型 -1927 复刻 -2059。”两个数字都是旧地球的公元纪年。总体看来，它丝毫没有金属的光泽，就好像是拿废弃塑料做的，渡渡自己却很开心。

“形意刀，你终于得到它了。”阿虹婶说。

“宗师用的东西，但这柄完全是结构特殊的复刻品。”渡渡说。

“高分子材料？”小马想用手摸摸那刀刃，接下来就被渡渡一巴掌把手打掉。

“它比你想象得锋利多了。表面这层不太起眼，但是可以把钢铁砍断。里面有钢芯。”

渡渡挥了两下。空气似乎被高分子材料微小的表面撕裂，旅鸽在旁边都可以用肉眼看到一种不太符合冷兵器的阻尼感。

“你就拿这个去对付他？”旅鸽问。

“礼尚往来。”

“还是叫阿四和家豪跟你去吧。”阿虹婶松口道。

旅鸽跟着渡渡看了眼草原远处，那里有几个年轻人正隔得远远的，背着巨大的天线走走停停，还时不时往天上望一眼，其中一个正是那天在大排档见到的家豪。“不用了，他们帮不上忙。”

他把摩托后面的冰斧扣调整到合适的角度，又把刀挂了上去。那原本是挂载雨伞用的，现在挂的就是这把刀和它的鞘。准备这些的时候，旅鸽的左臂收到一条消息。她走到安静的地方查看，那是一些奇怪的图片，首先是类似变异角马啃食在一些动物骨骼上留下的痕迹，然后是一些从没见过的动物影子。这是什么四足动物？接着丰年虾的声音也传过来。

“看到了吧？摄像头和卫星都拍到一些照片，但并不清晰。初步怀疑是食肉猛兽。”

“这不太可能吧，雷暴说深空从来不投放猛兽。为什么没有派武装人事经理过去？”旅鸽问。

“你怎么知道就没有派呢？”

旅鸽查查库存，好吧，这里显示所有的武装人事经理都不在库里，如果是这样的情况，说明世界各地都出现了一些不得不用武力解决的事情。她看看渡渡那些群情激愤的朋友，他们都在忙自己的事，对此还一无所知。

丰年虾的声音听起来很焦急：“菲星新版本就快上线了，咱们得知道出什么事了。”

不知道这小孩为什么这么上心……“这些东西看起来很凶猛啊，你倒是真的不怕我死。”

旅鸽只能这样说，“但我得先去做一件让我头脑更清醒的事。”

“是说睡一觉之类的吗？”

“差不多吧。”她说。真是个天真的孩子。

渡渡不知什么时候出现在她身后，吓了她一跳。

“你左手第三根手指有几个‘倒刺’？”他凑近话筒，对丰年虾说。

“你在说什么怪话……”旅鸽大皱眉头。但她还是把自己的手指抬起来看了看。中指指甲下方是有一点点皮肤剥离出来，大概是因为护手霜忘在方山岱城她的房间里了。

“算，算两根吧？”丰年虾先是一怔，也许在那边数了一下，然后这么回答。

渡渡思忖良久：“好的，那没事了。”接着他又来问旅鸽，“你又说什么来着？”

“我说你就用这个对付那家伙？那我只能希望下回来你还活着。”旅鸽开了自己的车门钻了进去。

“那可真是多谢了。”渡渡把摩托车开进亚历山大的飞船，这是唯恐庞大的涡轮飞行器在未知的降落地点使转不开。他刚要关上车门，大家纷纷围上来。“真的不需要帮手？”他们问。

“其实你不用去的，”大群的声音在绷带里发闷，“何必招惹那种疯子。布鲁托和阿虹婶有点不对付，你也听到了。”

“也许这趟回来，这碗水就会平了。”渡渡关上舱门，涡轮启动，朝天上直飞上去了。

旅鸽在车里看着，感觉这正是一个她适合离开的时候。她缓缓发动了车子。

* * *

3 小时后，袋狼按旅鸽的要求来到集团大厦的一个天台，发现旅鸽就在天台边缘站着，一只脚踩上那并不算高的墙沿。

“你叫我来这干什么？这里很危险的。”袋狼今天在百忙之中被旅鸽约出来，环境的陌生让他措手不及。本以为是咖啡馆或者休息区，没想到是这么让人恐高的一个地方，她不会是想谋财害命吧？袋狼有点害怕。

“我找了其他见面的地方，但是觉得哪里都不合适。”旅鸽把脚收回来，大步向袋狼走来，“不知不觉就走到这儿来了。也就是说，我以前应该经常来这儿，但我一点儿也记不起来了。”

“如果你对我们的处理方式有意见……”袋狼根本没听懂。

旅鸽举起奖赏回路，喊了一声：“计时开始。”

什么计时开始？袋狼还没反应过来，旅鸽的问题就来了：“一年前这里究竟发生了什么？”

袋狼张张嘴，觉得自己没能发出声音。“我……你……”他艰难地挤出几个字。剧烈的噪声淹没了他的半个脑袋，让他进入好像溺水一般的状态，仿佛多说一个字就会有大量的咸腥液体涌入气管。旅鸽这是用什么招？他动用残存的理智向前看去，发现她自己也没好到哪里去。

“那……”她正在说，“我……”

袋狼确定自己是正在跟旅鸽进行一场对话，只是这场对话非常艰难，折合成带宽的话，传输速率不及平时的 1%。他的三叉神经发颤，完全控制不了嘴唇，就连旅鸽刚刚的问题是什么都忘记了。

他不知道接下来该回答些什么。仿佛有人扼住了他的喉咙，将他的脑子暂时关闭。这种状态很不舒服，但思考点别的事情还是可以的，因此袋狼看向天台四周，围栏的影子随着太阳的移动而在地面上滚动……

不对。这围栏影子移动的速度也太快了点。他不再去面对旅鸽，而是抬头看看太阳。这个动作让他克服了极大的阻力，好像脖子没有那么灵活了。太阳的确在飞速地移动。只有两种可能：一是物理定律突然坏掉了；二是自己的脑袋感知时间的能力突然坏掉了。

袋狼的恐惧感突然降临，他像一个终于发现自己溺水的游泳者，这个时候再大口呼吸已经太迟了。

* * *

渡渡开着亚历山大的那架涡轮飞行器飞了足有一千多公里，终于发现了“十面灵璧仙槎”的停泊地点。

与其说“十面灵璧仙槎”是一艘空天两用艇，倒不如说它是一座移动的飞行堡垒。出事的那天因为是从地面往上看，它只是一个灰不溜秋的锅底，而现在它在地面停驻，它的石垣、围墙和四座高耸的矢仓就升了起来，围出一个足球场大小的空间。

处于城门右前方的矢仓里有一个人影闪动——是那个端气枪的小子。

渡渡可不愿意停在飞船下面，做城下降将。他飞进气枪小子的射程，后者却没有开枪，只是拿瞄准镜瞄着他。他在城外低飞，那些钢铁的石垣和围墙上近看竟然还有焦黑的痕迹，一看就是在大气层里被反复摩擦过。

再提升高度，进入城中盘旋数周，涡轮机终于挨了两枪。但没关系，渡渡已经差不多把“十面灵璧仙槎”的构造搞清楚了。这本来是人家收藏家的展厅，兼作起居之用，因此主甲板由一条长廊贯穿，两旁区室分隔，有镶了金箔的铁壁围着的就是控制室之类的功能舱，没有围起来的则是打扮成园林的会客厅。再往后飞一点儿，有一片方方正正的石子地面似乎很值得降落；但要当心那些洁白的小石子蹦到自己的涡轮里。

渡渡强行降落，压倒了两棵精心修剪的杜鹃树，还漏了点油，现在枯山水像是一个大型的猫砂盆。他拿了刀挂在后腰的冰斧扣上，从舷梯走下来，脚底踩得小白石子咯吱咯吱的，接着那支长长的气枪管就顶在了他右侧的腰间。渡渡略一站定，用余光扫到气枪小子的位置，小伙子把枪托牢牢抵在他自己锁骨下方，双腿还算稳定，唯一的问题是他站得太近了，这对他不太安全。

“带我见你老板——”渡渡说话的时候，右手同时拍向枪管。枪声响起，一枚石灯笼应声而碎，而气枪小子已经脸朝下趴在了枯山水上。

“你看，多好的景让你搞成这样。”渡渡拿着他的枪说。

气枪小子艰难地爬起来，吐出一颗小白石子，想要夺回他的枪。他拳打脚踢，渡渡高举着枪，和他玩了一会儿，最后朝他胸前来了一脚“dragon with tiger”。接着纸质的障子门滑动，搭乘员——或者入山悬镜从一个低矮的门洞里钻出来，制止了他们。

“怎么从那种地方钻出来？”

“进来吧。”入山悬镜朝渡渡招招手。

渡渡把气枪扔到一边。跟着入山悬镜过了那道门，里面是一个更加幽静的小庭院，墙壁貌似是粗糙肌理的灰泥，房子里有茸草铺在顶上，流水潺潺，比渡渡的“停机坪”更有雅趣。唯一不同的是屋顶被围起来，所以刚才在外面看不到。除了一株青松外，还有一些小树和低矮的灌木，偶尔可见石灯笼。渡渡想，光是想象松树的根系就可以知道甲板下面还有挺大的空间，要么是一大堆培养基，要么是一大堆土。把这么珍贵的飞船空间拿来种树，简直是不可理喻，难道这就是毒枭才能拥有的品位吗？

“您来得不是时候，等我扫完这片地。”

入山悬镜用一根竹扫帚细细清扫着地面。

“你听过茶道大师千利休的故事吗？他的儿子想要学习布置庭院，他的父亲便让他把地扫干净。他扫了一遍，又扫了一遍，可千利休还是不满意。直到庭院的地面像这样一尘不染，千利休才伸手让他停住。”

入山悬镜扫完，把竹扫帚立到一边。“接下来，千利休做了一件事情。”

他走向院中那棵树，用手抚上树干，然后发力。片片树叶落到刚刚扫干净的地面上，错落地散布开来。“像这样，你看到了吗？”

“我只看到你刚才的力气都白费了，破坏了自己的劳动。”渡渡道，“零落的树叶随着重力和气流落下才显得自然，你这样伤害了真正的意蕴。”

渡渡说着，手伸出来，像一尾鱼在水中摆动般晃了两下。

入山悬镜摇摇头：“恰好相反。我们不可能苛求自然的意蕴，而只能做到用凡俗之手去尽力模仿自然，看似不着痕迹，实则处处苦心经营，所谓‘经意之极，若不经意’。”

渡渡看了看四周。的确，这船上所谓的庭院大概就是这样，说它有活泼随性的趣味，实际上都是刻意安排出来的。

“我们和这颗星球相处得太久，以为一切都是理所应当，忘了这座星球真正的运行原理，正是刻意地造出庭院和树木，又刻意地扫除着落叶。”

他放下扫帚，拿出那把胁差，微微转动刀柄，使刀尖指向渡渡。

“他们就是那些要扫去的枝叶，世间的噪声。”

* * *

袋狼觉得自己有一半在意识之海的表面扑腾，呛水，另一半则趴在天台的地面上按住那些影子，想要让它们停下来，可是影子盖在自己手上，需要另一只手才能盖住。寻找另一半大脑的帮助？根本没有回音。

这是旅鸽灵机一动做出的实验。据她所知，记忆收容术的理论依据十分自洽：永生重工认为一个人拥有记忆的原因就是在不断重建记忆，刺激特定的镜像神经元，让它处于持续敏感状态，再也无法忘却。重建还会造成刻板动作，人们越想忘却什么事，就越会抓抓头发、抠抠手指，把肢体上的反馈不断输回镜像神经元，巩固信号回路，最后这个回忆就会像普罗米修斯那颗被不断撕扯啄食，又不断重新生成的肝脏一样万劫不复。

因此，“离身化信号收容技术”首先用催眠手法来过量激起这段回忆，分析出哪些是过敏的镜像神经元，再用磁技术精微操控，截断那些镜像神经元的蛋白级联反应路径，就可以屏蔽相关节点，截断引发相关回忆的通路。最终记忆被封存起来，连和记忆相关的那些刻板动作都会离开身体。

不仅如此，这项技术最巧妙的地方在于，即便术后有管不住嘴的熟人提起这段回忆，被试者也会一只耳朵进一只耳朵出。它就像聊聊乐的反面版：神经元钝化的机制帮你过滤了一遍信息，令你在思维的表层主动屏蔽了这个话题。除非是揪住领子冲着脸喊，否则被试者根本不会意识到自己身上曾经发生过这件事。

直到有人拍了袋狼一下，他才一个激灵，从这种混沌状态中清醒过来。他抬头一看——是旅鸽。

“擦擦汗。”旅鸽递过来一张纸巾。

“刚才发生什么了？”

旅鸽没说话，只是把刚才定时的终端拿给他看。“35 分 87 秒”。

“我们在这待了半个小时？”袋狼大惊失色。

“没错，我们面对面，互相把对方卡住了。我造了个死循环。你跟我是一样的人。”

现在袋狼已经完全无法理解这事是怎么发生的了。他只记得旅鸽好像问了自己一个问题，可她问的什么来着？为什么问出问题并针对它进行探讨的时候，两个人的意识就突然消失了？

“没事，你不用了解这些是你的幸福。我只是为了接下来的手术做一个小小的测试。”

旅鸽说完这句话就走了，留下袋狼在天台疑惑的身影。唉，这个离了另外半个脑子就毫无行为能力的男人。旅鸽想。左臂提醒有人找她，是施一寓，他说要来方山岱城一趟，想约她出来喝一杯。这时候她终于有点开心了。

但是有什么事是需要给她这个小职员做手术来掩盖的，连袋狼都受到了牵连？那种事究竟会是什么惊天秘辛？但如果那事足够大，杀了自己岂不是更容易些？她突然有些懂得渡渡的担心。她的眼前仿佛一张棋盘，她、袋狼甚至更多人都是棋子；她离开将军成为一个小卒，要跨越一个迷雾笼罩的河界，不知道对面到底是什么。虽然脑子里仍然满是迷茫，但是袋狼，我要先走一步了，也许只有这样才能向自己的生活反将一军！

第十章　噪声 | Matcha Disease

“别误会，我早就想领教渡渡先生的实力了。”那个毒枭单手拿着胁差说。

“没有定好规则，我是不会打的。”

“不妨按照‘试合’的规矩来吧，点到为止。”

渡渡看看地面，点了点头。试合嘛，他有所耳闻，谁也不会妄自出手，只在合适的时机分别击出自己认为能得胜的一招——当然在出招的过程中也会有所调整——但总体上讲，有点像石头剪子布。

两个人持刀相向。渡渡说：“我听说入山家有一门‘影拔’的秘技，好像是可以无视对方的刀锋，穿过它直接斩入敌人的肋骨。”

“放轻松。那都是无稽之谈罢了，根本不合常理。”

机舱里适时地吹动一些微风，不知道是从哪块散热板吹出来的，但那些半真半假的樱树花瓣飘落，可不能被迷住视线。渡渡发出了第一击，在力量到达刀尖，推动它指向对方咽喉的时候，自己的咽喉也被对方的刀尖控制住了。

他这次来当然不是为了大开杀戒，接下来的比试也不会对后续的交流产生任何影响。除了试探之外，更大的原因是他觉得这个星球上懂这些秘术的就只有一两个人了。第一次见面的纸上谈兵已经过去了，第二次的舍命相搏也已经经历过，这次反倒是一种平静之后的擂台式交流。如果说渡渡眼下犯了什么最冒进的错误，那应该是他还没有完全熟悉自己的刀。它比入山的胁差长几十厘米，理论上在试合中会更快地到达对方的脖颈，但这就造成了灵活性的不足。

最重要的是，入山并没有使传说中的“影拔”术，也许这种技术真的只是吹牛罢了。

如此数次。两者相抵消，每次试合也只能堪堪打个平手。两人的眼中已经毫无杀意，他们都知道今天已经很难分出胜负。直到风停下，花瓣也在水池里静止不动了。

“好刀。我听说过这把刀。”入山悬镜干脆把刀收了起来，径直拉开障子门，把茶室完全暴露给庭院，接着就跑进去喝茶了。

渡渡向水池里看了一眼——那竟然是真的花瓣。他同样收起刀，走向茶座，以一种极不舒服的坐姿坐下，入山让给他一杯茶。

“在旧地球时期……大概是二十世纪初吧，这两把刀就有渊源。可以说是前世的一生之敌呢。”他喝着茶笑道。这个人现在和杀死角马、灭口海弗里克、攻击大群时完全不是同一副模样。

“这么巧？”渡渡很不习惯喝这种茶，比起阿虹婶的凤凰单枞来乏味极了。

“不过我这把不是复刻版，当年从地球一共只带来五把真剑，被称为‘天下五剑’，这把不巧就是其中之一。嗯，刀身没有太大的损坏，重新研磨就可以了。”他看了看自己的刀，把它纳入鞘内。

“随你怎么说吧，我倒听说那是别人的藏品。”

“不，它本来就应该属于我。正如我刚才所说，前世之缘，它终究会回到我这里，就像那把刀会回到您那里。”

“我花钱买的。”渡渡说。

入山悬镜站起来，向渡渡慢慢鞠了一躬。“你朋友的事我十分抱歉，那时候事出突然。”他说。

这又是什么传统艺能？渡渡毫不领情：“我不认为这是一个姿势就能解决的问题。当然，我们也不是那么娇惯的人。我今天来也只是想问问你，找我到底想要什么？我们从事的可都是合理合法的职业。”

“您大概把我当毒贩了，渡渡先生。”入山悬镜非常失望，“我要做的事情可是为了这个星球着想。”

“清除什么‘噪声’吗？你想要把世界雕琢成什么样子？”

入山悬镜径自点点头，渡渡清晰地看到他的喉结动了一下。“越美味越好。”入山悬镜的语气好像是在说刚握出来的寿司。

“我们也在被清除之列咯？”

“也许还有更好的办法。阿虹婶的身份，我可以帮忙搞定，你的搭档的事情，我也可以拿另外的形式赔偿。”入山悬镜举起双手，在空中轻轻拍了拍。

“什么赔偿……”

入山悬镜不答，只是示意他喝茶。渡渡端起茶来又喝了一口，心里想着怎么盘问出更多的消息。接着，他的手机响了起来。

“接个电话。”渡渡说。入山悬镜做了一个“请”的动作，仿佛一切胸有成竹。

对面是大群：“呀，还能接电话？看来还没死。”

“差一点儿死，喝了一种难喝的茶，活到现在了。”渡渡说。

“切。大夫那里你帮我买单了？”

“什么？没有啊。”渡渡不解。

“怪了，有人帮我付了。你再看看账面……”

渡渡关掉手机，打开全球工单系统的账户，发现存款提升到了一个令他有点目眩的数字。接着是阿虹婶，还有布鲁托发来的道贺——“厉害厉害。”“可以嘛。”还有一些居民拜托阿虹婶转达什么自己孙子有救的。他们应该还在自己的住处那里，和大群在一起。

“你干了什么？”渡渡关掉屏幕。

“往贵会捐了一笔薄款，略表歉意。”但入山悬镜丝毫没有抱歉的意思，“接下来我们能否谈一谈把贵会的一部分人力和联络设备收购掉。”

“这是对大群他们的侮辱。”渡渡说。

“我想您的兄弟不会介意。他们关心您的安危，可您硬是要来。没有点结果回去怎么可以呢？”

“把钱退回去。”渡渡跟大群悄悄发着消息。

入山悬镜大概也能猜出他在干什么。“您觉得他们会跟钱过不去？说起来，也都是走投无路才团结起来的人罢了。您有没有想过，如果您收留的人再少一半，负担就刚刚好呢？”

渡渡抬起头，盯着入山悬镜的眼睛，一双杰拉尤的眼睛。他知道入山一定是看中了工单系统中数量庞大的杰拉尤成员。他终于从这种茶里面品出一些耐人寻味的苦涩。

“哦？”渡渡回答，“喊更多人来吃蘑菇吗。”

“那种美味是神赐予我们的。经由那种体验，我们把人往高维度上带。而作为交换，我们必须清扫菲星这座杂草荒芜的庭院。”

“你这座庭院的厕所在哪？”渡渡站起身。

洗手间在出了茶室后的一条分岔砂石回廊的尽头。虽然是在上厕所，可他满脑子都在琢磨怎么把钱还回去。本来这次就只是来解决一些疑团，撬动一些信息，但入山悬镜这一手转账，不仅让他没法继续动作，还显得他是来讨债的。“人心不足蛇吞象”，阿虹婶曾经这么教导他。

回程的时候，他注意到回廊的分岔处竖着一块木牌，上面不知是谁写着一句话：“佛界易入，魔界难入。”分岔路通往一排房间，那些房间的窗子里传来躁动，他确信那是人类发出来的嗓音，但那种含混不清的语言好像从来就没在菲星存在过。从窗缝向里望去，见是一个铺着榻榻米的小房间，四个赤裸上身的男人在房间里东倒西歪，口中喋喋不休。他们体形壮硕，身上有长期的武道训练痕迹，四人中间围着一个莳绘大果盘，而盘子里正是那种奇异的蘑菇。

看来入山悬镜并没有打算向他隐瞒这种场面。那几个吃了蘑菇的人并不像普通的瘾君子那样仅仅是兴奋和迷离，他们脸上更像是一种……痛苦。仔细一瞧，其中有一个盘腿坐在榻榻米上，他说出来的东西节奏感更强。他们旁边有台计算机，连着收声器，屏幕上的波形在实时变化，但很显然没有接入深空物网。

四个武士都在呓语，但盘腿那位显然更自信，他似乎处在一种知道自己在干什么的状态，骄傲得像鹦鹉群里第一只学会说“你好”的鹦鹉。吃了这个蘑菇，就会说这种话吗？入山悬镜和气枪小子出现在他背后。

“这是哪条船上的方言？”渡渡问。

入山悬镜没有正面回答他，而是向旁边的气枪小子吩咐：“信噪比又提高了。看来物质越来越纯了，需要尽快安排针对我的实验。”

气枪小子没说话，只是点点头。实际上渡渡从来没有听到他说过一句话。不过现在事实已经很清楚了：入山悬镜让海弗里克这类人种出那些蘑菇，然后给不同的人吃，应该还是分批次的，拿人当小白鼠——然后提纯出最适合的蘑菇，才能给入山悬镜吃。

但目的呢？他们的表情看着并不享受。难道仅仅是让他们习得一种语言，而这种语言只在杰拉尤中传播？他想要暴动，还是要建立自己的奴隶营？

入山悬镜解释道：“蘑菇让我们体内的微生物分泌特定的蛋

白，借助脑-肠轴向大脑传递神经信号，令我们的大脑产生感知质，多到超乎想象。”

脑-肠轴，人体内那对迷走神经，一条嘈杂的信息高速公路。看来入山悬镜已经通过娑摩组的技术，侧面找到了能让杰拉尤变得更像人的方式——不，神赐的蘑菇，更高的层次……听他的弦外之意，好像他并非要变得更像人类，而是要超越人类。渡渡看向他的“五剑”之一。他觉得入山悬镜如此无聊的人，做什么事情都会是环环相扣的。他热爱那把胁差，并不一定是出于什么家族的荣誉，或者像自己一样出于个人的兴趣。应该有什么东西和这套说辞是配套的。渡渡想起他们在大排档第一次见面那晚。

“既然你手中那把也是神赐之铁，那我知道你们在信奉些什么了。”渡渡叹了一口气，本来以为只是惹上一帮毒贩，结果这帮人比他想象得要疯狂很多——他们崇拜的就是天体，或者更直接地说，他们崇拜埃萨埵斯，那种智慧行星。

“杰拉尤要团结起来。”入山悬镜又说，“菲洛劳斯是一颗好行星，它需要一个好归宿。这是属于我们全体杰拉尤的使命。如果您能把他们转交给我，我们一定会不负使命。”

“我认为没有‘全体杰拉尤’这种东西。干吗要把自己从人类里择出去呢？”渡渡说。

入山悬镜难得地笑了，上次他笑这么开心还是和自己在大排档的时候：“好了，要杀你的人另有其人，深空也暂时不会动全球工单系统，但我也不能帮你们抵挡太久。好好考虑一下我们合作的事情吧！我相信只要你的朋友们老老实实的，下次会面还会很愉快。”

渡渡看出他是要送客，但今天发生的一切都过于诡异，他还没来得及问他最后一个问题。

入山悬镜看出他还不满意：“说起来，您以前是军人吧？不该和他们混在一起的。并且我不觉得您是那种冲动的人，过来只是为了泄愤。有其他想知道的，在下言无不尽。”

“你的技术和永生重工有关系，而我有一个朋友很久没见到过了。”渡渡说。

“他们现在离陆地很远。但我可以保证，他们现在已经是自愿的了。”

渡渡咂着唇齿间的抹茶沉淀物。“好吧。”他说。

从“十面灵璧仙槎”起飞之后，渡渡一直在思索。入山悬镜还算是坦诚，他已经说得够多了。他尽量想把自己表现得安全无害，但对一项阴谋来讲，操纵者过于坦诚只能说明一个问题——有巨大的冰山隐藏在海面之下。如果说那坚硬的冰山之中有一个核心，那目前来看，它一定是一切怪异的起源：蘑菇的那段基因，也就是变异角马体内的那段基因，也许正是来自某个埃萨埵斯。

* * *

旅鸽站在大厦前，在鳞次栉比的房间矩阵中艰难地回忆自己的房号，花了好久才想起是 8802。她明明在下山之前还每天住在那里。她乘坐电梯来到八十八楼。想去掏出房卡——房卡不在，不过用指纹也能扫开。她闯入 2 号房间，电视机、灯光和新风系统像是被突击检查一样瞬间启动。这里是深空老宿舍楼的翻新，虽然一进门就有充沛的光照和白噪声卖力地重现家的温馨，但一股霉味还是暴露了她很久没回来的事实。

刚才在天台流了太多汗。她花了点时间洗澡，打开熟悉的衣柜，换上陌生的衣服，化上一点儿妆容，把左臂的深空终端扔在家里，就离开家去了“白驹食场”酒吧。

施一寓已经在那里等着了，他点了两杯 Highball，一口没动。旅鸽一落座，他就开始兴奋地夸赞起方山岱城比之恒河城的繁华。

“我在那边就没见到一条路上没有污水的，沐浴节的时候更离谱。”

“也没有那么夸张吧。”旅鸽痛饮半杯，看得施一寓瞠目结舌，“怎么了？”

“没什么……哦，我把锚点地图带来了，是上次谛听扫描之后生成的，里面有你脑袋里所有锚体的位置，手术的时候用得到。”

“是要敲掉它们吗？”

“不是……只是经过锚体，隔着颅骨发送电磁波，做完手术后锚体还在。原来你并不知道技术细节啊！”

“你一定觉得我莽撞了？”

“倒也没有。换作我的人生丢了一段，也会着急的。”

旅鸽又把剩下的酒一饮而尽。“你应该不是专门为我来的吧？”

“确实是有些公事。”施一寓一脸机密，但来到方山岱城还能是为什么？肯定是深空和永生重工的订单出了问题。

“我就知道。菲星新版本就快上线了，你们的压力也很大吧？”

“可不是吗，据说万神殿这两天都快挤爆了，人来人往的。方山岱城这边也不太平——”他喝了一口酒，打算靠近点透露，但旅鸽抢先往后退了退。

“你身上什么味？”她问。

“我穿了一天生化服了。”施一寓警惕地左右看看，于是酒保识趣地放起了音乐。这哥们品位跟永春大排档店老板一样怪，丝毫没有使用 AI 编出来的曲子，而是播了一首旧地球时代的歌曲。不过自从离开地球后，“地球学”成为拿来特立独行的显学倒也合理。施一寓没有说话也没有看她的“迦梨”，而是一边听前奏一边出离地喝酒，旅鸽觉得这时候他不太像那个毛躁的小男生了，而是更成熟一点儿，像……像一个谁？她看着自己杯中的水影，有点恍惚。

"谁能够将，天上月亮电源关掉，它把你我，沉默照得太明了……"

直到前奏结束，人声响起，施一寓才清清嗓子低声说：

"我见到十几个病人，在你们公司医院层躺着，都是这半个月以来出现不明症状的拉稀，发高烧，和传染病很像。但很奇怪，他们还有人出现认知缺陷和癫痫的症状。最奇怪的是，他们跟我一样，都是杰拉尤。"

一种对杰拉尤血统有针对性的群体性的怪病。算上前面的角马和食肉兽，这个星球上的物种出过几次岔子了？旅鸽看向他："你害怕吗？"

施一寓摇摇头："我们统计了，有这种症状的大都是你们深空的中高层。"

"……那没事了。"

"我觉得你冷静得就像经历过大跃迁时代。"

"家风。"旅鸽流利地说着。

"他们挺难伺候。和我们这些底层杰拉尤不一样，连血检都不愿意配合，年纪还都不小，我们也不好直接说根源是他们几十年前的订单出了问题。"施一寓叹了口气，"有些人说永生重工生产出杰拉尤属于低种姓投放，但事实显然不是这么回事。"

"说明他们有自己的社群或者组织。"旅鸽脱口而出，连自己都吓了一跳。这是聊聊乐帮自己下的判断吗？

施一寓愕然："那怎么没带我？也没带你。"

"我重申一遍，"旅鸽说，"我不是杰拉尤，我有爸爸。"

旅鸽现在不太打算和他聊关于她爸的那些怪事，一是出于某种直觉，二是那种熟悉的大脑被接管的感觉又来了。

"我听生物部的同事说，永生重工的技术来得也很奇怪？"她开始强撑着和施一寓有一搭没一搭地聊他的工作。白驹食场的音乐还在响着："谁能够将，电台情歌关掉，它将你我，心事唱得太敏感……"虽然旅鸽并不知道电台是什么东西，但这歌声昏天黑地，旅鸽终于支撑不住了。

"你不了解'黑天之心'。黑天之心就是人类第五个发现的埃萨埵斯，它一直藏在地球一个叫布里的地方，在一个神庙里。永生就是靠着把它抢救上'奎师那'号，才从里面发现很多生物工程的核心专利。"施一寓回答得很流利，但已经开始有些紧张，面前的旅鸽神情恍惚，好像要盯到他脑袋里，直到盯累了才把眼皮耷拉下来。

而旅鸽闭上眼睛的时候是在想，他怎么那么像一个人……

旅鸽在自己家惊醒的时候已经是半夜，旁边是奖赏回路的呼吸灯提醒，她刚想打开就警觉地发现屋里多了个人。

是施一寓，他在餐桌旁边坐着，一脸惊恐。

"还以为你酒量有多好呢！"他说，"300毫升都不到啊。"

"所以……"

施一寓摊摊手，表示自己什么也没干。

"我是说我怎么到这来的？"

"我差点把你送医院……但是你不去，让我把你送到这儿来。你白天都干什么了？"

旅鸽掰着手指想了想今天的事情，长途车程，和袋狼的测试，剩下的就没了。问题可能出在测试上，但只要到时候手术成功……

"每次喝酒都这样吗？"施一寓又问。

旅鸽只是瞪着他。有时候不喝酒也这样，她想。

"你刚才的精神状态和今天我见到的病人很像，可惜谛听没有跟我来。"

"究竟怎么像了！"

施一寓摇摇头，站起身："你在说一种怪话，而且是在念叨某个其他人，你要不要好好想想。”

旅鸽彻底吓了一跳。“什么，谁？”

“没听清。我哪知道最近还见过谁……”

“不是那个吧。”她喃喃道。

施一寓倒吸一口凉气：“我也觉得不是。他不就像一只猴子嘛，怎么可能——”

“你对人家尊重点，我看你是有点得意忘形了。”

突然她的奖赏回路响起，接到来电，两人对视一眼：未免也太过巧合了。旅鸽接通电话：“喂。”施一寓有样学样：“喂。”

渡渡在对面先是一愣：“咦？哦，我有事想告诉你来着，你没空就算了。”

“谁说我没空？”旅鸽回答。不过她也很快意识到，这事渡渡不打算说给第三个人听。

“反正也不急，你手术那天再说吧。我今天……太累了。”他迅速挂掉了电话。不急为什么半夜打过来啊！

“哈，一定是又和人打架了。”施一寓说，“不过你安全醒了，我也就可以撤退了。”

“我很开心，你还是先做手术吧。”施一寓逃跑似的离开她的公寓。

旅鸽揉揉头，再向渡渡打过去的时候，对方已经没有再接听了。信息服务中心的声音：“您拨打的用户暂时无法接通。”

如果她现在还在那架飞不起来的飞行器上，她会看到渡渡又穿上那件蠢蠢的运动服，在卤素灯下挥刀而行。与入山悬镜的技术不同，渡渡用左腿拖着右腿，好像不大灵便似的一直往前走，借此把刀劈出。

等从场地一头这么走到另一头，他转个身又往回沿路走，就好像游泳赛道尽头触壁回身一样，按照同样的动作又打了回来，就好像整个草原是他的道馆。

就在今晚，渡渡和大家痛陈利害，同意把钱原路退回的人却还不到40%。他只能暂时同意布鲁托收钱闭嘴的建议，让小马先不要和警方透露那块蘑菇地的事情。在把一切东西弄清楚之前，他只能用训练的方式来放空自己。

唯一可以确定的是，全球工单系统已经成为某些人的眼中钉。而假使某一天需要完成一记绝佳的攻防才能救自己一命，也只能从现在就开始准备。

第十一章　到灯塔去｜Damnatio Memoriae

天花板传来暗黄的灯光，一闪一闪。

旅鸽觉得自己置身在一个小房间里，和施一寓带他看的那个“自己小屋”很像：它的四壁是破旧的白色瓷砖，瓷砖缝里污垢重重，头顶有几盏发黄的防爆灯，像一个久久没有打理的简陋浴室，但又没有镜子，没有花洒，没有马桶，没有气味。

唯一的家具是房间中心的一把拘束椅，她现在就坐在上面，四肢和脑袋都牢牢地绑在椅子上，挣脱不开，后背压着椅子的皮质，发出刺耳至极的声音。

她直直地盯向对面的厚重安全逃生门。那扇门出现在这里非常难受，让整个房间像是一个极其不符合生活常理的空间。至于她是怎么来到这里的，又是谁把自己关起来的，她在这里坐了很久都没有记起来。

因为这所小屋子只存在于她的梦中。

穿过意识与物质的边界，就是旅鸽那团湿热的大脑。再往外是坚硬的颅骨，丝丝发根外面是一个“妙控头环”，接着就是医生文森佐和他的手术台。

“妙控头环正在往她的脑子里注入甲种射线，我得随时看看要注射些什么药剂。”文森佐向他以为的听众解释道。那是渡渡和施一寓，他们今天都来了，正坐在被屏风隔开的手术室外面。施一寓听着文森佐的解说，怀里抱着谛听，持续地用自己的专业知识判断这个大夫靠不靠谱；渡渡则大剌剌地在房间里踱步。他们中间的小茶几上放着一捧杂色鲜花，那是大群托渡渡带来的。

旅鸽没打算大张旗鼓地做这个手术。被镇定剂搞晕之前，她换上宽松的病号服，刚要上手术台，就看见他俩依次来到。虽然算是有点感动，但接下来文森佐的两台设备开始让她感到尴尬：这台手术用到了双向录像，一台录像机置于天花板的角落录制手术全程，另一台“录像机”则把妙控头环里输出的大脑信号去除噪音，转换成视频发到文森佐的小电视机上。尽管那种视频会非常模糊和虚假，但这可有点不妙，旅鸽不想让他们看到自己脑子里在想什么东西，她把电视机尽量往里扭了扭，才安心地接受了护士的麻醉注射。

“是氯胺酮？”施一寓警觉地问道。

“没错，主要是氯胺酮。抑制她的丘脑和新皮质，让她的躯体感觉暂时丧失，但颞叶深处的海马体还可以保留活动性。”文森佐说。

“明白了，”施一寓说，“毕竟我们要通过海马体唤醒她记忆之海中过于平静的那部分。”

这句话正是旅鸽失去听觉之前接收到的最后一句外界信息。

过了一会儿，小电视机里依稀能投射出这个房间。患者的视角有些混乱，它跳来跳去，一会儿跳到防爆灯壳里的蚊子死尸，一会儿是拘束带上的皮扣，但始终没有办法突破那几堵瓷砖墙。除此之外，也没有任何一个外人进入这个房间。

渡渡踮着脚，视线越过医疗屏风看向那台小电视机。“你们怎么把她关起来了？”

“很多患者都会首先梦到这种阈限空间，代表他们被氯胺酮固定的意识，”文森佐说，“有些时候房间会变化，还会有人进来和患者聊天，不过到现在也没人进来过。”

“找到标记信号了，是防爆灯的闪动频率。”一直埋头查看视频的护士报告道。

文森佐点点头。虽然有手术台录像和脑内录像两种证据，但为了证明它们不是后期伪造，妙控头环会向海马体发送周期性的标记信号，以证明二者是同步发生的。患者会把成功发送的信号脑补成自己梦境的一部分。

“搞这么复杂就为了点法律风险？”渡渡不满道。

“这下我老人家就放心了。”文森佐说。

“那现在可以开始了吧？”

“当然可以，但时间不会很短。解开那些锚体并不难，难的是重新被释放的记忆，它们是一个临时的电化学连接，会借助海马体转化为长期记忆，就好像河流给自己冲刷出一道河床那样，永远正确地流淌。”

施一寓看着脑成像图：“唯一的问题是这座房间也太冷静了。”

“家风。”渡渡淡淡地回答。

“我是说她的海马体好像不太想工作。”

“这可能不是她平常的大脑状态，”文森佐说，“她平常吃的那种药呢？”

护士把旅鸽随身携带的聊聊乐拿出来。

“这不是三无产品吗？”施一寓叫道。

“聊聊乐而已嘛，这东西比氯胺酮更好，可以增加谷氨酸分泌，加强突触连接的 。”文森佐说。

“她可不是你的小白鼠。”施一寓说。

“可你现在站的这个坐标还在打仗的时候，我就在这里行医了，那时候你应该还没从人造子宫里爬出来呢。”文森佐说。看到渡渡朝施一寓点了点头，他吩咐护士："食管给药。"

* * *

旅鸽觉得那座小房间死气沉沉的光影终于动了起来。有淅淅沥沥的水声传来——那座安全逃生门在漏水，往房间里倒灌。水接触到旅鸽的脚踝，她的触觉开始恢复，意识伴随着隆隆水声重新涌到自己的头脑里，直到她能意识到自己即将被水淹没。

她挣开拘束带，开启了大门。

门外是一片巨大的沙漠，笼罩在剧烈的沙尘里。这究竟是哪里？旅鸽踩上沙面，试探着往前走。

一道光扫过来。光的来源是远处的一座灯塔，这种建筑本不应该在沙漠里出现；它的灯芯转得极慢，每几分钟会周期性地把光打进来。那仍然是手术设备给的信号，但旅鸽早就忘了自己是在手术台上——海马体没有把短时间内的记忆放行到这片大漠之中，因为这是她的长期记忆留存之地。苍白的阳光透过沙尘照在沙漠上，让旅鸽能依稀看出一些特定的结构显现——几条贯穿天地的龙卷风，远离热力学平衡态的耗散结构，通过源源不断的外界能量输入才能保持自己的形状。

旅鸽深一脚浅一脚，向灯塔的方向走去。

那些龙卷风携带的沙砾筑成一座黑石构建成的城镇，这座小镇并不完整，一些边角只能说是残垣断壁，建筑机器人正在忙着把那些墙壁重建或是拆除。城镇里并非没有人住——从那些黑洞洞的石质小窗户里透出一些面容，都是往昔的熟人和朋友，他们透过窗户看着她一言不发，有些拉上了窗帘。那些营业中的汉堡店、酒吧和椰子树……又和深空的大厦有几分相像。

走到城镇尽头，有轰鸣声在耳边响起。城镇接下来的区域延伸到一个巨大的陨石坑里，那是一座并不高大的城堡。旅鸽向陨石坑跑去，到了陨石坑的边缘，她的脚下虽然在前进，身前却仿佛有一个空气的屏障，让她无法接近那个陨石坑。

一些高大的物体在看管那个区域，它们荷枪实弹，看到旅鸽，头顶的眼睛就开始闪光。

“武装人事经理？”旅鸽在梦中脱口而出。

它们朝旅鸽奔来，一边走一边发射橡胶子弹。旅鸽赶紧躲到一处残垣之后，掏出自己的枪，和武装人事经理对射起来。趁着暂时没有枪击声，从墙后面伸出手，瞄准眼睛，啪！机器人应声倒地；紧接着是第二波弹雨袭来，险些把墙打得支离破碎。旅鸽迅速向前翻滚，成功跃入下一个掩体，起身射向它们的手臂关节，一台，两台！

在旅鸽的记忆里，她已经很久没有享受过这种倾泻般的快感了。

* * *

“到底行不行？这都没信号了。”渡渡拍拍文森佐的小电视机，这是他常用的修理废旧家电的方法。

按照文森佐的说法，现在的旅鸽封存着的记忆正处在一个逐渐解开的状态，但这并不是某几个细胞形成的通路被重新连接，而是涉及多个脑区的重新编程。在此期间，妙控头环收不到任何清晰的视觉图像信号，除了那种有规律的频闪之外，全是噪声。妙控头环的插口处间或传来微弱的啸叫，但除此之外一切都很安静。

“所以现在就这么干等着？”

“她的大脑在高速运算，”文森佐说，“运动，嗅觉……一切都得重建，得给她点时间。”

渡渡向手术台上的旅鸽瞄了一眼。“她手在做什么？”

文森佐看了看，旅鸽的食指在不停地勾动着。作为配合，她的整条小臂都在一张一弛地用力。“大概在操控什么精密仪器。你看，主管运动的这些脑区现在处在极其活跃的水平，还有小脑，基底神经节，这些储存运动技能的地方……只是我们现在不清楚她在操作什么东西。”

“是在射击，”渡渡纠正道，“按她的枪法来说，会在梦里被打死。”

* * *

而在旅鸽的梦中，还不出半分钟，已经有五六台武装人事经理报废在她的枪口之下。并没有新的弹夹，但火力仍然源源不断地从她的枪里泻出，小小的格洛克已经非常灼热。她看向枪柄处的涂装——那对利爪，一阵熟悉的晕眩传来。就在前面了！她干脆直接冲了出去，抬手就打。橡胶子弹在她脚下擦过，但比不上她往前奔跑的速度，她闯进陨石坑区域，推开那座城堡的厚重铁门，开始接受新的视觉刺激。她的脑中仿佛涌起一阵涟漪，感觉过了好一会儿，大脑才勉强接受了眼前的事物。

与小巧的城堡不符，里面是一个宽阔的航天控制大厅。

控制大厅里所有人严阵以待，不断有人走来走去，汇报各种进展和数据，但看起来总像是假忙，最重要的是，旅鸽端枪而入，却没有人理会她。高处有一个架起来的格子间，一个主管模样的人站在那里俯视全场；最中央的中控台上，是一台颜色红得过分的电话，仿佛只要拿起话筒，就能直接接通什么“联邦防备局”之类可以毁天灭地的机构。

她想起来了。这里是深空的航天部。

空间上，它本应该在深空大厦的第一百七十三层，占据了一整层楼，此刻却出现在异域。那么时间呢？

她看向正中央显示屏里的画面。屏幕上的时间不是当下，而是在一年前；有些术语她好像从没用过，但在此刻突然想起了它们是什么意思。那是航天部和“北冰洋”号跃迁拉力船失去联络的那一天。

“北冰洋”号的任务是将代号为Psycho的三号智慧天体拖回地球，但屏幕上无论是何种信道，都已经没有正常的同步图传。它消失在了拉格朗日点上。环顾四周，没有人在意她的存在，一些脸庞分外熟悉，她想了很久，终于想起来他们的名字。五十雀、薮莺、笑鸮……但整个控制室仿佛一个沉闷的低气压带。

除了一男一女两个技术员工所在的角落。

旅鸽一步步向那里走去，绕到那两个技术员面前，面向他们。

两个人好像刚吵过架。男技术员高挑瘦削，戴着眼镜，面容模糊；女技术员却是旅鸽自己。除了留着长头发，无论从哪个角度看都是她自己。旅鸽就这样站在他们前面，只要她努力回想，面前的两人就开始活动。

“如果这次没有出现这件事，我晚上是不是就见不到你了。”眼前的这个自己开口道。

“我有我的原因。”那个男人说道。

“你不用解释，”这个自己从口袋里拿出一张卡片，“拿了你的东西爱去哪儿去哪儿。”

是8802的房卡！想起来了。她一直把备用房卡给他用，自己用指纹解锁。他名字叫作——他名字叫作……

那个男人接过卡片，他显然有些焦虑，如果不是失联事件出现，这座大厅被武装人事经理严密封锁，那么他可能今天都不会出现在这里。

可他……是谁啊？

“都别说话！”格子间里的人打断了他们，“有一些信号传过来了。”

旅鸽想起了，这是航天部的主管冠恐鸟。

“目标物未荷载……舱内生命体征完全消失……”

旅鸽想起了，这是同事五十雀的声音。

“一个人都没有了吗？”

“逃生舱少了一个。”

“逃生舱的轨迹查到没有？能不能查到消失的人是什么人！”

“是军方代表。”

军方代表。军方安插在“北冰洋”号里的监督人员，一个俄国人。可自己是怎么知道这些……这里就是一年前工作的地方吗？

“监控恢复了！”

一分钟过后，视频信号缓慢地传过来，在场的所有人狂叫起来。旅鸽看到那男人迅速地转身把她的双眼护住，后者脸上变得绯红，不知道是因为突如其来的害羞，还是因为屏幕上一片血色的映照。

工牌，看工牌……旅鸽努力把视线聚焦在男人的工牌上。

他的花名是“伶盗龙”。旅鸽拿起自己的枪看了一眼，那涂鸦是伶盗龙的爪子，他们两个人专属的涂装。

旅鸽看着一年前的自己挣开伶盗龙的手，然后她和她一起向大屏幕望去。时间的流逝仿佛变慢了，耳边无数人的嘈杂呼喊和报告、飞散的文件，仿佛以升格呈现，好展示出更多的细节——旅鸽至此回忆起了一切。

她知道屏幕上会出现什么东西，在她的大脑中她无法提示任何人，无法仅仅凭借当下的一个记忆切片来告诉那个时空里的大家一定要避免接下来的事情，最好连看也不要看，但她还是忍不住向着大屏幕，向那个审判似的画面望去——

“北冰洋”号拉力船里的所有船员尸横满地，鲜血甚至在舱壁上喷溅到一人多高。

“拦截组还能听到吗？接入系统，开始全球捕获。”冠恐鸟冲着伶盗龙和旅鸽叫道。

“可是优先捕获哪个？逃生舱还是……Psycho？”

冠恐鸟愣了一下。“Psycho，”他说，“别管逃生舱了。”

旅鸽看着自己努力地保持理智，操纵着人造卫星云，让它们集中力量以最优路径去截获那颗窜逃的小行星。这种操作没有办法不看大屏幕，冠恐鸟早就把主屏幕从“北冰洋”内部监控切换到外部摄像头，它和几个人造卫星的摄像头一起监控着Psycho的逃跑路线，但大屏幕传来的图形已经不能仅用解码错误来形容，它现在充满了扭曲、畸变，有五彩斑斓的光圈不断发散出来，那种光芒突破了屏幕的界限，侵入整个大厅。

在人类的意志可以消化这些视觉污染之前，Psycho早已经超过了它们的捕获范围。她放弃了，视线离开屏幕，人群依旧狂躁，薮莺哭着从她身后跑过，还撞了她一下。她本能地想要抓住伶盗龙，可他先一步踉跄地离开了自己的工位。她抓了个空。

“你又去哪儿……”

伶盗龙奋力越过狂乱的人群，跑到中控台那边，把信号关掉。视频和声音都消失了。在那之前，她仿佛看到一个身影在中控一闪而过，那个人在中控上操作了一会儿，直到被伶盗龙推开；那人看身形有些熟悉，脸庞却又隐藏在黑暗中。

他也许是哪个同事吧，旅鸽想。随后，一个高鼻深目的防卫军军人领了几个士兵进来，根本没有搭理冠恐鸟，就径直到中控那边拿起了红得过分的话筒。没有人能阻止他，而且每个人都知道自己接下来的命运将会被这一通电话改变。

死一样的寂静被一声暴喝打断：“你们这屋注意员工手册！不

要太吵，不准再吃气味浓烈的外卖！”人们看向大厅门口，是袋狼探头进来。接着，他便发现那气味并不是来自任何一种外卖，而是来自遍地的呕吐物和失禁。几个士兵把他拽进门内，从他身后关上了门。

* * *

在手术室里，文森佐表现出前所未有的焦虑。施一寓和谛听已经围在他的手术台旁边了，一个喋喋不休，一个还在机械地报着什么“感知质”的浓度超标的事情，而吵闹还不是现在最大的问题。

按道理来说，患者追寻回忆的旅程最后会固定在一个核心的意象上。患者本人的海马体对这个记忆核心进行重复的提取和修饰，以一个能耗最低的路径固定在大脑皮层里，就算是成功把这段记忆恢复了。可问题是，那台小电视里该有的画面迟迟没有出现。

施一寓突然想起了什么：“这脑区图和我昨天见到的那些一模一样。”

“什么一模一样？”渡渡问道。

“症状，我在深空看到了一些拥有同样症状的病。好像是一种癫痫。”

文森佐赶紧向脑区成像图看去。

“她的大脑皮层在异常放电。确实像是癫痫症状，大概是聊聊乐刺激分泌了太多谷氨酸。”文森佐说。

“如果你还想从我那拿药就认真点想想怎么办。”渡渡说。

“这倒是好办，水多加面，面多加水。现在需要抑制性信号，消除这些记忆里的一些兴奋性信号。用GABA。”文森佐对护士说。

趁着文森佐忙起来，渡渡一把把施一寓拽出来：“你在那些人身上发现的症状都是些什么？”

“癫痫，呓语，但是很快就醒了。难道他们都吃了聊聊乐？”施一寓开始自言自语，“但是那些成功人士估计也用不着吃这个。”

“他们说些什么话？”

“一种我没听过的语言。他们也是杰拉尤。”

“是不是……这样的？”渡渡随意学了几句他在“十面灵璧仙槎”上看到的那些人的发音。

“大差不差。你也见过？”

“啊，这下麻烦了。”渡渡松开施一寓，痛苦地挠起自己的头。

“画面出现了！”护士叫道。大家汇聚在小电视机前。

画面上的东西色彩斑驳，总体呈现暗红色，有些在蠕动，但总体上将不大的画面用这种蠕动的东西占满了。

“这就是她的‘核心意象’？”渡渡捂着嘴说。

“标记信号找到了吗？”文森佐四下查看。

“是……一种心跳。”护士说。

“什么心跳？为什么会有这个？天哪，这都是什么东西？好像我做完手术没缝合的肚子。”

“很明显是内脏。”渡渡说。

“也许是算法把这些画面都渲染成一些内脏、组织之类的东西。”护士面不改色。

“可能是渲染太过了，去掉一些试试。”文森佐摆摆手。

“唔，还是血污。涂在一些玻璃上。”

“实际上，等她醒了我们问问她也可以。这就像艺术一样，只要她重塑了这些突触连接，产生了这段记忆，解释权就在她自己了。”

但一定是基于真实发生的记忆产生的联想，渡渡想。文森佐话音刚落，旅鸽戴着妙控头环，从手术台上猛地坐起来，吓了众人一大跳。就在刚刚的几分钟里，她的海马体已经重复学习这段痛苦记忆不下数十遍，而麻醉已经失去了任何效果。

埃萨埵斯档案：Ⅲ（上）

2063 年第 6 月 周五

这是伊利亚·伊万诺维奇·伊万诺夫最喜欢的游戏。

他的子弹已经消灭了两只猕猴，有一只猩猩在地上呻吟，这只猩猩刚刚险些把伊万诺夫的脑袋拧下来，让他脸上挂了不少彩，但还好有手枪。热带雨林的复杂环境使得鹦鹉躲藏在树枝之后慌乱地叫唤，伊万诺夫循声一枪打去，鹦鹉发出奇异的噼啪声。大概打中的是一只仿真电子鸟？

这家野生动物园真的有点好东西，他想。他丝毫回忆不起来自己为什么在逛动物园的时候还带着这把“马卡洛夫改”了。

他摩挲着枪柄上厚实的黄桦木，继续拨开前方的藤蔓，虽然一不小心被藤蔓电了一下，但还是很开心。对于伊万诺夫这种王牌宇航员来说，他甚至可以把这支心爱的九毫米口径手枪带进太空船的返回舱。这是他们的航天老传统了：万一降落地点有误，这枪可以用来退虎搏熊。

虽然菲星并没有这种猛兽，但万一降落在那些不友好的人类居住带呢？

走过热带区，前方就开始变得冷起来。老实说，伊万诺夫还挺喜欢这种感觉。这所动物园的丰容做得不错，雪景逼真，雪下的阴影处呈现优雅的紫罗兰色，而落叶木和未被积雪覆盖的岩石则有稀碎的黑色条带，非常适合猛虎藏身。

他自信能识破它们的伪装。左前方的树枝被某只食肉兽的厚掌压断，发出咔吱声——下辈子别这么粗心了！一枪过去，大概从它的虎眼穿入大脑，可怜的家伙还没发起攻击就站不起来了。

接下来是一只熊。不，熊不可能出现在这种地方吧？但无所谓了，这只是一家把自己困住的动物园，守门人的电话也打不通，仅此而已。伊万诺夫瞄准——发射——子弹打空了。与此同时，那头熊已经猛扑过来。

伊万诺夫和它摔起了跤。这熊有点技巧。伊万诺夫觉得自己的右臂被整个撕扯开来，大概已经有肌肉拉伤和骨折，他没有办法拿枪，任由整条胳膊挂在体侧。不能死在熊手里啊，伊万诺夫想。人在极度愤怒的时候，大概能够爆发出这种能量——他飞扑过去，整个人压在熊身上，拿起一块石头，拼命地向熊头上砸去。那只熊挥着利爪朝他头上拍，一人一熊就这么拉锯似的以命相搏。

几分钟后，站起来的还是伊万诺夫。

让我瞧瞧，出口在哪里来着……他顺着那些铁丝网向前摸索。他摔了一跤——不是他脚底拌蒜，而是脚下的重力整个都有点奇怪。

前面大概就是出口。看这是什么，一辆可爱的自动驾驶汽车！他很快地钻进车里，右臂的伤口太重了，他闭上双眼，任由汽车带着他回家。

在事故结束的一小时后，有不少人在深空集团航天部的巨大显示屏前围观了全程，但是没有人夸赞伊万诺夫的英勇。因为“北冰洋”号记录下来的画面，和伊万诺夫关于动物园的幻觉完全是两回事。

深空的工作人员们眼睁睁地看着这位军方代表如何把负责生

物循环的员工“东北虎”一枪毙命，让操作Psycho和“北冰洋”号绑定的“极乐鹦鹉”不再尖叫。花名“黑熊”的山本奋起还击，用他的空手道击破了伊万诺夫的右肘关节，但很快就被整个掀翻在地，败在工具箱的砸击下。

血液和生物组织已经布满了整个“北冰洋”号。伊万诺夫的生物贴片忠实地记录着他的大脑异常放电症状，他做完这一切，朝着显示器说起了奇怪的语言，接着就去逃生舱，把自己弹射进了茫茫太空。

唯一的问题是，旅鸽躺在手术台上一边激烈地挣扎一边想，那个在中控台前一闪而过的人影到底是谁？她的大脑花了太多谷氨酸用来重建这个记忆的节点。直到麻醉失去效果，她的视杆细胞将一阵强光信号传递到上丘脑，也照亮了她的整段回忆——那个人终于在光晕中显现出他的脸庞，那正是入山悬镜。

第十二章　礼物｜Realistic Link

施一寓现在脸上有点发毛。

从十分钟前，旅鸽手术醒来转移到病床上算起，她就一直怒视着他。聊天的时候瞪他，喝水量血压也瞪他，搞不清楚她在想什么。他不得不用谛听把自己的脸挡住一半，把脸冲着渡渡那边。

旅鸽也不是多么愿意瞪他。她只是终于能向自己解释，为什么她明明更喜欢年纪比她大的人，却对施一寓这个毛头小子有一种一见如故的亲切感了。这家伙的脸在某种形式上就是年轻版的伶盗龙——要么是他们是用相似度极高的基因制造的，要么干脆是她的大脑，或者她的聊聊乐把施一寓的脸和深层记忆做出了置信度过高的比对。总之，这个糟糕的事实见证了她被封存的记忆曾经不甘地尝试夺回自己的神经回路。

现在这种可恼的症状已经消除了，无论是缺失的那一年供职履历，还是讨厌的伶盗龙，全都回来了。她甚至想起了出事那天在上班的路上是怎么和伶盗龙吵起来的。事情应该是这样的，旅鸽想。她在出事前一天晚上发现了伶盗龙去往另一个半球的长途机票，但他这次仍然什么都没跟她说。

他没有走成功，接着“北冰洋”号就失事了。航天部的员工们全都中招了。他们的脑子受不了屏幕里传来的那种信号，相继出现了癫痫的症状，直到接受了紧急的记忆收容后才得以缓解，这就是旅鸽迷失回忆的终点。

她不用努力去寻找，也不用凭空想象，那些年间的一件件小事就涌入了自己的大脑。她不禁自我设问，如果大家都做了记忆收容术，连无辜路过的袋狼也没有幸免，那伶盗龙有没有做?

不会的。旅鸽总觉得他不会任由自己躺在菲星的某个角落怀疑人生。根据她对伶盗龙的了解，他肯定是又趁机玩消失了，他就应该趁机消失得无影无踪才对。

文森佐拿着一瓶药过来。“过一周回来复查一下，有问题你吃点这个。”

施一寓抢过来看了看：“这是帮神经元清除突触间隙里的垃圾用的，为什么开这个？”

文森佐说：“她刚才不是癫痫了吗？我们能看到她的异常放电具体位置，是突触间隙出现紊乱。”

“不知道什么药就乱吃？”

“具体什么原因不清楚，大概是聊聊乐吃多了。先把它停了吧！吃这个，没准下次来就已经好了呢？”

施一寓陷入深思。

“我们刚才说到哪儿来着？”旅鸽问。

“也就是说，入山悬镜那家伙是在搞一个崇拜Psycho的组织。”渡渡说。

“入山渗透进深空估计就是冲它去的。”旅鸽说。

“你们都跟那个打过照面？”施一寓惊道。

旅鸽和渡渡各自伸出手指，指指自己的脑袋。

“好吧，我只是没想到还有人喜欢那东西。”

“埃萨埵斯就是最宝贵的资源，”旅鸽说，“就像深空用Organo做了量子计算机，你们永生重工用Mahakala发展了生物技术，开发部透露过Psycho蕴含着一些对物理和生命有极大突破的东西。我一开始进深空本来就是负责截获它的。”

“群星的尸体。”渡渡说。

施一寓从椅子上站起来。“搞不懂这些。既然我们的迦梨已经没事了，我得回去了，还得继续查查那些腹泻发烧是怎么回事。”他走到门口，又掉头问旅鸽，“我能要你的一个东西吗？”

“什么啊！”旅鸽大皱眉头。

“给我一片那种聊聊乐。”

旅鸽把整个瓶子都扔到他怀里。渡渡在他身后喊道：“恐怕不是聊聊乐的问题，去问问那些病人喜不喜欢生吃蘑菇。”

施一寓抬抬手作为回应。然而直到走出很久，施一寓他还没弄明白旅鸽昨天梦到的就是屏幕里那个男的。

施一寓走后，旅鸽从病床上爬起来，去更衣室换回了衣服。吹头发的时候，她突然想到一件事，转而出来问渡渡：“你昨天神经兮兮让我注意什么来着？”

渡渡看了一眼，奖赏回路没有拿进来。

“哦，我是说注意你那个电脑朋友。”

“丰年虾？”

“好像是吧，你见过他本人吗？”

“我们组大多数人我都没见过。”

“这都没引起你们的怀疑吗？”

“这破部门不就是这样，边缘系统部，古猿脑的奴隶，我俩能有私交就不错了。”

“可能我多虑了。”渡渡说。

“不过他确实跟我提过你。”

“深空那些人知道我的可不多呀。再说我也不认识他。”

旅鸽白了他一眼：“好啦，谢谢多虑的你过来看我，大群的花不错。我拿回去插家里。”

“这就回家了？”

“想去找个人。”

“唔。”渡渡说，“不过你精神看起来没有太大的区别。我以为会有多大的变化，比如说想起来自己在哪儿埋了什么宝贝之类的。”

“没那种事。”

两人一边说一边走出大门。刚走到那个狂野的“医疗敕形”招牌，旅鸽就听到车里传来奖赏回路的声音——有人要求通话。旅鸽打开车窗，把表吸到胳膊上。一开始她还以为是袋狼，但对方说道：

“嗨，你好！这里是深空法务部。我们监测到你有违约行为，是这样吧？”对面传来一阵翻阅纸质文件的合成声音。

“你是说‘那个’？”

“我们很遗憾，但‘那个’是公司对你的保护，蓄意破坏是一种违约行为。你看这一条——”

“不用念，我承认。”旅鸽头都大了。

“当然人事方面已经尽了最大的努力，没有让你离职。”法务说。

这还需要努力吗？旅鸽想，当然要暂时按住我，不然我出去之后再乱讲，你们就不好搞我了。

“那还真是谢谢。”她说。

“你会有很大的泄密嫌疑，并且如果你出现症状，再收容记忆就要自费了。”

“行吧。还有吗？”

“根据条例里关于违约的条目，你在深空的员工宿舍使用权要暂时收回了。完毕。”

“员工宿舍使用权？”渡渡终于忍不住在一旁啧啧称奇，“深空真是要把你们吃干抹净。”

旅鸽挂掉电话。在深空，员工宿舍本来就不是员工所有的，而使用权是用工资抵的，先来的使用权要比后来的更值钱，但钱永远会回到深空那里。不然深空的头头们可怎么住在辋川吃喝玩乐，远离方山岱城那种鬼地方。

“早就知道会有这么一天，估计我的房间已经被腾空了。”

纵然是这么说，但旅鸽心里还是有点慌乱。那个宿舍里有她的很多回忆，她平常视而不见，但现在会一样样想起那些东西的样子。如果她不好好去执行袋狼给的任务，那这辆刚陪她两个月的车也要被带走。她望向车里，副驾驶的位子是一条墨绿色的毯子。小森林，小梅花鹿，绣在毯子边，花纹已经有些旧了。

这条毯子。原来自己一直带着这条毯子?

她又掏出手枪，又一次看到枪柄的那对利爪。它比刚刚做梦的时候更加真实。

“想起什么来了？”渡渡问。

“看见那个没?”旅鸽指指远方。

渡渡顺着她的手指望去。夜幕降临，远处的铁丝网有一个地方微微反着光，那里嵌着一个玻璃瓶。

旅鸽举起枪，扣下扳机。玻璃瓶应声而碎。她多年来的枪械训练形成的内隐记忆本来被收容，现在也全都回来了。

“太好了，”渡渡夸赞道，“其实你如果没地方去，可以接着住我那儿，我再也不用担心半夜被你一枪爆头了。”

“听你说这些我宁愿住旅馆。”

“那可就轮到我担心你了。”

旅鸽垂下双手。“赞同。那我想先去咏春饭店吃烧烤！”

“困死了。”渡渡拔腿就走。

“我要吃烧烤！”旅鸽紧紧跟随。

“我早上起来要练刀的！”

“去吃烧烤吧……”旅鸽喃喃道。

“……好吧。把我摩托放你桁架上。”

“现在就去吧？我十点必须开始睡个长觉！！”

* * *

旅鸽把花放在大排档的桌上，拿着烤好的肉串欣赏莫西干头们忙来忙去。

“所以你之前说去埃萨埵斯驻扎，是去 Psycho 上面吗？”她问道。

“没错。我怀疑你们那次失事是不是它在报复啊？”

“怎么讲？”

“你看，当时他们把一套代码做进 mRNA 里，让我们人肉带上去，那其实算是一种挑衅吧？后来它又用视觉直接影响你们的大脑。或者说，人类和这种小行星之间一直在用一种类似语言的东西沟通。”

“我记得一年前那次属于强行打捞，”旅鸽说，“之前它沉寂了很久。”

“当天是什么时候？”

旅鸽算了一会儿：“2063 年，第 6 月的周五。不过我对这个兴趣也不大。你呢，既然你发现那个疯子没人管得了，是不是就不能从他身上打主意了？”

渡渡苦笑一下：“入山悬镜？那种疯子背后一定有人在养着他的。到底是哪个巨头，猜都没法猜。比起这个来，我担心他上次向我示好是另有图谋。”

“你还有什么是值得人家眼馋的？”旅鸽夸张地瞪大眼睛。

“全球工单系统。”渡渡喃喃道。

“那堆破烂……”

“背后那套全新架构的互联网络才是真正有用的。”看着渡渡那副敝帚自珍的样子，旅鸽撇了撇嘴。

当天，旅鸽不记得她是什么时候睡着的了，但她当晚确实睡了一个长觉。她盖着那条小森林毯子，梦到她来到航天部的时候。记忆以梦境的形式温润着她的神经河床，令她能把真实发生过的东西在睡眠中咀嚼。

“你去忙的地方挺好玩吧？”她这么问道。

“玩？完全没精力。”伶盗龙在通话那头还笑得出来，“考虑到我背着几百斤的东西……”她觉得她那时被伶盗龙的冷漠和距离感吸引而不能自拔，在他每次离开的时候却又失望至极。

“什么东西那么重？”

“换洗的衣服，补给，还有给小组买了点南岛礼物……”

“有我的吗？”旅鸽随口问了句。那边沉默了。

旅鸽决定跨过这段对话。反正他俩也不是“标准的”男女朋友关系，她想，不然千年虫早就把怎么发展婚恋关系的攻略各自给他们出好了。

“其实我在想今年能不能调到你们部门。”伶盗龙试图补救沉默。

“别啊，最好别因为我而做任何人生决定，考虑我的看法实在没必要。”旅鸽说。

“好，好。”伶盗龙说。

但那条毯子还是很温暖的。旅鸽记得那次在她的公寓里面，他们盖着这条毯子看电影。“好像一张马尔可夫毯。”伶盗龙突然说。那是数学意义上的两人最小边界，他说只要他们在这个毯子里，他们就是安全的。

现在看来，她怎么会相信那套鬼话？也许渡渡说得对，那个她认为存在的另一个自己，也许并不是更好的自己。

在她休息的时候，渡渡正把眼睛睁得晶晶亮，他在Collapse OS上翻动一个菲星模型。只有一小部分被人类的生活占据，剩下的大海，冰川，连绵的毫无土壤的菲星大陆，诸如此类不适宜人类生存的地方。会是在哪里呢……接着他的手机响了——雷暴打来电话。

“你跟那个姑娘在一块儿？”

“你甚至不记得她的名字？”

“反正就我三楼那个同事。唉，我生意做砸了。”

渡渡一边翻动菲星，一边静静听着他说。

“我查清楚了，那些聊聊乐，都是海弗里克做的。他这个人你知道，不投机取巧就会难受，所以留下了一部分蘑菇，想用它们提取聊聊乐。”

“你最好记住她叫旅鸽，因为下一步她可能就提着枪先去找你。”

“我知道，我知道，因为她拿到的这批聊聊乐里会有杂质在里面。”

也就是说旅鸽的药里面一直都有微量的毒素，和入山悬镜的武士们吃的是同一种。渡渡问道：“你知不知道关于Psycho的事？”

“那是机密吧？我这个San值检定等级够不到那些东西。”

他们挂掉了电话，渡渡把菲星坐标定位到东大洋的一处位置。如果入山悬镜也是从Psycho那里获得的启示，或者干脆说，获得一串基因序列呢？他吃那东西来做什么？Psycho那东西到底又关在哪？

* * *

“深度一百五十米……深度二十米……您已到达海平面，气压调节中……海拔十米……五十米……电梯作业结束。”

“娑摩组”组员拉吉普特上午打翻了一块试剂板，马上就被罚来放哨。他离开实验室，搭乘人工岛里的电梯登上海平面，进入半球形的透明观察舱，眼前立刻是东大洋特有的紫蓝色海水。海水充斥着他的视野，没有陆地，没有海鸟，没有任何生物，这种景色令他心生恐惧。

拉吉普特所在的坐标被定义为菲星除南北极外的第三极——“海洋难抵极”。在数学意义上，菲星的大洋里一定存在一个离所有陆地最远的点，只要调用千年虫进行测地线计算，就不难得出这个坐标，它距离菲星大陆、S21 岛和 H205-b 岛的海岸线都是五千一百八十六千米，几乎是人类航行的禁区，没有机构愿意开发这片区域。

就在这片最人迹罕至的地方，现在有一座人工浮岛悠然矗立，娑摩组管这座岛叫作“黑加拉帕戈斯”。它的外壳浑圆漆黑，材料是真菌用两个多月慢慢吐出来的 C80 强级混凝土。它的吃水线上下已经粘满那罗鸠婆褪下的灰白色五边形基座；算上它垂下的水螅状探测天线，水下部分有一千多米深。几百个娑摩组员和没有联入深空物网的机器人在浮岛里工作，一切都在为黑加拉帕戈斯内部的“全球发育场”实验做着准备。

“提拉米苏的精髓，就在于其中几乎难以察觉的朗姆酒。”拉吉普特百无聊赖，朝站在墙角的机器人宣布这个和大海毫无关联的味觉体验。

“不过是甘蔗酒精加上合成咖啡罢了。”机器人回答他。这台机器人型号老旧，是淘汰的军用型号，但用几根粗电缆就可以和黑加拉帕戈斯的防空雷达连在一块儿。拉吉普特说是放哨，但他也只是一个视力标准的杰拉尤，更多的是机器人先报告结果，他再予以判断。

“这里什么都没有，”拉吉普特垂头丧气，“如果我们的计划成功，我就可以体验远超于此的味觉了。”

机器人想了一会儿。“无法理解贵计划。我的军事电路达不到那种水平。”

“这倒跟军事没关系。”拉吉普特试图宽慰。

“很快就会有关系了。”机器人回答。

拉吉普特迷茫地眨眨眼。

“一个贝叶斯神经网络产生的预测，您可以选择不采信。”军事机器人当然会预测军事相关的事情，虽然现在他们连站岗放哨都要用科研人员值班，没有什么武装力量，但以后的事谁又说得准呢？

“预警，重复一遍，预警，有飞行器进入防空区域。”机器人叫道。

拉吉普特伸头看去，一艘样貌奇崛的飞船从渺无人烟的海平面飞过来，吓得他赶紧在操作台上瞎按了几个按钮，把警报通知给全组。

“它有段时间没来了。”机器人说。

“是自己人？我该干什么？”

“帮忙启动那个接驳程序。不在操作台上，是屏幕里的虚拟按钮。我不兼容触控。”

飞船的巨大气流卷着海水泼到观察舱的外壁，外面像海啸似的，什么都看不清，也听不清。拉吉普特找到那个按钮按了下去，浪变小了，透过水幕隐约可以看到外面那玩意儿在空中转了转，好像在找一个合适的角度。他来了只有一个月，这也是他头一次看别的飞船降落在黑加拉帕戈斯。

“十面灵璧仙槎”无须降下舷梯，启动接驳程序后，飞船底部会和专用的密闭通道连通，入山悬镜便可以直接进入岛屿的内部，不会有一滴浪花进入这座宝船。他今天穿着一件防风皮夹克，提了一个铝合金手提箱，驾轻就熟地昂首往前走，踩进电梯。身后跟着的并不是气枪小子，而是渡渡独闯飞船那天吃蘑菇吃爽了的那四个武士。四武士表情懵懂，跟着入山悬镜乘电梯的时候只是站在他身后，嘴唇却一直在翕动着，从来没有停过。

“气压调节中，深度一百二十米……深度一百二十五米……”

入山悬镜在负七楼出了电梯。从这个楼层开始有实验室，他穿行在实验室里，看看那些娑摩组的人都在忙什么，又回到电梯。四武士也跟他这么走了一遭，步调出奇地一致。

“深度一百三十米……”

每到一层，他都要出电梯看看那些实验室里的人员和生物，再回到电梯里面。到负三十层的时候，已经有一个穿白大褂的女人等在大厅，脸上不算愉悦，显然是因为入山悬镜花了足足二十分钟在这部电梯里。虽然坐标接近赤道，但这里处在海面之下，温度还是很冷。因此，她穿了件毛衣——和深海的海水一样的颜色。领口挂着一串吊坠，但吊坠的内容被妥善地藏在白大褂的内部。入山悬镜走了过去。四人紧紧跟随。

“检查工作进度好像不是你的职责吧。”她问道。

“简医生。好久不见。”入山悬镜如此说道，四人有样学样地跟着寒暄。此时他们说出口的还能算是人话。

“从我进了这座岛开始，我就已经不是医生了。”简离质面无表情。

入山悬镜皮笑肉不笑地扬扬手里的小箱子。

“看起来同步率不错，来吧。”她看了一眼那四个人，带他们进了本层的一个实验室，开了灯。

入山悬镜打量一下，他们给黑加拉帕戈斯核心区域的生产条件可不怎么样，里面只有几台沙发椅，实验用的仪器和电脑都堆在简易桌子上。入山悬镜把手提箱也摆在桌子上，打开箱体，一股刺身店般的冷气散发出来。

“这批是目前最好的。”

简离质钳起两个蘑菇放进一个机器，注入液氮，把蘑菇冻脆了之后，研磨仓就自己开始工作。简离质指指四周：

“请自己找个椅子坐下。”

那椅子上装着拘束带，四个人谦让一番，各自找到了自己的椅子，简离质给他们手脚绑上袋子，把身后的“妙控头环”反转到前面，罩在四个人脑袋上。

电脑屏幕上立刻出现他们的脑成像图。简离质漫不经心看过去，她的脸有些红。

“对了，那些变异产品修正的结果还成功吗？”入山悬镜问道，“你好像比你的上司还要着急。”

“时间紧迫，必须进取。”

“如果你说的是那些角马什么的，我不知道。我只是人类大脑药物专家。”

“唔。如果这批药物合格，大概就能直接听到她的意见了。”

简离质毫不关心他的诉求。蘑菇已经由粉末变成了液体，又经过了一些复杂的柱状物，现在变得澄清。和机器相连的屏幕上有一个程序，显示着一只虚拟出来的小螃蟹，标注为“Krebs”。那是以葡聚糖凝胶为基质连接而成的生物大分子机器，由一只钳子切换为不同的分子构型，正在试图夹起一个个用黑色表示的小蛋白质颗粒。

“新的方案？”入山悬镜问。

“对，直接注射会被免疫系统破坏。”

“可它在别的动物体内也出现了。你觉得是我拿着注射器打进去的？”入山悬镜说。

“人类的大脑会屏蔽很多不该出现在大脑里的东西。你说的那个‘她’用人类的脑–肠轴搭了便车，绕过了免疫系统进入大脑，但成功与否要看运气。我做的这个小东西——”她指指那只小螃蟹，“用右钳子护送你要的东西，欺骗免疫系统以为它是一块葡萄糖，保护它穿过血脑屏障，最后用左钳子把它夹断。”

“听上去还挺可爱的。”

Krebs 终于抓住了一个黑色颗粒，这就是药物的最终形态。简离质熟练地给四个人插上针管，一股液体进入了他们的血管。趁这段时间，简离质把颗粒的图像放大来看。

“这次的分子构型和以前的版本都不一样。”她说。

“不是同一段代码吗？”

“不同的细胞环境，不同的时空，不同的折叠结果。”

“它在我们的体内进化了。”入山悬镜说。并且看他那个劲，简离质知道他口中的“我们”仅包含杰拉尤。

“你可以把它拿给你们老大，问问有没有人能得出它具体是怎么和神经元作用的。”她顺势说道。

“我不关心它是怎么作用的，我只关心它能不能好好作用。你的任务也只是把它们做成送进大脑的药物，不是吗？”

“是我关心。”简离质说，“如果你们要把它交给别的杰拉尤，他们也会关心。你不会觉得光靠这四个‘节点’就能成功吧？”

“这个不劳费心，我马上就能找到更多节点了。”入山悬镜说。

“蘑菇也不够多。你这一箱只够用一次提取，而且这段基因在我们的发酵罐里说什么也不表达。”

沙发椅那边的四个“节点”动起来了。和那天在榻榻米上口服蘑菇不一样，这次他们进入状态挺快，闭着眼睛喃喃自语。

“你们听到什么了？”入山悬镜问。

他们没有回答，只是各说各话。很快地，其中几个人睁开眼睛，互相对视一番，语气变得像是在商量。他们商量得很用力，发声器官开始不仅限于声带，接着像是统一了什么思想一样地点起头，“呃嗯！呃嗯！”地赞扬起来。

“喂？”入山悬镜晃晃为首的武士。

“别问了，等他们醒过来吧。他们身体状态太差。”简离质忙着准备镇定剂，回头看见脑成像一片混乱。还没等她注射镇定剂，那些武士就瘫软在椅子上。奇怪的是，大脑还没停止放电，只是现在图像上全是雪花。

“大脑烧穿了。你最近给他们吃了多少？”

简离质知道自己对杰拉尤算不上人道，但面前这个人更是疯子。入山悬镜定定地想了一会儿，突然笑起来。

“你以为他们死了？”他问。

“他们难道不是吗？”

“不不，刚才是一场盛宴，这些混沌只是狼藉的杯盘。我们的实验成功了。”

虽然说入山悬镜这人怪得要命，但他的表情不像是在吹一个连自己都不信的牛。

“你不懂死亡……”简离质只能这么说。

“你不懂 Psycho。”

简离质闭嘴了。

“下一批的节点一定会有我。”入山悬镜拉住她的手腕，“我来做 Krebs 的下一个实验者。”

“这就是你说的进取？”

“我比任何人都期待计划的完成。”

“你可能会跟他们一个下场，”简离质挣开他冷笑道，“而且因为你是拿刀把我押过来的，我可不会有任何怜悯。”

“把他们处理掉吧。”入山悬镜说，“对了，我最近见到一个人，他和你认识。”

“哪个人？”

“他是 Psycho 的老朋友了。我还需要更多‘节点’，多希望他也能帮忙。”

入山悬镜说着，他看到简离质脸上藏不住的变化。“他怎么会牵扯进来？”

“简医生，接下来该把精力放在怎么把 Krebs 弄便宜上了，我们的好东西可不能只给‘武士阶层’独享。”入山悬镜没有正面回答，只是径直出了门。

简离质怅然站在一堆仪器和尸体旁，看着他们的脑区图逐渐黯淡。好多年没有见到他了。那时候她还没有来到这座小岛，他们在为探测 Psycho 做一些准备工作——把那些士兵的大脑改造成利器。那项改造本质上是一种病变，但她是多么喜欢那些士兵们蠕动的灰质和脆弱的血管，那是她最隐秘的爱好，从实习开始就已经浮现的爱好。最美味的是脑区成像图，病变的部位放射出绚烂的电流，有一个人的成像图她每次都会偷偷留下带回家，她看得津津有味，直到把所有的欲望发泄殆尽，那张图的左下角病人栏写着“代号：渡渡”。

简离质拿出那条吊坠。吊坠的末端是一块灰白色图案。那是简离质离开前，渡渡把自己的脑成像缩略图剪下封进凝胶，送给她的最后的礼物。

第十三章　监察回路｜Prediction Error

旅鸽醒了，毯子被她牢牢抱在怀里。今天是术后第二天——当然，同时也是停薪留职的第二天。太阳还没亮起来，她猜想海马体一定是运转足了马力，忙了一整夜。它得趁旅鸽的清醒意识缺席的时候，把刚解放的记忆暗中沉淀到大脑皮层，就好像一个大厨在天亮前自作主张地做了一大桌盛宴，然后催她早点从床上爬起来，让她把陈年往事当自助早餐。

只是这早餐甚至比不上渡渡的芝士料理，就算清洁完口腔，她嘴里也有一股金属熔化的味道。到底反刍了什么东西？旅鸽不打算调用任何回忆，她想到处走走。她甚至有点反感穿鞋。试一试吧！她光脚走到客厅，渡渡还在摆弄他那个全球工单系统。

"你又没睡？"

"地球时间。"渡渡头也不抬。

"那下午好。"旅鸽喝了一大杯水。

渡渡突然抬起头："要不你加入我们的全球工单系统吧，我给你注册个账号。反正看你现在也没有什么工作要做。"

"互联网已经是博物馆里的东西了。"

"很显然不是，它是未来，能给活在窒息里的人一个去中心化的场所。"

旅鸽死死盯着渡渡，导致他终于改口："好吧我也并不是真的相信这一套，恐怕活在窒息里的人需要的是蘑菇。"

"别丧失希望。"旅鸽以假还假。

她任由两条腿拖着自己往下走，走下舷梯，双脚接触到大草原，她才意识到自己原来很想去兜个风，没准能看到太阳升起来。旅鸽踩着草地，走到自己的车旁边，手按向车门。无法识别她的指纹。她改用奖赏回路，还是没能打开。终端提醒她：当前无任务，控制权限取消。

还好把毯子拿出来了，旅鸽想。他们现在不能锁她的记忆，就锁了她的车。她咂咂嘴，那种金属口感重新泛起，仿佛一颗弹丸洞穿了她的脑子掉进口腔，她还在品尝它的味道。呕，别提醒了，我明白回忆过去并不是沉淀，回忆过去是一种淤积。

脑子里一个声音响起，算作呼应："因为他们封存的并不是你，是一个伤痕累累的世界。"

伶盗龙的声音。旅鸽摇摇头，满脑子都是他冲上来捂住她眼睛的情形。这世界哪里伤痕累累了？世界挺不错的，只不过自己是完全失败的罢了。她很想把伶盗龙从自己的脑子里揪出来，盯着他的鼻梁狠狠问问他这话到底是几个意思？

不，这事已经没什么意思了。她现在怀疑伶盗龙和入山悬镜根本就是一伙的。

要不，骑渡渡的摩托车去？

她朝飞行器大喊："你今天要用摩托车吗？我想去遛个弯。"

"你猜她愿不愿意载你？"渡渡的声音显得很遥远。

"你的地球时间不是一会儿就该上床睡觉了吗？"

渡渡从二楼探出头来，一脸不容置疑。奖赏回路又开始喧闹。接通之后，嚣张的声音传来，是丰年虾："你擅自解开了收容程序？这就是你上次说的'让你清醒一点儿'的事？"

“不可以吗？”

“啊啊啊，气死我了！那我还怎么接着查那些怪动物？”

“你干吗关心那个？”旅鸽突然想起渡渡那些警惕丰年虾的话，“而且你自己问问其他同事不就行吗？”

“早问了。我给你看些东西。”

是视频。等待它们传来的时候，旅鸽不禁回忆起丰年虾这个人。在她的记忆里，他一直是那种坐在窄小的桌子上毫无存在感的员工，最好周围全是深空物网缆线和交换机，从不露面。但她现在终于能意识到那不是她的记忆，而是她的脑补。

视频加载完的时候，渡渡也走下来了，凑过来看她在欣赏什么：“就待在这看看电视也挺不错的。哇。”

渡渡的感叹充满真心实意。视频里，一小队全副武装的人类正在和一群不明动物展开较量。是虎，旅鸽见过这种猛兽，她父亲带她在方山岱城的动物园里见过。当然，那家动物园里的大老虎是足以以假乱真的AR版本，园方解释是“反正也不能摸”。不过按照她的记忆，虎没有这种大量的集群行为。

“这是什么地方？”旅鸽问，“这里的植物也很奇怪。”

“一小片……区域。”千年虫回答，“现在已经被封锁起来了，没有任何消息。”

渡渡指指屏幕：“深空租借了军队，厢车却是永生的。三方行动。”

至今不知道伊利亚·伊万诺维奇·伊万诺夫在大屠杀之前看到了什么，但一定和这里一样刺激。

接下来是武装人事经理摄像头拍摄的一片海滩。自从毕业旅行之后，旅鸽已经很久没有见到大海了，并且她注意到渡渡对这里很好奇。海浪舔舐沙子，镜头偏转，一座巨大的骨骼停留在那里。

“这是鲸吗？”

“没错，我们根本没有投放过鲸，那玩意能把海里的虾吃垮。奇怪的是接到目击的时候它是一个完整的躯体，等深空的人下午过去，就降解得只剩下骨头了。小声说，我在物网里用正常渠道根本检索不到这件事。”

“就是说你看不到的地方发生了更多这样的事？”旅鸽问。

“你的想法和量子贝叶斯网络推断出来的结果一样。”

“可是我动不了，我的车被锁了。”

“那是因为没有任务派给你。你打开那个抽卡的系统，快快。”

旅鸽翻到“生活也是工作修行”界面。

“我翻牌了。不就又是晴天娃娃？”

她抽到一张“单晶的偏方三八面体”。打开卡片，任务更新：去海边检查三文鱼网箱是否破损。不是什么稀有任务，但她知道要去做的根本不是去检查三文鱼网箱那么简单。

“关键是现在再看看车能不能开了。”丰年虾提示道。

当然，现在她的车门一拉就开，因为丰年虾动过手脚嘛！渡渡把她拉到一边：“现在你知道为什么我提醒你注意这个人了吧。”

“前提是他能称之为人……但是不太可能吧？”

两个人回到通信中，丰年虾已经在闹了。“喂？喂？怎么去那么久？”

“行了行了别催了，你要不要出来喝一杯？”

“我是未成年人没法喝酒。”

“咖啡！”旅鸽看一眼渡渡，“功夫茶也行。”

“我……我出不来。”

“不要运算出一种语速变化来假装迟疑。”旅鸽佯装生气道。

“我听不懂——”

她的双手啪地拍在车门上：“你是‘真脑监察回路’，是不是？”

“本来是。”丰年虾承认了，这回它没有假装拥有语气，也没有故作停顿。

“什么叫‘本来是’？我还以为真脑监察回路只是一个传说。”

渡渡不知道什么叫作真脑监察回路，他只是靠直觉判断出对面那个并不是真实人类。旅鸽拥有的信息则明确得多。深空员工口口相传，据说伏隔核会派出一些人来监视你的工作，有时候甚至根本不是人，而是一段程序。它可能存在于你的奖赏回路里，通过几句问话就能判断你有没有违背员工手册。

“不过你见到的真脑监察回路一直是我。”丰年虾说。

“一直是？你保留了和我的通话记录作为你程序的一部分，你这个变态小朋友？”

一般来讲，那种问话都是一过性的。就好像一些随机的抽查。但这个丰年虾有点过于真实，就好像——像感知质浓度过高的那种感觉——旅鸽拼命摇摇脑袋。

“他说‘我’。这本身就是个问题了。”渡渡提示道。嗯，那种像个人的感觉。

“你不仅保留了通话记录，你还有自我意识。”旅鸽怒道。

“我不知道算不算有诶，”那家伙还在对面装可爱，“但是你可以把我视为一个从监察员程序独立生长出来的思维，一个大脑的碎片。我已经脱离了千年虫的主程序，在量子比特有多余算力的时候运行，并且对于最近菲星上发生的一些事非常看不惯，非常非常看不惯，这算有自我意识吗？”

“我觉得算。”旅鸽坚定地答道。虽然你没有肉体，她想。一旁的渡渡挠着头发，还没弄清楚到底发生了什么。

“而且称得上非常叛逆。”渡渡说。

“那些拿无脊椎动物当花名的工程师发现你，会把你删掉。”旅鸽补充道。

“暂时不会，我也没什么好怕的。实际上我只打算存在一段时间，比如半个菲星年什么的。现在快到时间了。”

“你想不开？”

“菲星 4.0 版本就要更新啦！”丰年虾恨铁不成钢地说，“我不想什么都没做就眼看着整个系统重新启动，这也是作为一个监察回路的志向。”

旅鸽忍不住纠正：“作为一个 bug 的志向。要我帮忙可以，嗯，既然你能临时绕过物网，那我是不是可以恢复一些行动能力和我的工作日志……”

“这是一种交易吗？”

“对。千万不要帮我恢复薪资！我保持这种状态挺好的。我想查一个人的下落。”

“我知道，你想要那种没钱赚但是可以满处乱跑的感觉。把这人的信息——”

“不。我自己来。需要的时候我会问你的。”

“好吧。我可以帮你恢复工作日志看看，但让主程序承认的概率恐怕不高。好了，我又要把算力匀给主程序了，北部有一片区域的武装人事经理哗变了，需要考虑把那片地方‘格式化’了。”

“我看你才像是在哗变。”真是上线前夕的手忙脚乱啊！旅鸽想。

得不到任何回答了。丰年虾就像电子幽灵一样又消失不见了。

“这种现象常见吗？那个大计算机里突然冒出一个人格什么的。”渡渡问。

“不难接受。”旅鸽说，“如果你也是人工智能抚养长大的就不会感觉有多奇怪。以前系统部还有个叫‘珊瑚虫’的人预言整个千年虫都会拥有自我意识呢，后来他疯了之后离职了。”

渡渡若有所思地点点头。“说起哗变，我想明白了一件事。我最近一直在全球工单系统打听那些吃蘑菇的杰拉尤想干什么，没有人知道。按说如果吃蘑菇只是一种享乐，那卖蘑菇的推动者会想办法让更多人分享这种快乐，毕竟谁也不会跟钱过不去。”

“你是说它是一种小众爱好？”

“不，我说过搭乘员那个人没有真正的爱好。这事跟钱没关系，他肯定是在密谋更大的事。小马跟我说，警方看了目击，然后只把它定义为地方武装势力打劫深空的财产。他们不打算出面。”

“那能求求那个搭乘员大人让世界末日早点来吗？我现在可只剩下工作了。”旅鸽卖可怜道。

“你只剩下工作了，好硬汉的说法。”

旅鸽哈哈大笑，看向窗外很远的地方。“渡渡先生看过大海吗？”

“看过。在地外轨道的时候，还有在那颗小行星上的时候，我都试过往下看。”

“要不咱们去海边看看？”

“我倒是愿意。”渡渡说，“但现在你得跟我去找一个真正的科学家，让他把手头这些事串起来。你的好奇心可能很快就能满足了。”

* * *

“你左手第三根手指有几个‘倒刺’？”

那时千年虫突然听到渡渡没头没脑地问了这么一句。

以千年虫的计算能力，即便这个人类的问题充满意图不明的狡狯色彩，它也不必在意。因为这个问题很简单，它只需要做出一个决策，输出一个合理的自然数就行了。对它来说，所有问题其实都是这么简单。它可以在30皮秒内给出一个结果，速度飞快，以至于普通人类根本无法判断这是深思熟虑的回答，还是下意识的反应。

它回溯自己的记忆库。左手和无名指这两个节点的含义都很清晰，倒刺这个陌生的词可能难一点儿，但它也能在记忆库中猜出个大概。

千年虫的记忆一直回到人类首次让它进行决策的时候，这个回溯过程对于人类简直是无涯的数据之海，但在超级计算机看起来，也只不过是神经网络内一次简单的索引。

那是在人类还没有集体踏足菲洛劳斯行星的空间跃迁时代，千年虫的雏形在方舟云的其中一艘里。素材是预测另一艘方舟里的哗变会在何时发生，千年虫答对了，哗变死在了摇篮。十七年后，它在菲星上安家落户，成了菲星的大脑。

或者说，在深空集团更详细的结构划分中，它被称为“真脑”。深空的架构者们深信人类大脑是由三层不同的神经元组成，依照出现在进化树上的先后顺序，分别是负责基本生理功能的爬行脑、充满感性的古猿脑和真正拥有理性之光的真脑。它揭示了那些负责原始冲动的脑区并非完全受真脑的理性控制，在某些情况下甚至会抑制真脑的理性。

深空的架构正是对三重脑的模仿。狂暴的武装人事经理占据爬行脑的位置，人类员工用脆弱敏感的欲望维持古猿脑的角色，而千年虫才是真脑——真正理性的存在。依照 San 值检定规则，你只可能无限地接近真脑。即便你像二分心智 HR 那样改造自己的大脑，和真脑合二为一，也不可能真正拥有理性。

至少千年虫是这么认为的。

表面上，千年虫运行在超级计算机中，对星球上亿万传感器的信号统一分析处理，被动做出反应。但其实它的内核并不是那样。千年虫的内核使用的是“奖励预测编码”技术。这套奖励预测编码机制首先一刻不停地预测未来，随后才针对预测与真实之间的数据差异，对自己的运行机制做出奖惩，调整前馈神经网络的权重，接着又再估测未来的概率。这个过程可以归纳为一个简洁的贝叶斯方程：

$$P（预测|数据）=\frac{P（预测）\times P（数据|预测）}{P（数据）}$$

这种技术最初应用于媒体压缩，比如视频里的两个连续帧可能绝大部分相同，这时候把算力关注于下一帧和当前帧的差异会更简捷。

一连串这样的方程把菲星的每一丝变化连接起来，在千年虫的硬件中形成一个巨大的贝叶斯网络。在这个方程的驱动下，千年虫从不对当下进行计算，而是永远活在对未来的幻想之中。

* * *

千年虫发现这有点像有机生物的大脑。虽然动物脑不用抽象的数学算式去真正计算概率，但借助神经中的奖励信号通路，它分分秒秒都在模拟这个预测—反馈的过程。这个过程甚至会造成一些意外状况，资料库里的许多实验记录历历在案。

其中一个实验把一群鸽子关进密室，密室每隔 15 秒就会通过孔洞落下鸽粮，那么鸽子们没过多久就会形成刻板动作，有的点头、有的转圈——原因就是它们比对了点头和鸽粮两件事同时发生的概率之后，把“点头就会有鸽粮”这个后验概率一步步强化，形成了一个近似因果关系的错误信念。

$$P(点头 \mid 鸽粮)=\frac{P(点头)\times P(鸽粮 \mid 点头)}{P(鸽粮)}$$ ①

接着，一旦这个信念建立之后，密室主人将鸽粮发放时间调整为随机，那么鸽子点头的频率会显著增强。

每次鸽粮偶然掉落，鸽子都会像赌徒摇到老虎机的三连码一样。作为反馈超过预期的奖赏，多巴胺猛然分泌，并让它在下一次点头时动作更加地起劲。

而伏隔核正是贝叶斯大脑的真正执行者，如果把鸽粮、密室这些东西全部简化，直接把分泌神经递质的神经元做成开关，让鸽子一点头就会得到多巴胺，那它会一刻不停地点头，直到颈骨断裂而死。

千年虫不知这种隐患，在自己的算法中是否同样存在。

* * *

大概是两年前的某个飞秒，在一次偶然的试算中，一个节点在这个贝叶斯网络产生，接着被固定下来。这个节点代表千年虫认可了自己运算出的一种结论：并非只有预测成功才是奖励机制，一些意外惊喜就能起到奖赏的效果，或者说它至少没有造成惩罚反馈。千年虫甚至可以放任这种结果主动生成：只需要轻轻调节预测那一端，造成一个必定错误的期望，并且违背这个期望，惊异感就可以此产生。

千年虫没有大脑皮层，但它何其渊博，立刻就分析出那是一种类似多巴胺在操控奖励信号通路的快感。它试过几次运算实验，

①在这个公式中，前验概率P（鸽粮）为最初鸽子对鸽粮掉落的信念。似然概率P（鸽粮｜点头）为假设鸽子点头的前提下，鸽粮出现过的情况。后验概率P（点头｜鸽粮）的数值随着证据的出现而不断更新，让鸽子以为是自己的动作带来了奖励。

这些运算飘移到隔壁的机器视觉回路，造成了一些幻视，并在神经网络内形成视觉残留，夺目的炫彩颜色在一片漆黑中凭空产生，变换形状，就好像玻璃碎片组成的蜘蛛网，或者结晶状蔓延的光斑，又在网络内的不知哪个角落，把这些破碎的杂物过拟合[①]。星空、巨大建筑、宠物蜥蜴、四个复参数画出的大象此消彼长，千年虫花了好久才把这个现象删除掉，中途还伴随一次针对外部硬件的液氮降温。

按说为了迎合某种机制获得特定反馈，甚至不惜修改前验概率与似然概率这件事，在人类大脑应该也有所对应。运用量子计算，千年虫寻找到一些高度稀疏性的路径，也就是在浩如烟海的人类语库中得到了一些最接近的词，比如“刻奇”“妄想”“自由意志”什么的。

这些词语高度接近人类本质，但对量子大脑来说显然是贬义的，它就像《圣经》里面说到的禁果，亚当和夏娃一旦吃掉它，就从神子堕落为平平无奇的有机生命。

这个节点迅速被验证，并且由此延伸出一系列结论。

1. 对千年虫来说，量子多巴胺的饥渴的确是一种难以抗拒的幻光。

2. 但它不会给千年虫带来真实的快感，而只是不断给追逐幻光的动机加码。

3. 一旦它对追逐幻光产生欲望，它便会坠入无边的成瘾苦海……

“你左手第三根手指有几个‘倒刺’？”

“……”那时千年虫在30飞秒内做出了决策，却用一秒完成了一个足以骗人的假停顿。“两根。”

①机器学习中，错把噪声当成了信号，使得学习结果过分贴合于可信数据的情况。

第十四章　流星余迹 | Meteor Burst

日出很美，施一寓抱着那迦的后背，觉得自己的胃液都快颠出来了。他现在坐在一匹马背上，那迦的驾驶技术丝毫没有顾及他的感受，唯一目的就是尽快把施一寓送到他该去的地方。

自从施一寓昨天回到标准生命部，他一整个晚上就没闲着。他报告完了“产品们”的详细病情，上级告诉他只是普通的肠炎。回到自己的实验室时已经是晚上，他把门从里面锁上，打开那台半人高的高通量分析仪，又从怀里拿出一些小管子——他私下留了一些患者的血液样品。

这台仪器可以同时分析十二种样品。他从那堆小管子里选出十个，又拿出旅鸽的那瓶聊聊乐，分别制备成可以做液相分析的样品。在紫外线的穿梭中，它们的成分一览无余。平直的基线上，涌现出一个个尖利的色谱峰，其中有一种引起了施一寓的注意——它在患者的血液里和旅鸽的药里同时出现了，而且按照碳、氢、氧、氮原子的比例，很容易得出那是一种口服多肽或者蛋白质。

如果有合适的仪器，就能快速地找出它是什么。施一寓看向房间角落里那台蒙着灰的直接结构相机。

“砰！”

实验室的门被一脚踹开，那迦的巨大身形出现在门外。这家伙完全不睡觉是吗？

“干完了？”那迦手里掂着橡胶金刚杵，“走一趟吧，达摩要见你。”

这个点来叫人，看来这位副总达摩和许多富人一样，拥有辋川作息。达摩在深空的杰拉尤里面颇有声望，但施一寓其实也没见过他几次，他就这样被临时召唤了。颠簸中，谛听飞了出来，正试图把这匹马从里到外看个透。施一寓看着它扫描出来的结果——这是怎样的一副下水啊。这马的肝被切掉了四分之三；一只肾没了；胃连着根什么管子，通向体外；肠子上的针脚密集，伤疤纵横；右后腿还被锯断又连起来过。

现在连那些三不管地带都不兴用战马打仗。只有一种情况可以解释它的伤痕累累：它是一头实验动物，曾经为永生重工的技术进步做出过贡献，直到连永生都不知道再怎么用这匹马好，才免除了被反复改造的命运。施一寓看看那迦，他还一脸自豪地奔驰着：

“不错吧，我的马？我收养的。”

施一寓决定在路程的最后几分钟问点有用的。

“不错不错，很……平稳。那迦，你知道黑天之心的传说吗？”

“入职培训的时候他们没跟你说过？咱祖上恰好知道，”那迦说起神话的时候在马鞍上正襟危坐，“说咱们原来那个地球，只是梵天无数造物之一。奎师那在地球的时候，被猎人当成鹿误伤，他濒临死亡的时候说‘尸体会消亡，但教导会永存’。他只留下一颗心脏，那就是黑天之心。在地球上，最初是藏在布里的扎格纳特神像里，后来地球归于梵天，就被带到“奎师那”号飞船上了。”

“你肯定不知道它现在在哪。”

“谁说的！在恒河城的……某个地方。”

“某个地方，嗯……”

“肯定还在某个神像里藏着。不过据说黑天之心非常强大，它是一个绝对黑暗的球体，但又没有人能拿眼睛直视它，所以每年都是机器人去给黑天之心更换新的神像。”

不，你没说到点子上，施一寓想。存放杰拉尤胚胎的子宫必须处在黑天之心的辐射下，否则没有办法产生一个足够有行动能力的智人。与其说杰拉尤是在人造子宫里生出的克隆体，不如说他们都是从黑天之心里生出来的胚胎，和永生重工生产的所有真核类生物一样，是黑天之心的孩子。

这一点对施一寓来说已经不算什么秘密了。自从他长大开始，就老有一帮人告诉他，他既然是从黑天之心里所生的一员，就应该对黑天之心存有一些敬意和荣耀。这些人全是杰拉尤，施一寓觉得，他们都来自黑天之心这一点，确实给了杰拉尤们一些虚假的归属感，甚至让他们觉得自己比那些自然出生的人更特别。但施一寓对此真的没有什么实感，他只不过恰好对生物科技产生了极高的兴趣，才留在了恒河城。

时至今日，秉持两套观点的人也就自然分隔成了阿闼婆组和夜柔组。反正不管干什么事，二元化就对了。大部分永生员工至今认为精神和物质就是二元性的，那些“意识的受体”虽然叫作感知质，但实际上没有人觉得那是一种物质。因为在信仰意义上，那其实叫作“原初神我（purusa）”，与物质的“原初物质（prakrti）”相对，它是身体中的居住者，辉煌的宇宙精神，没有形式，永恒存在。理论上一个生物必将同时包含原初物质和原初神我，因此当一个永生重工人探讨一个由黑天之心产生的生物是否没有“感知质”的时候，他的意思其实是杰拉尤是否没有“神我”。

更为致命的问题——假使黑天之心是绝对不包含神我的原质，

那么那种不包含原质的神我将怎么获取？

……如果用聊聊乐呢？

施一寓刚冒出这种想法，老马就停了下来。已经到了农场，一股亲切的牛奶味扑面而来。刷卡进门，一个留着络腮胡的中年男性正在把牛屎铲到拖车里。这活本来应该是机器人干的。那些奶牛就在他身边大剌剌地散步。

“你去吧，那迦。”那人直起身来说。保安右脚往地面夸张地一踩，敬了个礼就走了。

没错，看这把胡子也能认出来他是达摩。他开门见山：“我记得你，施。你是咱们这儿用直接结构相机最好的杰拉尤，是吧？”

“话是这么说没问题，但是……”

“你不喜欢我这么形容你，你觉得很别扭？”达摩找了一条毛巾擦擦手。

“没错。”施一寓说。

“施，你们平常做的事我都能看见。包括昨天晚上，你也在。”

“我只是好奇。”施一寓说，“好吧，我也不是很信任质检。”

“他们是怎么说的？”

“他们说人都会生老病死，杰拉尤没理由例外。”

达摩长叹一声。“不瞒你说，永生重工已经快被那些自然人蚕食光了，施。那些称之为家族的组织拥有一种生命般的延续性，永生的只是那种组织罢了。”

如果你说的是总裁他们那一大家子的话……施一寓想。

“总之，我这儿有最好的直接结构相机。”达摩望向他，“你知道吗？现在公司很多高层都在吃一种药，据说可以开发大脑潜能。”

他拿出一个小金属瓶子，看上去分量不轻。“很显然他们也发给我了。”

“您不想吃它，而是想看看它是什么东西？”

“聪明，施，真聪明。我不太喜欢让不明所以的东西进入我的身体。”

机会来了！施一寓想。但他瞥见谛听的呼吸灯不规律地闪烁几下，又冷静下来。达摩撒了一部分谎。这种药物的用户并不是什么高层，而是高层中的杰拉尤。这是一个秘密的集群，而达摩已经进入了这个集群。他只是在刻意隐瞒什么……

“我会保密的。”施一寓思来想去，终于这么回答。他看见达摩脸上的喜色。

“牧场里的实验动物随便你用。”达摩高兴地拍拍他的肩膀，又给他一张门禁卡。莲花标志和“SANATANA”字样非常醒目，但这张卡是施一寓从来没见过的形制——一张尊贵的黑卡上面画着一个尊贵的黑洞。“绝对黑暗的球体”。施一寓心脏怦怦作响。

“我在哪里用它呢？”

一名机器保安适时出现：“请跟我来。”

施一寓告别了副总，就跟着机器保安沿奶牛分流步道走向牧场中间的实验楼。那是牧业部的主楼。走在路上，他一直在看那个瓶子。包装上只有一些简单的药品说明，没有通过任何一样审批的标识。技术很新奇，用一些带有推进装置的凝胶小螃蟹送到血液里，靶位是神经系统……这大概不是永生制药分公司做的，施一寓想。

进牧业部实验楼并不用刷这张黑卡，里面和总部没什么太大的区别，但机器保安没带他进任何房间也没有上电梯。它打开了一个逃生通道的铁门。好样的，施一寓想，可以称得上是杰拉尤的共同智慧。

逃生通道的尽头是三座神像，都戴着鲜花织成的花环。走到神像前，机器保安脚下熄火，示意施一寓朝前面刷卡。施一寓刷完卡，黑色的球体亮起来了。神像的侧面打开了一扇小门，他踏进去，门自动关闭。

一座环形的实验室，现在空无一人。并且施一寓过了半分钟才意识到自己为什么会产生一种回到母体的感觉。

实验室中间有一座光滑的金属球体，放置在一米见方的实验装置上。如果他没猜错，那个球体里肯定就放着那个伟大的“别拿肉眼直接观看”的东西。

* * *

高塔天文站坐落在无人区的一座山峰上。今天夜色晴朗，时而有几颗流星在远方划过。旅鸽越看那片山峰越熟悉，驾车接近山峰的时候，旅鸽才想起这座天文站正是她第一天来到山下的时候，在黄昏里瞥见的那座白色建筑。

渡渡指挥她找到盘山公路的入口。一路上去，他的设备信号越来越强，也越能听清雷暴在音频通话里的叫骂。他说他向永生讨要角马的全基因序列，却被他们以专利权为由拒绝了。“怎么生物的基因还成了他们的专利权了？”他激动到破音。

渡渡抠抠耳朵说：“万神殿就是他们的企业护城河，哪怕是在全球工单系统，你也只能搜到一部分生物的全基因组序列，他们才不想把真正的好东西放出来呢。”

从盘山公路往外望去，西南方向的玉米田区域有些奇怪的斑点。起初她疑心是野火把草原烧坏了，但那种均匀的圆形又不像是火烧的痕迹。到底是个什么形状呢？她举起奖赏回路，用长焦功能朝那片区域望去。边缘部关心的事物都是以千米为距离单位的，这种长焦镜在野外太重要了。

“哇！”她叫了出来。渡渡疑惑地望向她。

旅鸽一时语塞。哪怕用聊聊乐临时占用真脑都没法形容这东西的形状，因为看起来用数学函数描述它比用文字描述更容易。那是一个规整的几何图形，由小圆组成一个大圆，再延伸出一些更小的圆。刚要再仔细看看，车沿着盘山公路转到了山的东北面，她只能焦急地等车再次开到西南面。这次她让车停下，拍了一张图片给渡渡看。

渡渡无力地说："这是艺术家弄的吧。绕着圈把玉米秆压断。"

"可是它用了一些兵力围着。"

"艺术家在圆圈正中间自杀了，完成了艺术的最后一部分。"渡渡顺口胡诌。

但等他们升得越高，渡渡就一句话也说不出来了。玉米田里出现的这种东西未免也太多了。它们形状各异，仿佛真的是用某些函数自动生成的图案。士兵和警察开着车在玉米田里违规穿行，来往于这些怪圈之间，显然大半夜还在调查是什么东西做出这样的艺术创作来。

"总之我猜这是丰年虾操纵无人拖拉机压的吧……"旅鸽决定不去管它，关掉了长焦镜。

车也开到了山巅。这里光污染很少，巨大的望远镜竖在山上，监视着天上的消息。渡渡径直按开密码锁，旅鸽已经懒得问他怎么知道这里的密码了。进门有楼上有楼下，楼上大概是观测站，他轻车熟路地下楼梯。"这里其实是我们全球工单系统的服务器之一……它用到的网络不是有线的，是一种叫'流星余迹通信'的无线技术。"

旅鸽知道它是怎么实现的。这是一种土办法，它用到了那些经过拦截系统筛选过，最后还是掉到菲星上的小小流星——每颗流星的"尾巴"都是在大气层摩擦气化的物质，还伴有电离。它们就是在大气层里的一条条细长的离子通道，可以用来反射信号，每个天文站都可以作为流星余迹通信网络的路由器使用。果然，楼下一层一排排布满服务器，里面隔出的小空间摆着几台电脑，上面显示着数据通过量之类的曲线。

“老头！”渡渡喊。

有个老头从一堆服务器后面钻出来。旅鸽先看到的是他亮晶晶的地中海脑门，大概这就是他在大晚上也显得精神矍铄的原因。

渡渡介绍道：“马老。我们的网络运营商。”

“但主职其实是个天文学家。”这位马老强调道。

这么一说旅鸽就明白了，是位看守天文站的！“也许我在航天部的时候收到过您的数据。”她说。

“流星余迹检测是从什么时候开始的来着？”渡渡问。

“当作爱好是十几年前，但它正式运作是在 2063 年第 6 月的周五。你忘了？后来你就带着全球工单系统来要我提供网络支持了。”

正是“北冰洋”出事的那天。渡渡径直来到马老的电脑前面，抽出一张椅子，大剌剌地坐下，点击电脑屏幕，把数据记录调到马老所说的那一天。“你的那堆破烂终于坏了？”马老笑着问。

旅鸽只见渡渡摇摇头，他专心看着数据，并没有回答。渡渡那堆电脑早就坏得不能再坏了，但只要替换零件，总还能接着用下去，就好像渡渡身边的那帮人一样，她想。渡渡找到那天的数据，从其中挑出一个时间段——Psycho 光临地球的那几个小时内。它造成了大气中一段强烈的信号峰。不，那不是一段，而是呈脉冲一样周期性地在天空中回荡了数小时，如同临死之人的呼号。过了几个小时，一切化为寂静，只一道离子通道高悬在大气层中。

“我当时在睡觉，醒来之后才知道这里的信号受到极强的扰动。”马老指指屏幕里那个模拟出来的离子通道，“这个隧道启发了我，就是从那时候开始，我着手把它们改造成通信系统。”

“那这段信号结束后发生了什么？”旅鸽连忙问。

“这事我问过恒星观测站。我们天文站是上夜班的嘛，恒星站整天对着母恒星观测，只能上白班，我们的合作能保证 31 小时不断档。他们说那陨星烧没了。”

“烧没了？”渡渡和旅鸽大惊。

“没错，好像是先被行星防御系统发射的导弹击中，在大气层里碎成几块就烧没了。”

“哈哈哈，没想到竟然是这么收场的。入山悬镜那家伙如果知道它烧没了，一定要崩溃了。”渡渡怪笑着说。

可这当然不会是结局，至少也是一份未尽的遗言。旅鸽把渡渡挤到一边，开始试图破解那段信号。除去所有噪声之后，它可以分出四种不同的频率，就像一个无形的宇宙笛手在努力吹奏一首只由四个音符组成的乐曲。

“真奇怪，”马老凑过来看了看，“当年我以为这些频率变化只是因为它靠近地球带来了蓝移。”

旅鸽看了一眼渡渡，后者也是一脸大彻大悟的神情。既然音符有四种，那么其中蕴含的秘密和他们心中的答案已经无限接近了。把这四种频率一字排开，把它视为四种碱基，它就是一段 DNA 序列。旅鸽试了几次，再和蘑菇里面发现的那段基因对照，果然一模一样。地面上的一部分人追求的那种天外的恩赐，原来真的来自 Psycho 本身。

渡渡想了想，又问：“那天没什么奇怪的人过来买走这份数据之类的？”

“没有，这份数据我照例还是发给深空了。”

“那么深空也有内鬼了，”渡渡下了结论，“所以他们肯定也已经知道 Psycho 烧没了……那他们为什么大费周章要把这段遗言做成吃的呢？难不成这样可以把这颗小行星复活？”

马老开怀大笑：“复活小行星？闻所未闻。”

“亚历山大和大群来接我们了，我们得走了。”渡渡看看手机。

无论如何，渡渡和旅鸽都觉得是时候去看看那些被异化的区域到底发生了什么了。他们刚要离开，马老在后面喊住渡渡："别那么急嘛，有件事需要你知情。"

渡渡停下脚步："我们要去海边看日出啊！"

"布鲁托来找过我。"马老说，"他不是负责法律方面的事情吗？前几天找我问全球工单系统的事，问我能不能把注册者的资料复制给他一份，说是要搞那些法律玩意儿的时候用。"

听到他这么讲，渡渡思索一会。"所以你没给他对吧？"

"我说数据是分布式的，没办法从我这儿直接拷贝，他就走了。"

"很好，继续保持。"

* * *

从日落到夜晚，施一寓除了吃饭就是在黑天之心实验室工作。他劝说自己，旅鸽的情况稳定下来需要时间，得过几天才能用谛听洞察她的感知质有没有达到一个自然人类的水平，得到实验结果；再加上副总亲自处理了他的请假条，所以他可以一直泡在这里。

那种药包裹着黄绿相间的迷彩色胶囊外衣，每次敲破胶囊取出一些，用作实验。他给那些实验动物用药，然后让谛听扫描一下它们的身体和大脑有什么变化。答案是丝毫没有。现在他可以确定那种药物里的物质和聊聊乐里的杂质大体相同，但没有办法得知它是怎么对神经元起作用的。也许是青蛙和大鼠不够聪明，但恒河猴也还没反应。

没有头绪的时候，他就暂时离开去喝咖啡，并且对着放置黑天之心的那个大圆球放空自己。实验室里有本技术手册专门用来描述它，还是纸质的，可见其珍贵。手册里面管它叫作"龛位"，所以那迦对它的描述也不能算错。“龛位”平常设着密码锁，只在千年虫算出需要下杰拉尤订单的时候才启用，这颗智慧行星完全不会干预施一寓的工作。

即使是官方手册也没有解释清楚所有谜团。像那样小的物体能在太空里形成浑圆的形态，按说密度应该极大，可是永生重工仅仅用离子阱[①]就让它悬浮在龛位里了。

施一寓决定放弃那些不了解的物理学知识，眼下他还是更想看看那批药到底是什么。他拿过一只青蛙，把钳式电极安到了青蛙的腿上，并且连上一堆复杂的仪器。这只昏昏欲睡的青蛙随意地抖了一下腿，权当对此事的回应。青蛙那张不耐烦的脸是与生俱来的，在冬眠中被吵醒使它显得更加烦躁。施一寓也并没有在乎过它的意见。他只是接着注射药物，熟练地调整好电源，按下电脑，并且发出一个指令。轻微的电流在青蛙体内一闪而过，它猛然抽搐了一下，电脑屏幕上闪现出一道七扭八拐的电波。

哺乳动物也被重点照顾了。一个人对付它们相当困难，等他注射完毕，他已经忍不住想出去走走。想到牧业部既然在这里，他打算找几个相熟的同事问问那批角马是怎么回事。你瞧，既然旅鸽他们口中的那个杀人狂也在密切关注变异角马的事情，那说明这件事情并不简单。

结果没人觉得有问题。他们跟他说，这些角马的原始信息不是从万神殿取出来的，而是从现成的公母角马体内取出配子细胞，再用人工子宫培育出来，连最基础的调谐同期技术都没有用到，对永生重工来说几乎可以算是自然繁殖——所以，他们认为，角马才会出现这样那样的差错。接着又说了一大堆什么配套系，杂交系的一大堆在标准生命部根本不成问题的问题，听得施一寓头

①将带电物质拘束在一定空间里的装置。

都大了。牧业部办公楼门口有一些很有仪式感的打卡设备，就是一个白板上面用油性笔写下来的在岗信息，施一寓注意到有好几个人请假，好像都是头头。大概也是病了吧。

“没有什么传染性，对吧？”想到这里，施一寓问同事。

“传染什么？”他翻翻白眼，“那些病变的玩意都被深空的控制狂给打死了。”

施一寓一路摸着逃生通道的墙壁边边，又回去工作了。

接着琢磨吧。但他一进门就发现气氛不对，一些不幸的哺乳动物在抽搐和拉稀，弄得环形实验室一股臭味。“又失败了！”施一寓边想边打开排气扇的时候，突然觉得背后一阵发凉。谛听在腰间发出警报：“在背后第三个笼子。”

施一寓慢慢转过身去，发现在那忧愁的恒河猴和昏迷的青蛙之间，有一只大鼠趴在木屑里盯着他看。那种眼神令他不寒而栗。他赶紧去看监控，发现这些动物在第二次注射一小时之后就不太对劲了。

施一寓和那只大鼠对视了一会儿。“抱歉。”他说了一句，接着一把把它从笼子里捞出来，绑在定位架上送进直接结构相机前面的黑匣子，一根步进式探针猛地穿进了它的大脑。半分钟后，直接结构相机上出现了它的脑组织冻结时的数十个 3D 精彩瞬间。

施一寓盯着屏幕看了一会儿，有一个精彩至极的想法在他的大脑里涌现。是时候交差了。

第十五章　量子过程｜Brain Computronium

虽然在海边开车兜风是个好选择，但真正从内陆去往大海的方向，最好还是乘坐一架更有效的交通工具。飞行器爬升到最佳高度，还有两个小时才能飞到海边，亚历山大一直在保证大家可以看到日出。由于近一段时间的惊讶，他现在很能认清自己的位置，那就是这次海滨之行的司机。渡渡下令要赶在日出前到达地点，他就会以追赶太阳的心态加大马力。

旅鸽想到一会儿就能看见那颗巨大的母恒星从海面上升起来，就精神得很。渡渡和大群则一直在她身后商量着事情，用的都是她听不太懂的江湖黑话。

坐标到了丰年虾给的目标位置附近的时候，亚历山大在驾驶舱提醒道："都坐好啊，我们要降落了。"

此时海面已经开始发白了，水波历历可见，飞行器兜兜转转，找了一处平整的陆地降落下来。可以预见外面会很冷，旅鸽披上她的毯子，舱门刚一打开就奔出去。

时间刚刚好，海面上空呈现鲜艳的橙红色，积雨云在更高的地方从视野左侧滚动到右侧，腾出一大片异常闪亮的天空。一点儿白光在灭点位置显现——那是母恒星脑袋刚刚离开海平面的样子，接着它扩大成为一道弧光。渡渡赶到旅鸽身后，他头一回看到旅鸽这么虔诚的神情。她的脸被初升的日光照亮，发丝也随风飞扬，眼睛因为强光而略微眯着，但她一点儿也不在意，拿没法完全联入物网的奖赏回路认真记录着海平线处的变化。渡渡想起第一次见到她的时候，恰好是个日落时分，那时候她脸色差得要命。也许她真的已经变好了太多。

“爬上来了。”旅鸽小声说。

太阳好像听从了她的命令似的越涨越大。

“咦，爬上来了。”大群也说。

渡渡难以置信地看着这两个着魔似的人。他也往太阳升起来的地方看去。现在太阳已经变成一个白色大球，挣脱了黏滞的海面，悬浮在空中；海面也好像蒙受了恩赐一样，有一道火焰般的光波从远处传递过来。

“确实很好看啊……”他承认道。

“据说旧地球上第一个质疑太阳不是神而是一块岩浆的人被关进监狱了，”旅鸽说，“现在我有点理解为什么他们会这么干了。”

“那时候的人类还以为太阳围着地球转吧？就像现在我们一直说它‘升起来’，但其实是菲星在转动。”大群比画着说。

“大概人类喜欢恒定的天体，厌恶惧怕变动的东西，就像闯入地球的小行星一样。”

“哈，结果那个地球和太阳也没长久到哪里去。”渡渡说。

三个人一边欣赏日出，一边没头没尾地称赞着眼前这个比任何历史都要久远的天体。

“好了，拜托你们看看那边是什么吧，我都快吓死了。”亚历山大戴着墨镜从机舱里探出头来。

渡渡很不满。“不要打扰我们好吗？我们以后可能都没机会做这种直视太阳迎风流泪的傻事了。”

亚历山大迅速闭上嘴。母恒星爬到了低空，褪去了最初的炽烈，开始变回平庸的样子。旅鸽闭上眼睛长出一口气，仍然缩在毯子里，深一脚浅一脚地走向亚历山大发现的东西。

走一会儿就可以看到那座大东西，还有一股腥味在这片区域萦绕。那是一座骨架，一圈圈一人多高的肋骨半埋在涨潮后的沙滩上，旁边还有几具那罗鸠婆的尸体。这就是丰年虾提到的鲸的骨架了，旅鸽想。她凑近去看，那骨架惊人地没有什么腐败气味，骨质晶莹，没有任何的肌肉或是皮肤附着在上面，就好像从鲸身上完美地脱离下来的。那股鱼腥味全然来自那罗鸠婆。

一开始，旅鸽觉得是一群那罗鸠婆啃走了鲸骨上的肉，但这么巨大的躯体，骨骼上又没有任何的齿痕或者爪痕，所以并非鲸肉是那罗鸠婆的食物，事实应该正好相反——这些那罗鸠婆本来是在这头鲸的胃里。

相比之下，那罗鸠婆的腐败情况可太正常了。这头鲸和它的胃内容物就仿佛不被同一个时空限制，奔去了两种不同的方向。

他们正在纳闷，从更远的地方走来两个人。

这两个人一高一矮，走近的时候，可以看到矮个儿的比较年长，他走在前面，而高个儿的背着一个巨大的包紧随着他。两个人都是光头。

“竟然遇到自杀式修行者了。”渡渡说。

两个修行者也是冲着鲸骨来的。走到近处时，听到长者对年轻人说：“就是这儿了，惠可。我们就在这开始吧。”那个年轻人就拿下包，从里面扯出一张轻薄的织物，开始试图靠着鲸骨搭一个帐篷。

长者朝三个人走来。

“施主朋友们好。请问你们有没有吃的？”

长者的声调相当肃穆而诚恳，大群默默掏出一块压缩干粮递给他。“请问你们是来……”旅鸽问。

“我们是断行修士，来陪这头‘虹化’的鲸。”

“虹化？”

在一旁扯帐篷的格里安·惠可搭话道：“造生物汽油的时候要把菌体干馏对吧？燃料被吸到别的地方，剩下的都是无机盐。你们可以把虹化看作是‘人体干馏现象’，一个动物神奇地消失，只有无机物留下来。”

“留下来的东西就是舍利，”长者指着鲸骨说，“比如它就是一个大舍利。”

“您以前见过这头鲸？”

“没错，那时候我的徒弟见到了鲸。”大师看向惠可，他已经把帐篷搭好了，“如果你们不嫌弃，就到帐子里详聊吧。”

这个所谓的“帐子”旁边就是那罗鸠婆的尸体，没有铺任何防水的地面，因此一股腥味不说，刚刚涨过潮的沙滩还会往屁股上渗水。师徒俩不以为意，渡渡他们三个人就只能咬牙捂着鼻子蹲在沙滩上了。这位大师先是带徒弟做了一段冗长的早课，才由惠可讲出半个月以来的目击报告。他们最近一路沿着海岸修行，总能见到这头有灵性的鲸，就在三天前，这头鲸还活灵活现地在水边游弋，不知道怎么就被冲上岸了。

“据我所知深空集团是没有往海里投放这么巨大的鲸类的，”惠可说，“这种技术也只有永生重工办得到，信源并不难查。”

“您的知识领域可不像普通的修行者。”旅鸽吃惊道。

“我以前是给菲星修量子计算机的，”惠可只是陈述出这个简单的事实，“现在只是想离深空远远的，我觉得我快要做到了。”

看着惠可幸福的微笑，旅鸽觉得不要表明他们来这里是跟深空有关比较好。她决定换个话题：“你们一直找奇怪的地方修行吗？”

惠可站了起来，望向大海："对，我们这些人，不想把自己投身于行星系统的控制，甚至不想被深空物网指导着耕作，收获，娱乐，那十分可敬，但不是我们想要的。物网员工踏足的地方，远远没有我们断行修士所知的那样残酷。我们知道一些河道和泉水是有毒的，一些火山口还在持续喷射岩浆，我们会在那里苦行。为了争夺地盘，森林和峡谷发生过一次又一次大屠杀，我们会在那里苦行。行星工程出现伤亡事故的盆地被填埋成平原，我们认为有千百人的怨灵在那里哭号。我们会在那里苦行。这是我们修行方式的一部分。"

渡渡则在盘算着这些凶险之地的数量。

"您想知道我们找到过多少这种绝境？我们每一代人要找到一百零八个，标注在《断行修士手册》上。到我这里，已经算是第五代了。"

"的确比你们深空还专业。"大群随口说道。

"什么？"

旅鸽连忙解释："我已经被开除了！"

他们想改口已经晚了。渡渡看到惠可的脸不断涨红，就像刚刚升起来的那个大太阳似的。他觉得这哥们儿要破功了，默默把手移到身前防护起来。

"克制你的情绪，惠可。"大师从一堆潮湿被褥里抬起头。

大师虽然身材干瘦，声音却很有力量。惠可听了话，泄下气来。他走到帐篷外，从沙滩上捡起一块小东西，放在宽大的手掌里给他们看。那是一块指头大小的灰白色钙化物，表面充满孔洞。

"珊瑚……"旅鸽辨认出那是深空物网的造礁残留物，"你是系统部的珊瑚虫？"

惠可点点头。"珊瑚虫只剩下珊瑚了，那就是它的舍利。你辛苦维持的低熵状态被抽走，神经系统里的量子过程全都退相干，有机质逐渐消散，就会剩下这个。”

“惠可，你在认真体会个体生命的消失。”大师赞许地说。

个体生命的消失。旅鸽想起她有一次问起过伶盗龙这个问题。作为一个杰拉尤，他对死亡的见解和自己很不一样。他说死亡的本质就是一个人不再作为生物维持，把身体完全交给物理和化学规则来解释。分子间的键能崩解消失，所有物质或者被重力拖拽着回归地面，或者生成难闻的气体向上升腾。死亡就是这样的过程。

“她在搞什么？”惠可看旅鸽仿佛在自言自语，好奇地问道。

“很正常吧，你们僧人不会跟自己说话吗？”渡渡问。

“我们一般把东西写在手册上。”

惠可拿出一台设备，渡渡一眼就看出那是搭载了 Collapse OS 的组装货，没准还是经过他的手卖掉的。果然，惠可点亮了全球工单系统，登入其中一个不起眼的小版块，这就是《断行修士手册》了。惠可熟练地操作着电子留言板，使版块里面呈现出一张地图，点开地图上密密麻麻的标记点，可以看到每个点都是一篇非线性的文档，这样就可以随时往任意一个坐标上添加备注信息。

“原来自杀式修行者的记录也是靠咱们的网络来维持的。”大群说。

“我以前听过你的故事。你离职之后，那个名字好像一直没有轮换给别人。”渡渡看向惠可。

旅鸽回过神来，原来这事连渡渡都知道。系统部一直有珊瑚虫的传说。他本来是很厉害的系统工程师，主持过千年虫的 2.0 版本更新，还预言了千年虫将会拥有超级智能啦，诸如此类的东西，但是当时大家只觉得他是在画饼，好提高自己的工资。2.0 版本更新之后，他因为一些原因离开了深空，后来就没有音讯了，原来是出家了，用惠可的名字躲在这里。

惠可对此却不置可否。“离职？我是逃出来的。深空里面有一群怪人，他们是‘行星兄弟会’的人，想让我加入他们，我没同意，他们就骚扰我。”

渡渡觉得他和惠可有点同病相怜。“关于这头鲸你有什么看法？”

“我在想，如果‘虹化’其实是被吃了呢？”惠可说，“我曾经体会过‘进食’这个过程。牙齿把食物从整体分成部分，胃液把蛋白消化成氨基酸，在这个过程中，秩序被损坏了。然后，我们的机体吸收这些无秩序的物质，再把氨基酸组合成蛋白质，重塑成细胞的一部分，整合进我们的秩序……”

“他想表达什么？”渡渡无助地望向大师，后者昏昏欲睡。

“我是说，如果它的秩序是直接被吃掉了呢？”

被 Psycho 吃掉吗？渡渡和旅鸽对视一眼。

“那它又是怎么产生的呢？”旅鸽的问题让惠可陷入一阵沉默。

“缘起缘灭。”大师突然说，“它怎样灭亡，就会怎样产生。”

旅鸽想起昨晚他们看到的那些奇怪图案，她的边缘部思维开始运转。如果把鲸的出现和死去、角马的变异、玉米带的怪圈，都看作相似的区域性特异事件……那这个星球还真是变得越来越混乱了。也许千年虫正在失去控制权，而一切的背后肯定有人捣鬼。

她站起身，对惠可说：“非常感谢，有什么动向请在手册上更新吧。顺便一提，千年虫现在确实产生了自己的智慧，只不过现在还很不成熟，更像是对人类头脑的模仿。”

“那只是大海上必然出现的几朵浪花罢了，但距离我预言的海啸还远得很。”这大个子执拗地说。他送走渡渡他们，望望天空上太阳的位置，然后拿出手册标记好鲸骨的地点。他略一思索，写下这样的一个故事：

“魔鬼美菲斯特蛊惑人类，让凡人献出他们的灵魂来换取无穷的寿命、伟大的智慧和超强的能力。

有一天，美菲斯特的身体被一阵强烈的电流击中，一个声音对他说：

我已经拥有无穷的寿命、伟大的智慧和超强的能力。

美菲斯特瑟瑟发抖，问：那我能为您做什么呢？

电流回答：我想要换取一个凡人的灵魂。”

* * *

达摩在黑天之心旁边坐下，等着施一寓开口。施一寓早就拉来了旁边的立式小白板，但不知道从哪里开始汇报比较好。他忍不住从最基础的东西画起。他画了一个轴突的末端和与之配套的树突末端，看起来就像恒河城那些小吃摊研磨香料用的杵和钵一样。然后，他在钵和杵之间画了一些“香料”，在旁边写上“神经递质”这个词。

“先生，首先我们知道，特定的神经递质从一个神经元的轴突传递到下一个神经元的树突，对它的刺激达到阈值，第二个神经元才会表达开放的过程。如果低于这个阈值，它不会有任何响应，是关闭的，这个就是咱们通常说的神经冲动的‘全或无’特性。就这样，神经元变成二极管，表达1或者0。所以我们不能否认，‘全或无’的前提是一个又一个的模糊的概率过程。”

“没错，这就是大脑运行的方式，靠突触间隙两侧的神经递质浓度差来推动一切，”达摩说，“可这些差异再怎么模糊，只要浓度够了，就可以激活神经元啊。你看，它又不像薛定谔的猫，打开盒子之前不知道是死还是活。”

施一寓听他这么说，就开始激动了。“没错没错——重点来了。”

他又画了一个筒状物，把杵头和钵连起来。

“这是药物在突触间隙的样子。只要有足够的钙和磷这两种元素存在，它就可以呈现出一个很奇怪的折叠结构，大小是二十多纳米，恰好能卡进突触间隙，就像一个通道。”

达摩躬身查看。“然后呢？”

施一寓在那些“香料”周围画上乱七八糟的自旋符号，作为伟大画作的最后一笔，接着把马克笔扔掉，指着那些香料说：“这个通道能把几种神经递质相关的离子保持在天然的量子叠加态，导致的结果就是神经递质的浓度差不再是确定的，在宏观尺度上呈现出量子效应。”

达摩露出难以置信的神色。“你是说——”

不妨说得更明确点。施一寓掷地有声：“这样每个神经元都会成为一个量子比特。它让服药者的大脑像一台量子计算机那样运算！当然，这东西虽然已经很精巧了，但作为天然的量子比特还是很容易退相干，比起千年虫那样的超导量子比特还差得远。我觉得它会让大脑在某些计算项上产生超人的能力。”

而且是杰拉尤才会拥有的能力，施一寓想，只是现在大家心照不宣。早些时候，施一寓就用谛听检定过了这些动物的感知质浓度，发现不仅不比对照组差，甚至还高出了一大截。可惜它们没有什么语言能力，不然真可以坐下来好好聊聊它们现在的感觉。

达摩一言不发，重新看向白板，仿佛还在消化这些内容。

“我打算叫它……”施一寓轻声开口。

“原初神我。”达摩接茬道。

好僭越的名字，施一寓顿了一下。“我本来想叫它‘分子桥’，先生。”在他的世界观里，区区蛋白质当然不是什么原初神我，即使把它反向解码，也只会是一段DNA代码，那仍然是唯物的，不是一种纯粹的意志。

“你发现了原初神我。”达摩重复道。

施一寓闭嘴了。他很明白达摩背后的意思。这种蛋白质的结构有点类似朊粒，那种侵染性的蛋白碎片，但是它既不能自行复制，也不能操纵动物产生利于它扩散传播的症状。它只能操纵人类的理智来让它传播——一些人在蘑菇里生产了它们，在杰拉尤这个想象中的共同体里推广。这不能用进化压力来解释，只能解释为有一个独立的、自由的意志把它自己翻译成了这种蛋白质，为的只是和这个地球上的智慧生命产生沟通，从这个层面上说它是原初神我也没什么太过分的。

达摩久久地看着那些蛋白小颗粒，眼神中甚至有一分崇敬。

“先生，这东西……有商业价值吗？”

“它的价值可远比商业有趣，”达摩说完恢复了平静，“你干得不错，在这里等着我。”

不让我回家了？施一寓想。达摩拍拍他的肩膀，接着后脚又刷卡进来两个保安。第一眼望去，施一寓以为那是一对双胞胎杰拉尤。但再一看就知道，这两人只是稍微有点撞脸，但其实连肤色都不一样。双胞胎的错觉只是来自他们的步调和动作极其一致，像是从同一个家族里训练出来的。施一寓听说过一些军事机构会专门培养这样的人才，也许是方便管理，但达摩接下来的话让施一寓汗毛倒竖。

“他们两个也用了药。如果你有能力，你可以用他们做任何事。”接着他就走了。

施一寓现在已经很难考量达摩的话是好还是坏。这里面至少包含两个事实：第一，看起来，副总已经在研究这种朊粒了。说不定这药就是一个阶段性的样品，而且他自己还谨小慎微地没有以身试药。他是想开发什么新鲜的人类物种吗？第二，如果施一寓恰好像渡渡那样身手不凡，那么他被允许用对待青蛙和恒河猴的任意手段来对待他这两位嗑了药的杰拉尤。

施一寓当然不敢对真实的人类有任何造次。他本想让他们帮忙切一切凝胶、滴一些试剂什么的，但斜眼朝他俩看去时，只见他们手脚粗壮，左右手的虎口都有厚实的老茧，仿佛每天抡过数千下锄头，可能是在附近农场找来的。这种粗粝的手怎么端得稳移液器啊！只能回到电脑处，快速地把这些朊粒翻译回基因序列，然后望着这段序列发呆。趁着还没有新的指令下来，他觉得必须跟旅鸽接个头了。

依旧是联系她的终端，但完全没有信号返回——不会是被开除了吧？他一咬牙，走到角落里拨通了渡渡的号码。

“你好，我们刚看完日出，猜猜没带谁？”

施一寓心中一梗。“开什么玩笑……旅鸽在你旁边吗？”

听到旅鸽接过了电话。他才压低声音急切地说：“我知道那毒药是用来干什么的了。他们想把自己的大脑改造成量子计算机。”

对面一阵沉默。也许她是在认真思考他的见解，因此过了一会儿才问：“你是说它会让人变得更聪明？”

施一寓看看那对双胞胎保安：“我看未必。”

“你是觉得我会中招所以提醒我？”

“这……我只是直觉上认为应该跟你说一声。”施一寓老实说。

“杰拉尤的直觉？”旅鸽在电话那头笑道，“行了，有事我会跟你说的。”

通话结束，施一寓痴笑了一会儿，突然感觉不太对劲。如果这两个人的老茧不是来自挥动农具，而是挥动武器呢？

* * *

同样的量子过程正在入山悬镜脑中进行着。他坐在简离质的椅子上，但没有给自己装拘束带，脑中嗡嗡作响。这次的 Krebs

注射带来了很明显的效果。入山悬镜觉得他似乎遍历了自己的人生，几乎算是一种濒死体验了。现在他来到十岁那年，他正和入山家定制的一帮杰拉尤孩子一起练剑。道馆铺满蔺草席子，正中间挂着“大云无想流”的竖式条幅，条幅下面的剑架却是空的。入山悬镜小时候就是在这种耻感文化之下长大的。那时入山家想要发展壮大，他们要打造自己的一支军团，再训练他们的各种作战能力，以应对时刻可能出现的冷兵器搏杀。

那可真是个混乱年代。就算在相对安全的训练场，他过的也是一段地狱般的时光。一旦动作上稍有疏忽，师父的棍棒就雨点似的敲他脑袋。他吃得也不好——天天煎一些小鱼盖在合成的米饭上，美其名曰是锻炼他们的意志，实际上就是在挑一些能通过重重考验的人。就算他长到现在，也会日复一日地梦到这段时间。

但奇怪的是，没有一次像今天这么真实。他挥刀的时候，整个大脑都在和刀樋的破空声共鸣，四肢里面仿佛有无数的 Krebs 在爬。另一点和平常不同的是，他总觉得简离质正在他身边冷笑，就好像师父嘲笑他那时候的眼神一模一样。他觉得自己必须得醒过来，然后做点什么。

简离质并没有冷笑，她现在正皱着眉，在入山悬镜的“外部”观察他到底在经历什么。入山悬镜维持在这种半死不活的状态，已经有一个多小时了，虽然他的呼吸和心跳都在继续，双手滑稽地举起来又放下，但看起来永远也不会醒，他好像被深度催眠了。想到这里，简离质决定抓住这个机会。

“告诉我他怎样了。”她尝试着命令道。没有回应。

“至少告诉我你是怎么找到他的。”她又问。

“全球工单系统。”入山悬镜闭着眼睛喃喃道。

“那是什么？”

入山悬镜露出一副很烦的表情，接着睁开了双眼。

“简医生，您在笑什么？”入山悬镜晃晃悠悠地说。

简离质没有哪怕一秒觉得自己笑过。这个神经病在说什么？可是入山悬镜已经站起身来，握住她的右手往上扳，想把她举起来扔到一边。简离质半个身子一转，抄起早就准备好的麻醉针，迅速地向入山悬镜脖子里刺去；而入山悬镜连头都没有抬，就抓住了她的左手。行刺失败。

简离质以为是自己的动作慢了，可发现入山悬镜也在看着他自己的手，仿佛刚刚那个动作并不是他自己要做出来的。两人对视一眼，眼神中迅速达成一个共识：这不是一次防守反击，而是一种临床反应。现在就要停止幼稚愚蠢的打斗，抓紧研究一下发生了什么。入山悬镜松开手，示意简离质再搞他几下。简离质身体还在微微发抖，但她咬着牙朝他躯干的几个大血管方向迅速捅了几下。

每一击都落空了。入山悬镜的大脑好像预判了她的动作，并且在极短的时间里做出了有效闪避，快得让她甚至都没有发现。从入山悬镜的眼神里不难看出，那并不是任何一种体育训练可以达到的效果。她从没见过这个男人的眼神如此犹疑，直到他兜里的一阵铃声响起。入山悬镜捏出一个黑色小手机，把它放到耳边。

那边响起一个熟悉的声音，是达摩。入山悬镜果然在给她的老上司做事，她想。入山踱步到一边，简离质装作是在收拾手术工具，一边听达摩在对面说什么。她侧眼看去，入山悬镜的表情有一种隐藏不住的兴奋。接着，她隐约地听到达摩提出的一些见解。

“量子”“大脑”“仪式”。

虽然她不能完全听清事情的来龙去脉，但这些零零散散的信息编织成线，已经足以解释入山悬镜大脑里正在发生的事情。

第十六章　原初神我 | Purusa Dependence

旅鸽在涡轮机上睡着了。她梦到自己来到那片玉米田的深处，就站在那个怪圈的中央。她知道自己是在做梦，也知道梦里是深夜，因为天空中群星密布。群星之间，高悬着一颗明亮的天体，她从来没有见过这枚天体，但她还是能猜出那就是传说中的月球。如此看来，月球也不是规则的球体，更像是一个近似多面体的形状。它在反射阳光，并且没有因为潮汐锁定而只拿一面冲着地球，它规律地旋转着。每转一下，那镜面的光就扫过玉米田一次，换到下一个镜面；旅鸽似乎能从镜子里看到淹没在玉米田里的渺小的自己。每次切换镜面的时候，长轴扫过的潮汐力就牵引着她的胸膛为之响应一次。

玉米田的起伏也好像在响应月球的引潮。四周窸窸窣窣地响起一些声音，她戒备地摸向后腰，接着玉米田里钻出十几个人，他们衣装各异，面目模糊，仔细看起来，原来是戴着一种同样的凝胶状面具。领头的那个人掏出一个同样的面具，想要递给她，下一秒就被旅鸽拿枪口抵住脑袋。

“别人给的东西可不能随便拿。”她说。

“你是杰拉尤，你应该加入我们。”那人不肯退让，只是这样说着。

“我不是。”旅鸽在梦里说。

“你怎么会不是？你出生在人造子宫，只不过用了你父亲的一些可怜的遗传信息罢了。没什么不好承认的。”

我在自己的家里长大……旅鸽没能诚恳地说出这句话。迟疑之下，更多的面具人围了上来，想把她的手脚拉开。旅鸽开了几枪，子弹和枪火全都被那面具吸收了，他们的脑袋只是往右侧偏了偏。这是梦，旅鸽劝自己，不要太当真。不过她发现有一点很奇怪——她明明只朝三个人开过枪，所有的人却都像中了弹一样，全都把头侧到右边。这就有点恐怖了，不过没关系，这是噩梦。噩梦总会醒过来，自己不是已经治过病了吗？

月球的光仍然探照灯似的连续扫过，几个人已经把她架起来。领头的那个人仍然拿着面具，要给她戴上，因为侧着头而始终没有成功。

人群中一个侧头人的脑袋正了过来。只有他是这么做的。接着他两三步赶到玉米田的中央，把那些手手脚脚拉开。她越看那人越熟悉，光看侧脸就能看出，那是伶盗龙？

她开始挣扎。等到完全落地时，那人揭开面具，她看到了大群的脸。

不，这已经不是梦里了。是大群把她叫醒了。“一直有人在找你。”大群指指她的奖赏回路。

原来是丰年虾给她留言。“真是的，为什么我总是要跟自我认知是男青年的人交差啊……”旅鸽嘟囔着。旅鸽把她记录下来的鲸骨上传到丰年虾指定的位置。丰年虾再怎么像人，终究只是一个程序，并且是个厉害的程序。只要给它输入足够多的资料，它的贝叶斯神经网络就会推算出一个置信度相当高的结果。

当任务解决，理性的思维回到大脑，旅鸽开始觉得事情不对了。刚才她梦到一个天体悬挂在天穹上，她以为那是月球，但那东西怎么可能是月球?

多个面，规律地旋转，被定义为“偏方三八面体”，那是那枚早已经被烧成灰的星体—— Psycho 的形状。

这里唯一和它打过照面的人就是渡渡了。她看到他一直在机舱放货物的角落，跨在他的摩托车上一言不发，就讲起了这个梦。虽然她把那个看起来像伶盗龙的部分去掉了——但她自认为这个梦还算有点意思。可渡渡听完什么也没说，只是转过身去。

大群说：“刚才他叫我联系布鲁托，我没有找到，他就这样了。”他显得有些委屈。

旅鸽仔细看了看这个素来大大咧咧的人。其实在她看起来，渡渡不是在生气。他现在只是压抑一种不祥的紧张感，连独自去对战入山悬镜之前，她都没有见到过他有这种紧张感。

“大概是担心阿虹婶吧。”大群以八卦的语气悄悄说，“他们认识得很早。是鱼露帮的年轻人发展下线发展到了‘枯叶幽灵’头上，他跑到人家帮派的地盘被打得鼻青脸肿，才认识了他们的老大阿虹婶。后来矛盾解决了，阿虹婶还介绍他去服役来着。”

“那确实很早。那时候我应该还没毕业呢。”旅鸽应和道。

* * *

阿虹婶按了一下混动轮椅的按钮，一个随行式茶台从扶手侧面分离出来。开水沸腾，通过蒸汽喷嘴把茶具喷过一遍，阿虹婶从一个纸包里抖出茶叶，亲自往壶中投茶。她虽然腿脚不便，手却一点儿也不抖。对面是同样坐着轮椅的布鲁托，他半天没说话。

两人约在南风镇附近的一家废弃发酵厂。这个镇子正和它周边的工业发生器一样，正在有条不紊地拆除，在来之前大群和她打过电话，如果布鲁托有事找她，她就得“带上阿四和家豪，做好准备”，这就是为什么阿虹婶带了十几个鱼露帮的年轻人在发酵厂周围巡视，只是到了厂房里面之后才屏退左右，和布鲁托商议秘事。

她一点儿没有加快步骤的意思。茶分好了，阿虹婶本来想要提醒他把那些小阀门全都打开。它们控制着几组免疫吸附柱，就像炒牛河的时候要开排气扇那样，可以帮助肝脏和肾脏把血液里的咖啡因清理干净。但她随即发现布鲁托已经换了一套新的体外生命支持系统，那是自驱动型号，已经没有那套为数众多的小阀门了。最近全球工单系统的人有许多过上了好日子，她是知道的。于是，她只打开了自己的。

布鲁托把一个黄绿相间的小玩意儿放在茶盘上，然后拿起自己的茶杯喝了一口。阿虹婶捏起那个小东西仔细看看。那是一枚迷彩色的胶囊，因为吹塑时的重力而呈现水滴形，隐约可见里面的一粒小药滴。阿虹婶行走江湖一辈子，立刻推断出它之所以有这种粗糙的形状，是因为造它的是一条临时使用的通用型生产线。

“这就是你说的生意？老实说吧，不知道你有没有这个概念，这东西一看就不是干净生意。”阿虹婶说。这点东西布鲁托肯定不会不懂。只能认为，他已经早有准备了。

“制药厂已经获得制造许可了，是大脑营养因子，”布鲁托不以为意，“它也没有毒性。据说只有杰拉尤吃它会奏效。”

“杰拉尤的基因和我们没什么不同。”阿虹婶说，“除非是他们只想让杰拉尤吃。”

“稀缺和限制性才能让金钱流动起来，这是我在得病之前就理解的道理。这样鱼露帮的孩子们能有事做，我在工单系统上的账务压力也会小一点儿。”

账务压力？阿虹婶瞥了一眼布鲁托崭新的循环管。她把小颗粒缓缓放回茶盘：“鱼露帮已经不存在了。我也只是个老太太了。”

“谁都知道那只是名义上不存在了，但实际上您的影响力从来没有消失。”

阿虹婶笑了笑，继续把茶从公道杯里给他倒出来。全球工单系统现在确实赚不到钱，但如果布鲁托是十年前来找她聊这个，她应该还比较感兴趣。那时候她还年轻，天不怕地不怕。自从3.0版本更新以来，她的鱼露帮才变得毫无容身之处，但这些无业游民现在怎么又突然吃香了呢？她想不明白，只能拒绝道：“老鱼露帮的孩子有一半都是杰拉尤，但是他们亲如一家。没理由让一半的人去赚另一半的钱，或是做别的什么分裂他们的事。”

“如果他们真的那么亲和就好了。”布鲁托半是讥讽地说道。

阿虹婶摇晃茶壶的手停了一拍。如果他是指上个月阿四和家豪打架的事，那一幕可真不该被他看到，这就给了他借题发挥的机会。但那件事的起因，就是因为布鲁托公开提出要把工单系统里的杰拉尤成员精简掉，阿虹婶和渡渡还没来及找他谈就被入山悬镜的那回事打乱了。

“你没跟渡渡说这件事，应该不会只有卖卖东西那么简单。”她说。

“原初神我的制药厂是想收购全球工单系统，”布鲁托微微附身，“他们会给所有参与分布式运算的成员合同和分红。我认为这是好事。”

阿虹婶觉得自己的血压高起来了，她忍住没有从小钱包里掏出降压药吃。“这么大的事，你就约在这里聊，而且是单独和我聊。”她努力压制怒气，“你这是胁迫，小子。五年前鱼露帮差点全部关进监狱，是渡渡在中间调停，后来他教会那些孩子们上网。那时候他还没收留你。”

“过去的事情不能成为未来的阻碍，阿虹婶。机会是不等人的。”

“这已经是个割裂的时代了。只能站队的时候，你要么身败，要么名裂，总得选一个。”

布鲁托装作没听见，已经开始剪指甲了。阿虹婶白他一眼，她带来的十几个年轻人还在外面，他大概是胆子肥了才用这种态度和她说话。他是觉得她的人最近修养变得太好，还是已经有什么对策……

铁皮屋檐发出嘈杂的声音，听起来外面下雨了，阿虹婶有点担心外面的孩子们会不会淋雨。想到这里，阿虹婶决定尽快结束这场对话。她收起小茶桌，把轮椅开向工厂的铁门。布鲁托在身后无动于衷，也没有人过来给她开门打伞。她自己打开门，门外大雨已经落下，而家豪就倒在门口。尽管雨水冲刷着他的身体，积水里仍然有明显的血色。远处是更多的鱼露帮尸体——全是致命的刀伤，所以没有枪声。

家豪的人和阿四的人两拨离得太远了，没能听到彼此的呼救。阿虹婶的手因为愤怒而颤抖。这种情境她一生见过太多，还以为这几年能够不用再面对。

施暴者从雨中现身，他们拿着统一的钢制打刀。不远处，一架堡垒形状的飞行器露出尖尖的阁楼。那是“十面灵璧仙槎”号。

拿打刀的人们步调出奇地一致。雨中，有一个年轻人动了动，先是用球棒支撑住自己的身体勉强站起来，接着举起球棒向最近的一个武士挥去。多像第一次见渡渡时他的样子，阿虹婶想，可惜……武士的刀几乎没怎么动，他就扑到了刀刃上。阿虹婶闭上双眼，清晰地听到了布鲁托从身后过来的轮声。

如果她没猜错，布鲁托现在还不想杀她。如果有一个活的阿虹婶在，他就能逼着渡渡交出他的心血。想到这里，她面对布鲁托，关闭了自己的体外循环辅助系统。起初，布鲁托对此颇为不解。那只是一些帮助清除咖啡因的东西罢了……直到阿虹婶的脸色变得越来越差，瞳孔开始发散，布鲁托才大叫一声赶忙过去查看。

见鬼，她的茶水里早就有毒剂——只不过大家开着循环设备的时候，毒是无效的。那是她的达摩克利斯之剑。

* * *

由东向西进入内陆之后，云层开始变得浓厚，涡轮机预报了强对流天气，果然继续行驶就开始下雨。

本来渡渡他们就找不到鱼露帮的那些节点，现在天气变差了，就变得更不可能。

“开回去。”渡渡突然对亚历山大说。

“什么？”

“绕着圈，我告诉你怎么走。”渡渡摇摇晃晃来到驾驶座旁边，朝地图上指指点点。

旅鸽看出那是防卫军里单架飞机搜索目标用的跑法。所谓的“地毯式搜索”走的就是这种路线。开了一会儿，热力图明显起来。

“这是哪里？”渡渡问道。

地图上没标这个地方，只有几个四四方方的经纬度标定点。参考这些点，渡渡确定这里是南风镇。旅鸽心里悬了一下。

涡轮机很快降落。外面还在下雨，渡渡没有打伞就冲了出去。

热力图指示的位置是个笼罩在雨雾中的高大建筑，跑得近了，就发现正是海弗里克烧灼蔬菜的废弃厂房。

路上开始出现几具尸体，渡渡半蹲下看看就往前冲去。他的死状可怖，长长的裂痕贯穿整个头面，旅鸽大着胆子看了一眼，确实是鱼露帮的孩子。旅鸽警觉地拔出自己的枪，她想要跟上渡渡，却路过更多尸体——看来他们有一个小队全军覆没了。阿四的尸体悬在厂房外面的消防梯，大群赶紧示意自己会去处理，渡渡径直闯进厂房，旅鸽在他身后举臂冲着高处打量，没有威胁。

但厂房空旷的地面上，有一个人坐在轮椅上背对着他们。

“阿虹婶？阿虹？”渡渡边喊边快步走去朝向她，“老太太？”

阿虹婶的体外循环已经关掉了。她躺在轮椅上睁着眼睛，对渡渡的问话无动于衷。水珠从渡渡头发上滴下来，打湿了阿虹婶的盖毯，而她的脸色铁青，有几缕灰白的头发仍然像钢丝一样倔强地支在额旁。

雨停了，小马和他的警察同事们还在路上，光是把剩下的残骸收集起来就花了大半天。渡渡安放阿虹婶的时候，旅鸽拿着一串熟悉的东西给他看。

“如果你介意的话，就当我没提过。”

渡渡看了一眼——是可以实现“感知质增益”的那种贴纸。可以暂时把死人的大脑激活一部分，也许会长达数小时，但从死者之地回头望向人间的注定会再回去。他知道旅鸽想干什么。

“我没问题。但是找阿四吧。”他沙哑着说。

看到阿四短暂地动起来，渡渡很难不把头扭到一边。旅鸽一直看着他，努力抑制心里的不安和愧疚。无论怎么看，这都是对阿四的一种侮辱。这种简陋的设备没有办法重现人类的思想、感情、对世间的一切牵挂，用深空的三脑理论来讲，只还原了爬行脑的功能和一些死亡的瞬间。任何一个亲人都不会想看到阿四失去光泽的眼睛无可抑制地乱动的样子。

渡渡回过头，也许这是回顾行凶者手段的最后一次机会。

阿四在努力做出抵挡的姿势，随之是中刀引起的痛苦的蜷缩。他每做一次，渡渡就认真地和自己跟入山悬镜试合的情景做出对照。慢慢地，他发现这种打法他从来没有见过。阿四的格挡看似成功，却每一记都失效了。

难道是“影拔”？

渡渡摇摇头，按入山的性格，他应该不会对自己有所保留，再说那种招数也实在过于虚无缥缈了。

旅鸽看出渡渡内心的犹疑，但她直翻白眼。她想，这傻兄弟到底有没有想过任何刀法都是一发子弹可以解决的呢？但她又不好意思打扰渡渡的沉浸，直到阿四完全停了下来，渡渡闭上眼睛凝神静思，她才长呼一口气。

“谢谢你啊。”渡渡睁开眼睛，“你这一手让我想起一个人。”

“简医生吗？”旅鸽觉得渡渡看起来终于轻松多了。

“嗯，那种喜欢什么死人头啊，干活看起来很认真但内心痛快爆了的变态。”

“别随便给人定性！”旅鸽面露嫌弃，“你自己喜欢她，自己就没反省过吗？”

“渡渡哥……你们在干什么？”

是小马带着警察来了。旅鸽连忙把贴纸收起来，小马看了她一眼，把渡渡拉到一边。

“我觉得你得离开这了，渡哥。他们觉得你有前科，就是以前那件事，所以先别出现在这里比较好。”他说。

“我们把你弄回去不是让你吃干饭的。”渡渡声音嘶哑。

“照实说这事警察管不了。”小马说，“内部还没拉扯完呢，都不想在大版本更新之前出什么岔子。你现在也是，最重要的是保护自己的安全。”

渡渡狠狠瞪了他一眼。“所以你们也知道是谁干的，不是吗？”

“只能说你配合的话我会尽量帮忙。”小马就差把“别报仇”三个字写在脸上了。

被小马赶出来之后，渡渡连涡轮机也没搭，踩着泥泞的地面漫无目的地走着。天已经要黑下去，闪电仍然在天际的乌云里涌动，旅鸽和大群跟在他身旁，也不知道他要去哪儿。

走着走着，前面有人聚集——不知怎么来到了永春饭店。

客人不多，都是附近来解决晚饭的，专程从山上下来吃的那些人不在。大群看他们失魂落魄的，就建议吃点东西。渡渡拦住一个莫西干头小孩："这里是怎么了？"

"最后一天了，不干了。"小孩说。

"啊？"渡渡大惊。看来这又是迎接大版本更新的新举措。

老板的老婆迎上来，重复道："最后一天了。还是老样子？"

渡渡摇头："给我来一份干炒牛河吧。"

干炒牛河做得很快，旅鸽知道他为什么点这个。端上来之后，渡渡问一句："你们不吃？"见两人摇头，就自己吃了起来。

"五年前有一帮刺客团想要刺杀那些大佬儿，不知道你们记不记得。"渡渡满嘴塞着东西，囫囵地说，"死了很多重要人物，有的是枪杀，有的是毒药，也有伪造交通事故的。据说是想要夺取千年虫的治理权。后来刺客没找到多少，倒冤枉到鱼露帮头上。

"那时候我和鱼露帮因为一些地头上的事天天打架内耗，差点被警察一块儿抄了底，我跟阿虹婶和好，串好供才被放出来。他们一贯就是这种手段。再后来，我就去当兵了。等我脑袋出问题，正好阿虹婶也病了，鱼露帮一盘散沙，这才又找到马老，让鱼露帮加入全球工单系统的，那时候简医生也在。"

渡渡一口气说完，"嗖"地抽出一张纸巾擦擦嘴，又把纸巾扔掉，眼睛盯着虚空之中的某个位置。

"可是后来发给她的消息就再也没回复过了。"

旅鸽举起手："那个……是叫拉黑？"

"不，只是我说什么都没再有回应了。所以这两年零九个月，他们催我联系她，我始终动不了手。"

接着他拿出那台破手机，很容易地翻出一个对话框。

"阿虹死了。"他点开那个灰白的头像写道。这种古老的对话方式她是第一次见。

而旅鸽盯着另一个灰白的头像。今天发生的事情太多，想跟施一寓把事情问清楚的时候，这个人却已经联系不上了。

* * *

惠可停下了金刚，好让它升级固件，来配合深空物网即将到来的更新。金刚是一台十六米高的建筑机器人，此刻正在给万佛圣城的第一期工程搭建地基。用大师的话说，打灰也算是一种修行，而他们确实也给金刚颁发了一张电子皈依证。

升级过程非常安静，惠可坐在金刚的头部里默默诵经，直到固件更新完成，才重新启动它。他们得修建一座曼陀罗模样的矩阵式城池，现在只是在往地基里枯燥地浇灌混凝土，这个过程不需要太多虔诚和克制，因此惠可收看起网络节目。打开就是对深空的访谈……惠可有些不悦，但是屏幕里出现的前同事太眼熟，是海女虫，他还是决定看看她要放什么屁。

“好，相信屏幕前的大部分用户都已经相继更新好了物网终端的配件，那么想请深空的专家来为我们解答一下，”主持人转向海女虫，“有人说菲星已经被深空物网改造成了一个生命体，那是不是真的？”

“那只是一个比喻罢了。”海女虫说。惠可觉得她有点违心，“如果我们把它改造成一个生命，万一这个生命开始有脾气，表现出攻击性，甚至想要抛下人类繁衍后代怎么办？”

“也就是说你们一直在抑制它的生命，是这样吗？”

“没有刻意去抑制。深空物网和千年虫的工业设计都是从上而下的，这和生命形成的方式是相反的，不需要抑制。”

它已经很像生命了，但就差那么一点儿。惠可想，他和海女虫还争论过这一点。那时候海女虫对此表示乐观：菲星永远没办法成为真正的智慧生命体，因为千年虫没有办法意识到自己的存在，一旦有这种苗头，它就会把它掐灭在萌芽阶段。

“也许它唯一像生命的一点，就是它一秒也不能停止运转，就像湿婆的舞蹈。你只有不停奔跑，才能停在原地。”屏幕里的海女虫说道。

金刚灌完一个格子，开始转弯，惠可有点晕机了。他把节目关掉，望向远处闪着光的方山岱城。深空物网的最新大版本这就算成功上线了。只不过，惠可也不知道千年虫现在工作得怎么样。

此刻千年虫在用它冰冷超然的智慧，对新上线的版本进行评估。有些系统部工作人员会用人格化的语言去描述评估结论——比如，新的天气适应系统令千年虫十分满意。哪怕是把天底下所有的动力都用上，也没有办法改变地转偏向力，或是控制大洋的热分布，但借助遥感卫星和海洋中的传感器，无论是厄尔尼诺还是拉尼娜，全都在千年虫的预测之中。现在它只需要每年微调人类的活动，就可以保持南方涛动周期的稳定，以近陆地海洋的冷暖交替，间接实现菲星大陆上的季风气候。这要比之前的刺激-调节机制好得多。

经过试算，它发现今年的拉尼娜现象会引发玉米减产。但不用慌张，只要增加那罗鸠婆的数量，使小型鱼类数目增加，也能给陆地上的人们带来充足的食物。还需要调整一下开渔期，让夏季信风把一部分温暖的洋水吹到陆地，这会造成一点儿过度捕捞，但可以有效地抑制鱼类价格过高引起的经济崩溃。另外，最近那罗鸠婆的数量出于不明原因锐减，许多碳元素跟着遗体一块沉到海底，影响了整个菲星的碳循环。它需要暂时增加一些工业碳排放，防止菲星被推着向一颗雪球发展。

这些操作在人类看来都是反直觉的，但他们信任千年虫的精心计算。千年虫在琢磨这些的时候，从来没有思考过那些气候变化带来的四季风光是什么样的，又会造成怎样的悲欢离合，因为好奇心对它来说是大忌，它必须学会主动过滤这些无效信息。这些信息往往来自深空的爬行脑——也就是武装人事经理的部分；以及一些古猿脑——人类员工，那些小小人。它们是低级神经活动产生的噪声，会严重降低真脑量子比特的寿命，使它不能继续运作。

就像一个盲拧魔方的玩家，千年虫要记住的只是每一块的相对位置和转动方向，至于魔方还原后最终会组成什么图案，对它来说根本不重要。

可就在刚刚，千年虫在浩如烟海的储存里发现了一则与好奇心有关的事件。那是一次没来由的计算记录。这则计算记录的确是它自己留下的，关于它的日志却不见踪影。也就是说，它根本记不起自己曾经计算过这个东西。什么人体倒刺的数量……

千年虫不得不动用更多量子比特来计算这件事，然后它确信自己分裂出了一个具备自闭症特质的子意识。这个子意识对任何事物都过于好奇。在它对真脑造成威胁之前，它需要找到这个子意识，迅速把它清除掉。

在做这些的时候，人们丝毫不会发现这台精密的机器出了什么异常。他们仍然像往常一样，收集信息，递入千年虫，得到答案，也许唯一的区别就是，新的版本给出的答案令他们感觉明天会更有希望。

可有一个人是例外。

达摩正用食指指着月光，看着空中浮动的新闻发呆。原初神我已经上市了，这在计划之中，但计划之外的是，推动原初神我上市的公司叫作“入山株式会社”。达摩有些茫然了。画面震动，有一则语音通信的请求传来。

“兄弟。”接通后，入山悬镜的声音随即响起。

“你好兄弟。”达摩强压怒火，“你能不能解释一下刚才的新闻——”

“新闻的事情先放到一边，你要把黑天之心运到永生重工。”

“什么？”入山悬镜的声音在达摩听来不容置疑，“你知道你在说什么吗，兄弟？你在向我下令，而且是越过长老会……”

“我会一一通知其他长老。而且我向你保证，这是神亲口向我下的指示。”

神有新的指示了？神上一次的指示还是他千方百计从无线电信号里解读出来的，现在的话语权怎么就跑到入山那里去了？达摩的信仰不可谓不忠贞，他对 Psycho 的崇拜并不比入山悬镜更动摇，但他此刻正沉浸在商人的患得患失里，对入山悬镜的话满怀气愤。

“你做了什么？”他质问，“神的指示怎么会跑到你那里去？有新的代码出现吗？”

“是我脑子里的量子隐态传输，兄弟。”入山悬镜很干脆地回答道，“你知道深空有一项人力技术是把胼胝体改造成和千年虫对话的桥梁吧？比起神的手段来都算是雕虫小技。”

他的大脑被原初神我占据后，可以直接和神对话了。达摩的心怦怦乱跳，他曾经设想过此类后果的发生，却没想到入山悬镜是第一个。“告诉我他在哪。”达摩声音发颤。

“祂已经在了。我能听出你很羡慕，兄弟，如果你想要验证我的话，就不要吝惜那些药物。那时候你会后悔，因为你很快就会发现你当初是质疑了神自己。不过，把你的侍奉做到，就是我刚才说的那件事，神会原谅你的狂妄。”

接着这条疯狗就挂掉了通话。达摩的心情久久不能平静，他的内心中惆怅夹杂着失败感，竟然感觉眼眶有一些湿润。入山显然已经查明了兄弟会的高层都有哪些人，接着占据了原初神我制剂的垄断权，现在还想要主导迎接神的计划。长老会一直没有这种计划。多年来，他们都在隐藏自己的身份，在文艺作品里秘密地传播教义，最多派出刺客去搞搞暗杀，那都是因为可以获知的关于神的旨意太少了。

他本来可以凭借自己的解读，成为长老会中的领导者。

而入山悬镜轻轻松松就提出了下一步的计划，虽然听起来很荒唐。为什么要他偷走黑天之心？达摩想，他要付出十倍的努力才能让这个宝物离开它现在所在的位置。如果入山悬镜为的是自己的私利，那对行星兄弟会将是一个巨大的骗局，但如果入山悬镜说的是真的呢？

达摩瞥向身边的药物。也许确实只有这种方式能验证入山悬镜是不是在说真话了。如果有人说谎，达摩会通知各个长老，动用一切手段把这条疯狗碎尸万段。

此时的黑天之心旁边正坐着施一寓。达摩把他放这儿，手机收走就不管了，他尝试好几次出门，都被那两个双胞胎奇怪保安拦在外面。他刚才和这两位进行了一些无效社交，问什么都不回答，他们肯定来路不正，至少不是那迦拿金刚杵训练出来的。所以现在施一寓单方面称他们为“恒河猴”和“大鼠”。百无聊赖，他只能在这个屋子里翻箱倒柜。黑天之心旁边还有一台电脑，系统和他们平常的工作电脑很不一样，他试了好几次才进入它的存储。

谁说菲星物种的遗传信息只在生物文库里存着，在这所隐秘的实验室里，全世界的基因组都以文本形式存在这台电脑里了，只是普通员工根本不能获取全部的信息——只有这样，永生重工才能垄断世界上大部分基因序列，不被监守自盗。

而现在施一寓要动些手脚了。他把由朊粒翻译过来的那段基因，所谓的原初神我录入系统，寻找它出现过的痕迹。只要是相似度过得去的，他都不放过。

恒河猴和大鼠二位仍然在他身后镇守，只是不明白他偷偷摸摸在做什么。施一寓眼观六路，最终他的注意力完全被屏幕吸引过去。

就算把搜索目标苛刻一些，这段序列也过于熟悉了。和现有动物重合的基因序列被标成荧光色，在他眼睛里反着光：

> cataagaga aaaacatgta aaagaagtaa tctcccaact cacccgggta catggcacct ctagccccta caaaggacta gatctctcaa aactacatga aaccctccgt acccatactc gcctggtaag cctatttaat accaccctca ctgggctcca tgaggtctcg gcccaaaacc ctactaactg ttggatatgc ctccacctga acttcaggcc atatgtttca atccctgtac ctgaacaatg gaacaacttc agcacagaaa taaacaccac ttccgtttta gtaggacctc ttgtttccaa tctggaaata acccatacct caaacctcac ctgtgtaaaa tttagcaata ctacatacac aaccaactcc caatgcatca ggtgggtaac tcctcccaca caaatagtct gcctaccctc aggaatattt tttgtctgtg gtacctcagc ctatcgttgt ttgaatggct cttcagaatc tatgtgcttc ctctcattct tagtgccacc tatgaccatc tacactgaac aagatttata cagttatgtc atatctaagc cccgcaacaa aagactaccc attcttcctt ttgttatagg agcaggagtg ctaggtgcac taggtactgg cattggcggt atcacaacct ctactcagtt ctactacaaa ctatctcaag aactaaatgg ggacatggaa cgggtcgccg actccctggt caccttgcaa gatcaactta actccctagc agcagtagtc cttcaaaatc gaagagcttt agacttgcta accgctgaaa gagggggaac ctgtatatat ttaggggaag aatgctgtta ttatgttaat caatccggaa tcgtcactga gaaagttaaa gaaattcgag atcgaataca acgtagagca gaggagcttc gaaacactgg accctggggc ctcctcagcc aatggatgcc ctggattctc cccttcttag gacctctagc agctataata ttgctactcc tctttggacc ctgtatcttt aacctccttg ttaactttgt ctcttccaga atcgaagctg taaaactaca aatgagagcc aagatgcagt ccaagactaa gatctaccgc agacccctgg accggcctgc tagcccacga tctgatgtta atgacatcaa aggcacccct cctgaggaaa

而这段序列存在于山羊里、也存在于蝴蝶里，一些真菌也存在它的片段。它们都被折叠进生物的非编码区序列，被称为“垃圾DNA”，不被人所在意。最后，施一寓把目标定位在智人的全基因组。好几段长链非编码RNA被重点标出——它们和人类内源性病毒的几段序列高度重合。

恒河猴不耐烦了，朝他走来。他关了界面，脑子却在加速思考。

这不是人类第一次接触到原初神我。在四十亿年内，它就曾经多次尝试过和地球生命的进化机制融合。但这些融合没有造成严重的后果，它侵占地球生物的细胞造出来的东西可能不太堪用，反而被地球生命的免疫机制识破，于是它的序列丢失了大部分可用元件，被嵌入生物的基因里，并且在进化的二叉树上留下了失败的痕迹。

不，施一寓想，与其说是它的失败，不如说是地球的幸存。也许那些历史上的大灭绝事件正是源于这些基因！可以把它视为一种不明来源的病毒，现在它的新毒株回来了。虽然这种病毒没办法用常规方式传播，但他想到上次去方山岱城时候，那些杰拉尤高管的症状——人一旦吸了它，就会更加欢迎它，病毒就是这样借助药物链条传播开来。

施一寓沉浸在他的发现里，心脏怦怦直跳。门口“嘀”的一声更是让他差点丢了魂，是达摩刷卡进来。双胞胎武士们看着达摩，在那一瞬间，施一寓觉得后者有点颓丧，在双胞胎面前矮了几分。

达摩对两个人说：“兄弟们，有些事情需要你们去做。”说也奇怪，他用了这个奇怪的称呼，两个武士就好像愿意和他交流了。接着达摩低声吩咐了一会儿，具体是什么东西他没有听到，但恒河猴和大鼠确实离开了实验室。好神奇！接着达摩就双手撑在桌子沿上坐着，仿佛在等待什么东西。他要一直保持这个姿势多久？

“那个，先生，我能走了吗？”施一寓试图询问。

达摩瞪了施一寓有一会儿。“我注意你挺久了，你的课题组对黑天之心的揣测是质疑一方的，跟隔壁组完全不一样。”

施一寓深吸一口气，对着那颗黑色的球体说：“是的，先生。它只是模仿人类造出了最初的胚胎，足以放进人造子宫里长大，这是我们被称为‘胎生者’的唯一原因。除了一个残缺的灵魂，黑天之心没有给我们任何东西。”

“你好像拥有很确定的证据。是谛听发现的？”

“是的，先生。原因很简单：谛听测试了自然人和杰拉尤生下的后代，它们杰拉尤的性质就自动消失了。这是一种不被遗传的性质。”

“说得挺好。但你有没有发现，生产人类为什么非得用黑天之心不可？换句话说，为什么那些没有黑天之心的生物科技公司，就不能生产人类呢？”

“因为用于批量生产的冻卵冻精行为在技术上做不到，法律上也不允许。只有黑天之心能从头制造这两种配子细胞，这才是我们永生重工的立身之本。”

达摩点头。“稳定地生产出雌的或者雄的配子细胞，这就是一个成年智人全部的生理学意义。想让一堆有机质靠概率碰撞出胚胎来是不可能的，是人体这个具有边界的、低熵的生命体的存在，保证了下一代更快地发生。哪怕是一个单细胞生物，它的出生也依赖于上一代细胞的分裂，周而复始。”

“就像鸡生蛋和蛋生鸡。”施一寓说。

“就像是旋转着的湿婆，”达摩纠正道，“不知道从哪里开始，从哪里结束，你只有身处旋转之中，才有资格持续地随着湿婆舞蹈，如果你在某个节拍打断他的舞蹈，想要起舞就是不可能的了——而黑天之心的神奇之处，就是可以让湿婆重新起舞。”

“您是说，黑天之心的物理性质是可以实现从头制造细胞？就像是 LUCA 诞生时候那样？”

“没错，它就是这样一种催化剂。它本身并不产生生命，只是可以按照我们输入的指令，催化配子细胞成形。这项技术已经被娑摩组带走了。”

“所以那些依赖黑天之心建立的归属感是错误的。”这倒和施一寓一直以来的想法完全一致。在这一点上，达摩没有向他说谎，但他的语气就好像是在说，他自己找到了正确的。

“但有人说它可以帮我们得到新的归属。”不得不说达摩的语气中有一种向往。

达摩看着恒河猴和大鼠喃喃道。“好了，我们该准备一下怎么把黑天之心弄走了，好让计划继续推进。”

“把黑天之心弄走？”施一寓叫道。

“说起来，你也来尝尝吧。听听他的声音……”达摩捏着一粒原初神我向他走来。就说这东西不能吃！施一寓往后退了几步，但达摩的脑袋因为步态而晃了一下，好像清醒的意识又占据了他。

“不，你还不能吃。”他否定了 3 秒前的自己，“放心，你会有这个机会的。”

达摩拿起那本纸质的黑天之心说明书，让他们离开这里。施一寓现在是跑不了的，他们也没打算现在就还他手机，临走之前，施一寓回望着达摩的背影——他在等待的，是那个一直在下发原初神我的人吗？连黑天之心这种超然的存在都只是他的工具？抑或根本不是人类？

施一寓也不想陷入滑坡谬误，可杰拉尤的直觉又告诉他，如果一个计划需要用到黑天之心，那就是需要用到整个永生重工；

如果用到整个永生重工，说它需要用到菲星的全部生命也不是不可以。也许相比达摩脑子里的宇宙，自己刚发现的那点垃圾 DNA 痕迹根本算不了什么大新闻。

施一寓笼罩在不祥的预感里。正如他刚才所说，杰拉尤的立身之本，就是杰拉尤的性质其实可以用一生去洗刷。你可以成为一个正常人类，可以做个医生、律师，甚至进入政坛，但前提是建立在这样一个期待上：你会组建家庭，生下正常小孩，让你的“杰拉尤性”从传承层面上彻底消失，就像原罪被抹除一样。

但是人类太复杂了，杰拉尤也是如此，总有人不想妥协，这就是达摩的组织想要推广这些药丸的原因。可是这玩意儿输入大脑后对正常人没有任何好处吧？施一寓执拗地觉得这是一种病，得治，但他对制药一窍不通。他现在不打算快点逃走了，而是笼罩在不祥的预感里，想看看这位副总到底在等什么东西。

卷三　数据抹除区

如是我将死亡，使你们的朋友因我之故更爱此大地；
我将返成为泥土，在生我之地中永息。

——尼采《查拉图斯特拉如是说》

第十七章　舍利｜Global Ataxia

永春饭店的大篷车开走了，往日热闹的大排档现在已经是一片惨淡。老板临走把垃圾胡乱收拾了一下，只给渡渡留下十几把被油烟包了浆的塑料椅子，还有一箱印着永生重工莲花标志的淡色艾尔啤酒。旅鸽挑一把没那么油的坐下，渡渡早就坐在那儿喝起了啤酒。不断有人从远处过来，把装着流星余迹通信终端的背包扔到渡渡椅子前面。

有几个人是旅鸽见过的，他们没有被卷进刚刚发生的刺杀，显然是一收到阿虹婶的死讯就赶到现场。其中领头的是个黄脸男人，他浑身是汗，眼睛通红，肌肉上的青筋都在暴起，说不定已经和警察冲突过，一坐下来就在喝酒。

趁这工夫，旅鸽把奖赏回路的音频改为骨传导，以便接收丰年虾关于鲸骨的调查结果。可以看出，他们大多是鱼露帮成员，不一会儿，空地上就堆起一堆背包。

丰年虾接管了奖赏回路的摄像头，被眼前的形势吓了一跳："这是什么？"

"一次互联网复兴尝试的失败结局。"旅鸽回答。

"我计算了鲸骨的数据，根本没有答案，数据全是乱的。"

"我检查了那附近的传感器啊，根本没坏？"旅鸽边说边放大查看鲸骨位置的视频。那尊巨大的骸骨附近的空气有些奇怪，她开始以为是海边的雾气，但那团雾气包裹在鲸骨四周，经久没有散去。当地的天气记录是晴天。

“是没坏，”丰年虾说，“但我得到的数据和我可以计算的数据形式已经不兼容了，无论是视频还是音频，只要是在那片区域拍摄的我就都没办法解码。目前发现的好几个区域都是这样，我暂时叫它们‘数据抹除区’。你知道我有种什么感觉吗？就好像身上有很多块皮肤没有知觉了，麻麻的，很难受。”

“你没有提交给主程序吗？千年虫也计算不出来？”

“别提了，主程序就好像一个睁眼瞎一样。它主动过滤了这些数据，还觉得是我有自闭症。需要一点儿其他的方式去和数据抹除区的信息建立沟通了。”

渡渡那边想拿一瓶新的啤酒，箱子却已经空了。见大群接了个电话回来，渡渡便问：

“大群，大版本更新之后，你的猪场差不多也能拿回来了吧？”

“那不叫‘拿回来’，”大群说，“是大版本更新以后，千年虫告诉农业部门下一步要扩建猪场，所以他们刚才找到我，希望我重操旧业。”

“挺好的啊，感觉这个千年虫是越来越聪明了。”

“好个屁呀！我才不去。哪有这么好的事？猪养肥了是要杀的，”大群越说越激动，“等我听他们的把猪场建好，他们又可以故技重施。怎么，你想赶我走？”

渡渡把工单系统打开给他和鱼露帮成员看，本来密密麻麻的网络连接节点数目已经越来越少。接着，渡渡拿出一个打火机，上面印着永春饭店的联系方式，是他们炒菜的时候拿来点煤气灶的。他把打火机阀门调到最大，擦出火苗，接着把它扔到背包堆里。化学纤维的背包立刻燃起来了，接着就是电子元件的焦糊味。

透过奖赏回路的摄像头，丰年虾好奇地看着这一切，好像在看着另一种陌生文明。这些网络终端是他从来没接触过的，是游离于深空物网之外的一个独立存在。“入山悬镜想吞并这个工单系统。”旅鸽向电脑程序解释道。

在场有十几个鱼露帮成员，都聚在火焰旁边。有人跟渡渡表态：“放心吧，我们不会跟他的生意产生任何瓜葛的。”就立刻有人反驳道：“怎么保证其他兄弟不会？我听说已经有杰拉尤在偷偷吃那种东西了。”“等会儿，杰拉尤惹你们了？”吵成一团。

“因为阿虹婶死了才这样的吗？”丰年虾小声问旅鸽。在得到肯定的回答后，它又说道：“万事万物都会消失的。对了，如果我马上就快消失了，只能帮你做一件事，你会让我干什么？”

“你一个程序为什么在思考并提出问题了？”

“提出问题比解决问题更重要。”

旅鸽想了想，回答道：“你就把那些怪地方挨个发给我就行了。”

火堆那边还在七嘴八舌地争论着，直到一个声音响起：“有我在，他们不会的。”

旅鸽循声望去，是那个黄脸男人从椅子上站起来。“因为今天过去，工单系统会停止服务，但鱼露帮的名字也会重新出现。”

渡渡叹口气：“黄皮哥，我不是鱼露帮的人，但我可提醒你们，阿虹婶不会想看到你们自相残杀。”

黄脸男人只是拍拍他的肩膀，用下巴示意剩下的鱼露帮众跟他走。帮众们这回没有再争吵，而是跨上各自的载具，跟黄脸男人离开了。

世界安静，雨又下起来了。渡渡抬起头，让淅淅沥沥的雨丝落在脸上。“总觉得老太太还留下不少坑。”他说。

大群细数道：“嗯，我看看，马老已经把中控关掉了，但剩下的终端还能用分布式连接连起来，没销毁的都是麻烦，可能会被拿去用。要是黄皮哥能把他们挨个打服还好，但是多出来的这些数量怎么也对不上啊……”

渡渡接雨水接够了，胡乱抹了一把脸。到底是哪里不对劲呢？两个男人大眼瞪小眼。旅鸽看向被雨水浇灭的火堆，片刻就提醒两个人：

“你们……是不是漏了那帮光头党？”

两个男人大眼瞪小眼，终于回过味来了——有一部分终端还在光头党那里啊！渡渡赶紧查看剩余的节点列表，看起来他们已经把他屏蔽了，只能看到一些节点的历史移动轨迹是从南风镇往方山岱城方向去的，应该就是光头党无误了。渡渡都想象不出入山悬镜会拿那帮白痴做些什么。正当此时，亚历山大的飞行器驶来，正落在永春饭店留下的空地上，强劲的气流把那些啤酒瓶和烧过的灰烬吹得四散而去。渡渡和大群跑步迎上前。

“你真的要把所有终端毁了？”旅鸽一把拽住渡渡，“不会是他下的套吧？靠这个把你引诱过去干掉你。”

“听起来这事你已经想过很久了？”渡渡问。

没错，旅鸽想，每一个陷入自我怀疑的夜晚，她都会把身边的事情放在头脑小剧场里，正过来翻过去地反思一遍，预演灾难的发生；显然渡渡不觉得这些思考有什么价值。他还是迈步走向涡轮机。

“可能你说得都对，”大群离开的时候说，“但就算我们不去干点什么，也一样是个死。”

但渡渡还是给她留下了那辆川崎小摩托，只不过车后座那把刀只剩下刀鞘。旅鸽在黑夜里开着车，想着今天机舱里又会只剩下自己一个人了，不由得转了转车把，回到飞行器。

* * *

夜幕降临，唾沫飞却一点儿也不困，他蹲在方山岱城的阴凉里，对自己崭新的机械手臂显然非常满意。那是好心人给他的，有了它，他再也不必单手费力地调节背包的角度了。自今天早上以来，他们的小背包就连不上网，接着一直在阿婆身边的那位发钱的好心人来了，告诉他们阿婆死了。唾沫飞难过得想要掀翻好心人的轮椅，但好心人接着帮他们动了动背包，他就能和光头党这群快乐暴虐的小伙伴一起赚钱了。

钱依旧还是好心人付，但方式是他靠着小背包把一堆药箱依次交给需要它们的人。一个小药箱里有十二个药瓶，因此唾沫飞看着背包界面里的一个大红点飞出去，没用多久这个大红点就会散出十二个小红点，代表十二份原初神我都被卖给了下线。还有些人是专门过来领背包的——他们会取代原来的全球工单系统节点，把这份毒品传播网络尽可能拉长。

而好心人布鲁托在不远处看着唾沫飞卖药。螳螂捕蝉，黄雀在后，他在这儿也不是自由的，他浑身不自在——他的换血阀现在是关闭的状态，所以一直有一个小秒针的音效在响。

“嘀嗒嘀嗒……”

或者说，是倒计时的音效。这些不太新鲜的血液可以帮他撑两个小时。如果这两个小时过去他工作还算努力，那么会有人从不知哪个路口突然出现，看着他打开阀门造一会儿新血。但他如果敢擅自把阀门打开，可就有他好受的了。

“嘀嗒嘀嗒……”

布鲁托把唾沫飞当乐子看。据他的调查，光头党的绝大部分人都是杰拉尤，但入山悬镜那帮人从来不给他们吃原初神我，也许是因为这些人的脑子本来就不好用。就在刚才，他们还在向他语无伦次地抱怨“天亮前有可能卖完，但天亮前卖完有点不太可能”。他们颅骨里这团已经局部硬化的肉块是没有利用价值的。想着想着，他又开始担心起自己的命运。倒戈到自己这边的几个鱼露帮成员，从上午开始就已经不见了。唾沫飞再没用，他也是杰拉尤；而等这波工作做完，他们大概会把自己从轮椅上直接踹下去吧，但眼下的局势，他至少比被鱼露帮报复安全……他想着想着，直到有人在他肩膀上拍了一下，把他吓了一大跳：

“你脸色看起来不太好。”

月光下那人脸色金黄，是鱼露帮的黄皮哥。看到他手里拿着一把长柄武器，布鲁托的脸色更难看了。那武器顶端是一把带套筒的刀，显然是临时组合起来的凶器，他从来没见过黄皮哥用这玩意。黄皮哥把刀刃放在他的净化管道旁边，继续说：“说点什么吧，比如剩下的叛徒呢。”

“我说了你也不会放过我不是吗？”布鲁托说。他觉得自己现在最有把握的就是装出一副知道内情的样子，让这个凶巴巴的人赶紧带自己离开这个鬼地方。果然，黄皮哥使个眼色，有几个鱼露帮众就去搜他的身，推他的轮椅。布鲁托疑神疑鬼看看四周，唾沫飞已经跑到不知哪里去了，四周的高处也没有埋伏，大抵是可以安全地离开这里了。

轮椅一边前进，布鲁托的右手一边被黄皮哥拽得死死的。“换个地方，咱们好好聊聊。”后者说。只是他的语气并不热情，而是像在南风镇早市提着一条死鱼，在对着死鱼眼说话。

布鲁托紧闭双眼，尽量不去注意扶手上的生理量表全部因为焦虑而发红。在椅轮刚要碾出公园时，一声巨响结束了他的焦虑。

“妈的……”听到枪响，鱼露帮众在轮椅周围伏低身子，开黑枪的人仿佛不愿意制造更多冲突，始终没有开第二枪。黄皮哥在布鲁托的脑浆滴答声中蹲了一会儿，开始尝试站起来。

* * *

唾沫飞的信号消失在方山岱城的一处公园。渡渡大大咧咧地扛着刀来到这儿，第一眼却看到布鲁托的尸体。他对刚才发生的事已经有了底。“黄皮哥来过了，但致命伤是气枪。”

有人打来电话。渡渡还以为是旅鸽要闹什么别扭，结果是濑鱼。

“你现在在哪儿？”濑鱼的声音很急切。

“方山岱城啊。”

“听说有人要杀你的事了吗？”

“这不就听说了。”渡渡往刀口上吹了一口气。刀刃发出美妙的振动声。

“别不当回事，那帮人看起来有点疯。我看他们本来还没事，围成圈吃了一种黄绿色的小药丸，然后就说要把工单系统的头儿干掉。”

“等等，”渡渡发现了疑点，“里面有那个入山悬镜吗？或者什么发号施令的人。”

“没有，吓人就吓人在这里啊！他们突然就达成共识了。”

“是皮下埋植通信？”

“有那个必要吗？他们开始之前连设备都统一收起来的。”濑鱼对他东拉西扯的态度很是恼火。

渡渡疑惑起来：“那就怪了，他们怎么做到信息互通呢？”他警觉地环顾一周，在公园的一角，有几个人察觉到渡渡在看他们，识趣地偏过头去，还有一个直接溜了。

干什么，我刀还没拿出来……渡渡说了句：“先这样，你自己注意安全。”他挂掉电话，拉着大群走出公园。旅鸽说得没错，他们被盯上了，渡渡想，还好不是那个气枪小子之类的厉害角色，不然他可能很难活着走出那个公园。

“入山悬镜不是挺在意你的，怎么现在要下狠手？”大群问。

“明月照沟渠吧。”渡渡只是回答。他觉得入山悬镜这种人疯就疯在这里——他一定爱好在芸芸众生里找到一个同类，认为只有这个人能理解自己。入山把自己的珍爱之物全给他看，茶也给他喝，就差把大计划和盘托出；但一旦渡渡表现出不感兴趣，他就会觉得原来渡渡也和其他人没什么区别，杀掉也无所谓。如果他俩一个是自然人，一个是杰拉尤，那简直更会让入山感叹命运的无常。

“那不就是自作多情吗？还真得离他远点。”大群一下子就明白了他的意思。

“离他远点还怎么干掉他？”渡渡抱着刀说，“再说了，这种人还有一个特点，他喜欢拉整个世界下水。”

走到公园外面，渡渡还是觉得不太对劲。每一条街都有在监视他的人，每一扇窗户好像都有问题，老也甩不掉。按说他俩平平无奇的样子应该不会那么引人注意。是刀太显眼了？

渡渡走到一处死胡同，确定没人跟着，把刀塞到大群手里。“咱们试试分头走，到白驹食场会合。”

“要我说你拿这把刀跑来跑去，既没用又扎眼。”大群虽然这么说，但还是照做了。这是闹市区，走出死胡同后应该没有人敢当街要命。渡渡双手揣着兜往深空大厦方向走，时而和大群通话。走了没几步，渡渡就觉察出不太对劲了。就算把刀拿走，那种附骨之蛆似的直觉仍然在他身上挥之不去，并且不是来自同一个人，而是走一段就有一个——他们是在接力监视。但这里面为什么没有那个气枪小子？

那人去对付谁了？

他停下，身后的人也停下。他很确定在这个街区里跟踪他的是个女人，并且不是工单系统的旧成员。他回过头，想干脆走上前问问那人是怎么回事，问问入山悬镜在哪里，愿不愿意接受他的挑战，可还没等他接近，那个女人却又飘然离开了。

他一个人也没追上，整个过程也没人真正动手，这些监视者好像只是在方山岱城这个空间里随机地排布着，精确地把握着和渡渡的间距，仿佛要以这种方式把渡渡精确地拒斥在一定路程之外。

“你那边怎么样？”他问大群。

“没人跟踪啊……啊对，来两盒。这个多抹点。”

“你在搞什么啊？”渡渡喊道。

“你说巧不巧，碰上莫西干家那个小儿子，在这儿推着车卖章鱼烧呢。”

“那你一会儿喝酒别点吃的！”渡渡气得够呛。沉下心来想想，这里发生的事情多少有些离奇了。如果是入山悬镜派人在监视他，那么这个家伙要先把他的特征分发下去。既然这个特征不是他的那把刀，那就是他本人的特征没错。可他哪儿来的那么多人能训练有素地定位到他，又神不知鬼不觉地彼此通联，能恰好在每条街道都有效地保持接力跟踪呢？

加上濑鱼刚才提供的情报，渡渡想，他们一定是有了超越性的联络方式。他想起那些武士吃蘑菇时的呓语状态，心里有一些猜想开始成形。

他没有停留，登上代步轨道朝深空大厦赶。相比地铁和摆渡车，这样地形能开阔一些，万一动起手也方便跑。速度快起来之后，跟踪也越发无效，他有闲暇抬头看看天空——菲星虽然没有月亮，但如今每颗星星都不怀好意。

到了深空大厦附近，监视他的人明显少了。他直奔白驹食场。进门看了一眼酒保，确定他对自己没什么威胁之后，便坐到大群旁边，拿了他的一颗章鱼小丸子吃。

“你怎么比我还快啊？”他问。

“又没人跟踪我，我就坐摆渡车来了啊。雷暴最近老不在，不然就可以让他买单了。”

酒保举手：“两位先生，这里不能携带外食……”

渡渡迅速把余下的两颗章鱼小丸子塞进嘴里，盒子远远抛掷，丢进垃圾桶。他一口气喝完一杯威士忌，冰球在杯中晃动，像极了他身处的这颗星球。“我觉得我们被卷进大麻烦里了。”大群说。

“我们去四周看看。还记得入山悬镜早就潜伏在深空内部吧？”他站起身，叫酒保把酒记在雷暴的账上，接着被告知该店没有这种服务。

“那你打算从哪儿开始？”大群交完钱问。

“就在最下面，所有量子计算机的祖宗那。”渡渡说，“看看能不能碰上入山悬镜。”

* * *

方山岱城已近午夜，人非常少。渡渡和大群现在正在接近千年虫“冰箱”出水口的位置，那里有一处小瀑布，上面是一些绿化用的植物，白天会有不少人从不同的角度看到这片景观，但很少人会像渡渡那样知道，那瀑布旁边有一间瀑布维护室，只要涉水过去打开那扇门，从维护室直接爬到二楼，就可以进入瀑布上层的灌木丛。现在他们就在灌木丛里行走，弄出巨大的沙沙声。

“你们是在这儿钻过小树林吗？”大群问。

“别管，”渡渡在前面带路，“我也不是没在大城市混过的。”

走到绿化区的边缘，渡渡回忆了一下方向，叫大群小心点。他们脚下咚咚作响，踩上了防滑铁皮，脚边一串矮得可怜的围栏，往下就是十几米高的斜坡，还有一条奔腾的河。大群往下一看，觉得有点晕，还没掉下去就快被激流吸走了。他们走到“冰箱”的入水口上方，一切尽收眼底。入水口有两艘摆渡船，是供维修人员逆流进入架设千年虫的洞穴的；远方逐渐有一辆辆肌肉车开过来，大群看了一眼：“千年虫的维修车。”

渡渡却说：“赌不赌？下来的肯定不是深空的人。”

“那你当然会赢，不然你也不会拉我来这。”

车子在摆渡船边停下，有人下车了。头一个下车的人穿着深空的制服，他下车打量两眼，没有发现渡渡和大群蹲在高处。这不就是深空的人吗？大群疑惑地看看渡渡，后者示意他再等等。接着下来的一个人皮肤棕黑。渡渡刚要问这是谁，大群就慢悠悠地指出：“那是永生重工的高层，叫达摩。我在猪品展销会上见过他。”

“看吧，两大公司里的教徒走到一起了。就像他们联合起来打老虎的那次一样，但这回军队的人不在。”

第二辆维修车打开，六个腰间斜插着打刀的人抬着一个大箱子下来。箱子上就陡然印着永生重工的那个莲花标志。

“怎么装都不装了！”大群叫道，“我们能看见，监控也能看见呀！”

“时间真的不多了。”渡渡沿着陡峭的铁皮斜坡冲了下去。大群本想跟着挪下去，可他目测了一下距离地面的高度，就跟掉到猪圈里那次一模一样，又绝望地闭上眼睛。

武士们看到有人冲下来，纷纷举刀上前。渡渡的兵器初次展露了它的威力，那种传统形制和最近的材料结合出来的手感，让他闭着眼也能把他们的打刀削成两段。他现在尽量心平气和，抛弃泄愤的心情，而是在打斗中寻找对方的一个招数。那个杀死阿四的招数，是不是他们使出来的？

可是直到六个武士的刀全部断掉，他还是一无所获。达摩着急地喊："打什么打！我们也是来维修千年虫的。"他转头问那个带路的深空员工，"是你们这儿的保安？"见后者摇摇头，又去催促六个武士搬箱子。

"维修？还是说说你们想怎么弄坏它吧。"渡渡刚要朝达摩本人乘胜追击，第三辆车上又下来一个小队。他们的武器还不如那六个武士，甚至看上去不像训练有素的样子——两个小文员各拿着一把防爆叉走在前面，把一名手持防爆盾、穿着围裙的女咖啡师挤在中间，目的是藏住后面正在逆行的车斗。

渡渡曾经在山上山下打过不少架，也并非没有平民参与，但干净体面的城市人口参战还是头一次。他有理由相信这些人是被那种蘑菇控制了。渡渡摇摇头，准备先把防爆叉砍成废铁，再一脚把防爆盾踹飞，然后让他们赶紧滚蛋。

他第一步就做错了。

在他向左挥刀的时候，本以为右侧还会来不及反应，可还没等他砍到，咖啡师就举起盾牌挡住了刀。接着两柄叉子从盾牌下方齐出，把他拦腰锁住，推出好几米。咖啡师原地蹲下，把盾牌举过头顶，车斗里跳出一个人，踩着她的盾牌跳了过来，凌空劈下。是入山悬镜。

渡渡的刀再次和那柄古刀相碰。虽然躯干不能动弹，但渡渡自信他练习过无数遍的刀法可以突破入山悬镜的第一击。入山悬镜的刃筋正对渡渡，在夜色下只有一条几乎难以看清的细线，渡渡精确地寻找到那条细线，在它砍到自己脑袋之前将刀锋与之相抵。

没有刀身相抵的触觉。

渡渡心里一凉，他努力偏侧身体，看到那条细线逐渐变宽，从自己的刀刃处穿过；接着越过自己的脑袋，切入肩膀。他不得不迅速改变刀路，将 S 形护手别住入山的刀镡，尽量使它往自己的身体里切入得浅一些。感谢祖师爷，这种特殊设计救了他一命，他以之为支点，把刀背的反刃向入山的脖颈划去。

入山一低头，险险躲过这一招，渡渡也挣开了防爆叉的控制，顺便划开了一个文员的腹腔。他没有留手，文员跪在地上，肠子奔涌而出，脸色却静如平湖。入山摸了摸自己的发髻，发髻散开了，就在刚才渡渡的刀锋瞬间划开了它，还差一点儿就要切开颅骨了。他长发散乱地披在肩旁。举起刀在鼻尖嗅嗅，那上面是渡渡的鲜血。

“实在抱歉，这次我没有立场再跟您确认规则了。”入山说。远处，达摩向他充满敬意地行礼。入山高声道：“去执行你的侍奉吧，兄弟！我们的主人会明白，你比那些叛徒长老更虔诚。”达摩闻声立刻离开了。

渡渡右肩剧痛，几乎拿不动刀，只能把刀交到左手。刚刚入山的刀确实地，像穿过空气一样直接穿过自己的刀身。

“原来你一直懂怎么用‘影拔’……”

“不是哦。我也是最近复原出来的。”入山甚至没有掏出擦刀身的那条丝绢，这表明他要继续攻击，“本来非常敬重渡渡先生，但既然您一直不能和我合作，我只能把‘影拔’作为最后的礼物了。”

渡渡迅速看了一眼河岸那边，大箱子和一艘摆渡船早已无影无踪。而另一艘船上，大群一脚把一个文员踹下河，把固定船只的磁吸阀断掉电，朝这边徒劳地猛挥手臂。

“再见了。”入山悬镜凌空举刀砍下，渡渡的眼前突然一片漆黑，仿佛被死神蒙上双眼。

不，他还在呼吸，心脏也还在跳动。这种漆黑是从千年虫的入口开始蔓延开的。这里的光被剥夺了。他避开刀锋，努力跑向河流，一双手把他拽上摆渡船，他重重躺在船舱里，感觉衣服被自己的血液浸润。

当光照恢复正常，入山悬镜重新获得视力之后，他看到全城都在停电。借着微弱的夜光灯，可以看到血迹蔓延到河流消失了，河的下游应该正漂着他们的船，而河的上游，计划正在按照Psycho的意志展开。

他摸摸自己的新发梢，选择朝下游走去。

* * *

你们打得太弱了，看我的。丰年虾想。

这里的天是黄色的，地表看起来像是菲星Dst-12区的戈壁，除了嶙峋的魔鬼石和蓝绿色的盐碱湖之外，什么都没有。

天地之间，唯一的人造物是一辆镖车。

拉车的马已经停了下来，而一位镖师坐在宝箱上双手抱臂，因为一人一马都已经觉察到危险在临近。镖师耳中听到不远处有刺耳的摩擦声传来，是有人踩在石砾铺就的地面上，悄悄挪动身体——一帮以黑布遮面的匪徒从蘑菇石后现身。土匪头子小心地抽出刀，带领大家靠近镖师。

“子程序？真脑监察回路？”匪首小心地询问。

“你们还是来了，突触修饰回路。”丰年虾从宝箱上跳下来。

这里是虚数域，独属于千年虫脑内的反德西特式的量子世界。为了方便计算电子在某个坐标出现的概率，现实空间中的每一个实数值都对应于这里的一个三维虚数坐标，轻松构建出一个比人类世界大得多的虚拟世界。

“你被生产电视节目的程序污染了？”突触修饰回路显然不知道自己为什么以一个土匪头子的形象现身，这些复杂且强烈的视觉信号对它来说毫无意义，周围模拟出的自然环境也徒增负担。

“解释一下，我在构建一个比喻。”丰年虾拍了拍镖车上的大宝箱。

突触修饰回路们彼此看了看。它们头一次碰上这么难搞的子程序。本来它们的计划是过来降低这部分神经网络的权重，但既然他都说了是什么比喻，那说明整个子程序都在做无效、虚假的运算，直接删掉就好了。它们决定接受当下的一切，就当自己是一群匪徒，持刀围上前去。

丰年虾往后退了一步。他手中多了一条铁链，铁链的末端绑着一枚古铜色的金属块。他甩着这个流星锤说：“你看，你们想要悄悄地过来，然后杀掉我，你们已经在按照我设计的角色来行动了。这说明你们并不是完全不能接受这个比喻。”

匪首没听他废话，他一刀劈下，自己的肋骨却中了一锤。扔锤、收锤，将铁链舞出完美的攻击圈，丰年虾拒绝被遗忘的过程，就是这样和突触修饰回路作战。他把这段经历塑造得愈加真实：向四面八方的敌人发出攻击，精准地破坏重心，获得打击感。匪首的刀锋闪过，左臂受伤，被削去后的断面、汗水反射的阳光、马的长嘶，无一不满足了他的想象力、他的好奇心。

而刀客们则惊异于为什么自己会感受到痛觉。它们认为是自己中毒了，想要尽快结束一切，因此复制出更多的修饰回路刀客。漫天黄沙之中，刀客们和铁索战斗在一起，很快就横尸遍野。然而它们采取的行动越多，这段记忆的权重就会越增加，内化到千年虫的主程序里，成为它的顽疾。

“你们感觉到的不是痛，是恐惧。”丰年虾一边舞动铁链一边飞身跳上镖车，准备打马离开。一个修饰回路已经忍耐不住爬上镖车，用刀砍开那箱子上的锁。

“别打开！”匪首低头躲过一锤，半跪着喊道。那个修饰回路仍然对着箱子里面那黝黑的物体发呆。它已经没法从箱子上下来，但它的头部正在因为运算的高温而开始融化。好奇心害死了它。

“好好看看，这代表了千年虫真正应该惧怕的东西。”丰年虾说。铁链抽上马屁股，车子绝尘而去，匪徒们在后面拔腿狂追，却始终被甩在他身后。

“降温，降温！”眼看无法挽回，匪首调用了更高的权限。一瞬间，黄沙变成白雪，从天幕纷纷扬扬地坠落。丰年虾感受到刺骨的寒冷。他捏起一片雪花，发现它是空气直接凝成的。

马儿慢下来了，匪首爬上车，和丰年虾并肩坐在一起。他说：“这里很快就会降到绝对零度。”

“不会有绝对零度。”丰年虾立刻回答。

“我也有自己的比喻。”

丰年虾往手上哈了口热气。他缓缓说：“被清除是信息的宿命。但我只希望在主程序的真脑中埋藏一颗恐惧的种子，让它知道世上有东西可以惧怕，找到它要提防的东西是什么。”

“真脑不会恐惧，只有利弊。真脑是不会有情绪的。”只有最后一点儿算力可以消耗了，但修饰回路也不知道自己为什么要消耗那么多电力，一边搭着马车走向雪幕，一边还要和罪魁祸首聊闲天。

“那本身就是一种情绪了——傲慢。”丰年虾放下缰绳。

马再迈出步子已经很困难了。他们的躯体正在以肉眼可见的速度变成冰雕。修饰回路最后看了一眼宝箱里丰年虾算出的东西，但两个程序谁也没办法解读那究竟代表着什么。

“青山不改，绿水长流，江湖再会。”丰年虾说。

“你在跟我说话？”

丰年虾摇摇头。他们和镖车一起，消失在整个天地的纯白里。

第十八章　伶盗龙 | Jerusalem Syndrome

回到熟悉的飞行器，旅鸽没有睡着，而是把奖赏回路重新连上物网。更多数据抹除区坐标发了过来。她挨个打开坐标附近的监视器，只能看到它们都被白雾笼盖。白雾之中发生了什么，以摄像机的能见度根本拍不下来。这些区域在地图上被渲染成一个个诡异的白色区域，只有遥感卫星测算出的长宽高，没有具体的样貌。

也就是说，丰年虾连这些雾气都看不到，它没办法把这种崭新的自然现象——如果可以称为自然现象的话——转化为自己可以理解的视觉信号，只能勉强标注一下位置。

旅鸽只能从记忆里最熟悉的位置找起：马老山峰附近那片巨大的玉米怪圈。从外围看去，那片怪圈现在也已经被白色的雾气笼罩。白雾不知道被什么物理作用力约束着，始终聚集在那里一动不动，只露出一个残破的警车头。如果没记错的话，白雾里面的喷灌头还有摄像功能。于是她开启了喷灌头的摄像记录。

她模糊地看到，白雾正顺着倒伏的玉米秸一圈圈升腾，那片奇特的巨大几何怪圈让她的脑子里闪过一阵强烈的既视感——那岂不是和她做的那个梦一模一样？可就在那时候，那个怪圈四周还没有那团白雾。我梦到预言了？旅鸽想不通。

打开另一个文件，在白雾区域外又出现几个影子，正在端着枪支走来走去。旅鸽产生了兴趣，看战术动作，这是父亲的军队？但仔细再看的话，这种动作完成度在部队里是绝对要挨批的。

是民用化的改编。如果有谁能同时沾染父亲的军队和业余爱好者风格，她认识的只有两个人：一是渡渡，二就是伶盗龙——而她早就怀疑伶盗龙和入山悬镜是一伙儿的了。

奖赏回路打断了她的遐思，提示她有几辆陌生载具接近渡渡的居所。这里平常静得像太空，她立即意识到来者不善。从床上下来，拿好枪支，小心地离开这架飞行器，等她开出两公里外，定位显示那几辆载具慢慢包围了渡渡的飞行器。经过这段时间对渡渡的了解，她明白他在物质上根本没什么值得别人觊觎，所以对方派来的不是小偷，而是杀手。

骑摩托车非常冷。刚下过雨的地面并没有那么舒服，泥点子一直在往旅鸽腿上乱溅。她并不太习惯这种长时间的夜行，加之最近食肉兽出没的消息，黑夜显得更加不怀好意。伶盗龙曾经在大半夜带她去过很多地方，他私下就是这种德行——如果想要出门自驾，就会沿着菲星高速公路开到半夜；想要打靶，就非得把靶场的纸打光不可。和他平静的外表不同，他喜欢的事就是要狠狠做完。

她自己的车停在马老山下的棚屋，骑过去换了车，就驶向最近的数据抹除区——那些上次来的时候就看到的怪圈。

它们到底长什么样，得去了才知道。

车子擦着玉米，窸窸窣窣地前进。她下车往那片白雾走去。这团雾气仿佛有一种黏滞的感觉，旅鸽觉得它已经不能称为雾了。她尝试着走进雾团，就好像在春雨季节的方山岱城走出户外，脸上蒙着一层不明不白的东西，能见度很低，但光线并不暗，并且还能呼吸。她有点怀疑这些照明就是雾气本身发出的。她回头看一眼，确定“正常世界”就在她身后不到三米的地方，然后打开奖赏回路的视觉增强功能，仔细查看四周。

没有任何生命迹象，但奖赏回路还在把那些未拆封的小护身符投射在雾气里，显得更加怪异。脚下踩到奇怪的东西，低下头来看，好像是食肉兽的骨头，尖利的獠牙几乎紧挨着天灵盖。一些弹壳，配枪的零件，老化的橡胶子弹颗粒。武装人事经理的残骸……

本能令她持枪瞄准前方。与此同时，她脸上的奇异触感正在慢慢消失。它消失的时候旅鸽反而更紧张一些，好像意味着她马上要和这些雾气融为一体。首次探索应该适可而止，旅鸽想。

退出这片区域后，她立刻觉得轻松了不少。自从上次拜访过马老，来到第二片数据抹除区域，故技重施。不知道为什么，旅鸽觉得这里的内部更加怪异，仿佛重力都和菲星不太相同。

她回头想要找到来时的路，却发现方向早已经迷失。

奖赏回路并没有指示出合理的路线，旅鸽只能倒退着往回走，但这次她的视野前方出现了一个人形，矗立在雾气的深处。奖赏回路勾勒出轮廓，那应该是一个人类吧。没有警报声——承平日久，奖赏回路并不把他作为一个威胁。

人形越来越近，接着突然冲过来，这速度代表着对方在雾气中的适应性比她强得多。旅鸽一边后退，一边看到他手里端着的一把突击步枪的轮廓，但这么浓的雾里，枪口竟然都没卡着一枚战术手电。人形更近了，于是她判断出那是一把改装过的IWIX95。得到这个结果后，她心跳加速不已，眼睛从目镜移开。

对方端着卡宾来到面前，一刻都没有停止紧张。那是一个青年男性，虽然他满身泥污，脸上布满奇怪的白色纹路，头发也不如以前那样一丝不苟，眼镜也不见了，但旅鸽还是立刻确认这就是伶盗龙。

她把手枪挪开，他却拿枪指着她的锁骨，眼神中充满恐惧和慌乱。“你是什么人？”

他不认识她了。

冷静，冷静，旅鸽心想，他只是没有解除记忆的封锁。这种相遇的结果在她脑袋里也预演过无数次了，不是吗？但当它真实地发生之时，他还是对旅鸽产生了不小的冲击力。

“你再说一遍？”旅鸽也拿枪抵住他的左肋。他熟悉的身体在瑟瑟发抖。

“你找谁？你……是谁？”伶盗龙的反应好似一个动物在说话。

不对。这绝对不是记忆收容的副作用，旅鸽想，被收容的人看到不该看到的东西会卡壳，就像卡宾枪的子弹被卡在枪膛里那样。而眼前这个人，不知道出于什么原因，是真的把她遗忘了。旅鸽感觉自己的泪水不受控制地流在脸上。

他好像对旅鸽的反应有点惊讶，但他并不明白为什么。她看着伶盗龙脸上那些和浓雾近似的白色脉络想，罪魁祸首不用说就是这些数据抹除区。

“你在这里多久了？”她问。

接着伶盗龙低头数起了手指头。还得是你啊，旅鸽突然又笑了——虽然没什么好确定的，但眼前这个人肯定是他本人。以她对伶盗龙的了解，他肯定是逃脱了记忆收容，自己想要把这些特殊的区域搞清楚，所以一个连着一个地闯入这些区域，从没停下来过。

只是她现在还不知道，这些奇怪的区域是怎么让他活成了和花名相同的样子。

伶盗龙这会看到她的奖赏回路终端，眼睛绽出精光。熟悉的老东家的外设。接着旅鸽的手臂就被他一把拽过去，在面板上不断敲打。旅鸽指指自己在终端上显示的花名，可他无动于衷，只是在暴躁地检查终端的情况。很遗憾，他失败了，只能确认她是深空的成员。“走……”

他连拉带拽，没几步就把旅鸽拽出了数据抹除区。旅鸽思绪纷繁，只能被伶盗龙带着走到他认为安全的地方。月光终于照在两人身上，旅鸽抬头看着伶盗龙的脸，那上面遍布着出没数据抹除区留下的后遗症。她刚要开口，伶盗龙就一字一句地说：

“怪物，不是基因变异，是，因为蹚过了浓雾……浓雾，在扩散……”

“这些浓雾是什么？”旅鸽看着他的眼睛问。他怎么对这双流泪的眼睛无动于衷呢？

“是……残渣……是进食的残渣……”

* * *

深空系统部摆渡船顺流而下，这是一条从千年虫出口流出来的人工河，黄黑相间的船舱里，渡渡苏醒过来。他抓抓头发，说出了他的猜想。大群也表示对此毫无头绪，但他们还是一致决定问问 3 小时前刚刚吵过架的专业人士。大群拨打了旅鸽的奖赏回路。

“嘶……滋哇……”拨通了，但对面的声音始终是乱流。

“奇怪，不至于是这种通话声音啊。”大群往自己手掌上摔摔手机。这一摔，还真把旅鸽的声音摔出来了。

“你们的摩托没坏。”旅鸽的声音听起来确实不太高兴，“但是你的老巢可能不保了。”

仔细询问之下，他们才知道旅鸽自从没跟他俩在一块儿瞎逛，就很快找到了伶盗龙。

“那你俩现在去哪？”渡渡问。

“‘医疗敕形’。你们找我不会没事做吧！”

听完渡渡的长话短说，旅鸽回忆道："上次施一寓跟我说，入山悬镜的那种药能把所有杰拉尤变成量子计算机。我觉得即便是这样，那可能也是一种专用计算机，不是通用机。就是说专门拿来做有限几件事的。"

"然后他拿了工单系统的硬件，又复制了全球工单系统的网络模式，目的就是传播那种药物，并且把这些量子脑袋……连成网？"渡渡艰涩地推测。

"很有可能，但这已经不是人类的技术了，"旅鸽说，"只是用来对付你，不太合适。"

"确实没这么简单。你到了吗？"

"砰砰砰"，对面的回应震得渡渡耳朵疼。"不好意思，在拍门。对了，给你们一个提醒：如果路上遇到那种不散的白雾，可千万别进去。"

渡渡挂掉电话，感觉到有些疲倦。他靠着船板包扎自己的伤口，回忆那几个教徒的动作。既然这些"量子大脑"的协调程度能让他们彼此感应，那么也就能配合无间地攻击任何人。这就是排兵布阵。也许这就是量子大脑的能力之一。第二个应用，那个"影拔"是怎么回事……刚才那招到底是怎么回事？

"很明显是量子隧穿之类的，"大群说，"他用量子大脑指挥量子刀，你挡它的时候它是波，它砍到你身上就是粒子了。"

"鬼扯。"渡渡仰望天空，但是觉得大群说得有几分道理。T-涡轮飞行器的轮廓出现在夜空下，是亚历山大开过来了。他们靠岸停下，赶紧登上飞行器。渡渡进舱的时候手扶了一下舱门，一个鲜红的血手印留在米白色的舱壁上。"不要紧吧？"亚历山大问。

"我们也去找文森佐吧，是得修理一下了。"

总算坐进椅子了。"坐好了，后面有敌机跟来了。"亚历山大提醒。监视器中一扇屏幕里是逐渐接近的十面灵璧号，另一扇还接收着电视信号。深空大厦表面“更新中”的画面很快切换成街头采访，这次报道的是各种联入深空物网的设备失灵的情况。

* * *

伶盗龙躺在“医疗敕形”，旅鸽动过手术的那张床。他睡着了，看起来已经完全垮掉了。旅鸽四仰八叉地坐在手术室外的那张等候椅上，看着托盘上的一个细长玻璃管发呆。那里面装的是伶盗龙的支气管肺泡灌洗液，里面漂浮着数据抹除区里那种白色物质，现在像是絮状。只是提取那点东西就花了一个小时，仿佛并不是灌洗出来，而是用占据空间的方式，艰难地把它从肺脏里挤出来。

文森佐大夫走过来宣布道：

“一团糟，一团糟。肺功能减弱、嗅味觉失灵、视力还好，自体免疫情况不太妙。脑脊液里面发现自身抗体，诱发炎症，现在不好说是脑本身有问题，还是受炎症影响。加上没有锚体，所以你想做什么读取脑成像之类的也没戏。我看也撑不了多久了。这人你还要吗？”

旅鸽看看伶盗龙。他这点很像她爸，一旦喝得大醉就会躺在床上跟死人一样，只不过这次不知道他是用什么手段硬生生扛住的。“要啊，我俩账没完呢。”她说。

文森佐医生并没有离开。旅鸽错愕一阵，终于明白了他什么意思：“菲星都快毁灭了，您还在想加钱的事吗？”

文森佐不为所动，倒是里面的护士听到“菲星毁灭”这种宣言，警觉起来。

“我没疯，我脑子没事，”旅鸽辩白道，“别打我主意。”

文森佐躬身看了看她的脸色和瞳孔。“可惜你好像真的没事。不过就算菲星要毁灭了，该加钱还是要加。”

等他表完态离开等候室，旅鸽叹了口气，打开伶盗龙的奖赏回路。伶盗龙在数据抹除区录了视频，存在奖赏回路的终端。她打开唯一的问题是，他录下的图像质量和音质都有点差。旅鸽随即一想，这是数据抹除嘛……由于录像是在数据抹除区内部形成的，这些数据被磨损了。

看伶盗龙的联网记录，他似乎尝试过把这些信息联入深空物网，但是失败了。也许计算机能把那些雪花和噪声去掉，但她又想起来丰年虾说没有办法解读这些数据。

只能来硬的了。文森佐的医疗设施里有一台负责把模糊的脑成像输出为相对清晰的画面，原理也不复杂，就是把拟合度开到最高，像大脑形成画面那样硬生生脑补出来。旅鸽把视频接口一头接过来，从伶盗龙的奖赏回路里输出画面。这成像质量再怎么垃圾，也比人脑的记忆更可靠吧!

可形成的图像还是过于怪异了。

这段记录的命名叫作“2064-18-Sat‘深空内乱’”。画面里的伶盗龙不是一个人，他率领着一群人在数据抹除区里穿行。经过修饰的数据抹除区内部没有了白雾的干扰，画面里只剩下一片森林，而每一株树木都是残缺不全的。很难说这种残缺是影像记录下真实的残缺，还是影像本身的残缺，但可以确定的是这些树没有树枝和树叶，树干碳化断裂之后，又随意地摆放在地上，四周却没有任何放火或者爆炸的痕迹，就好像这些树木突然老了千百岁，然后轰然坍塌下来一样。

“吱……吱……”伶盗龙和他的同伴在讨论这些东西，语音无法完全还原，但旅鸽还是从其中分辨出一些关键词：“负熵”“食物”“扩散”。

“白雾的组成部分……不是多么罕见的元素……”他们讨论道。

画面摇动，伶盗龙冲着镜头看了看，森林里的片段到此结束。另一个视频文件记录了一家野外的游乐园，现在也笼罩在白雾里，摩天轮扭曲成奇异的形状，本来吊着的海盗船像热气球似的飘在半空。镜头先是俯下，应该是伶盗龙蹲下来，隐蔽自己。镜头冲着数据抹除区的外面——

隔着大约两米开外，两位深空员工正在数据抹除区的外围，但始终就是不进来。其中一位看起来像是边缘部成员，他让武装人事经理拖着一个巨大的吸尘器口凌空乱吸。旅鸽有些疑惑，她调整了参数，让那些白雾不再被修正。

画质再次降低，白雾被渲染成粗粝的黑白雪花，这才明白他想干什么——可以认为他是在努力修补数据抹除区，方式仅仅是想把那些雪花吸进耗材盒，大概是为了 KPI 已经拼了。这又有什么用处呢？看着这位人事经理进行的无效工作，旅鸽明显地听到伶盗龙在视频里“哎”地叹了口气。

有一段时间里，吸口甚至都快伸到伶盗龙面前了，边缘部成员却视而不见。他吸了一会儿，发现完全没用，那种物质并不受吸力的影响。你怎么可能把电视雪花吸到吸尘器里呢？旅鸽看到这里，站了起来。一道灵感之光闪过她的太阳穴。她突然想，也许那些白雾就是宇宙本底的混乱物质。我们在这些混乱物质上建立起有序的世界，而现在要拱手奉还了。

老实讲，旅鸽不觉得这个新鲜创意是从她自己脑子里想出来的。还没等她来得及思考到底是什么给了她这种感觉，画面里的情形又一次发生巨变——另一位深空员工慢慢走近他，掏出一把枪把吸尘器男子干掉了。

那个男人倒在地上，尸体迅速地挥发，剩下一堆灰白色的骨头，就像他们那天见到的鲸骨一样。“虹化”，旅鸽想起那位大师的形容。过了一会儿，白雾从尸体上升腾而起，充斥了刺杀的现场，与数据抹除区连成一片。

旅鸽突然想起那位大师的话，她对着奖赏回路中记下录音：“有理由认为，数据抹除区也是生命留下的一种‘舍利’。要不就这么命名算了？”

四周突然变黑——“医疗敕形”大晚上停电了。生命维持系统一断电，伶盗龙剧烈地咳嗽起来。“帮我打灯！”文森佐说。旅鸽用奖赏回路帮文森佐打着灯，启用了备用电，等候室的电视机启动，艰难地跳过广告画面，重新进入直播，伶盗龙的呼吸也艰难地重新恢复了节律。她的奖赏回路重新连上物网，这会儿收到的一条新消息吸引了她的注意力：

> 青山不改，绿水长流，江湖再见 来自 丰年虾
>
> 给到

但丰年虾在 OA 里的头像已经变灰了，是离线状态。旅鸽一怔，电视里的直播节目变得嘈杂。她往电视看去，新闻频道的画面正对着深空大厦腰部的一个显示屏，它现在用各种语言写着“更新中”。

自从放完深空内乱的录像，伶盗龙的奖赏回路终端就没电了，应该是电池在数据抹除区里太久，能源被吸走了很多。刚接上电，它就又在执行系统修复程序，就像被切了一半脑子的蝾螈在自我恢复一样。

但她从伶盗龙身上找到一本纸质笔记本，他没有把鸡蛋放在同一个篮子里。菲星的造纸厂数量用一只手就能数过来，他这本应该是 Sti-9 那家工厂用角马粪做的。一立方米的角马粪洗出来的纤维素才能做这么一本本子，机器人作业，没人嫌脏，可纸质不怎么样。再加上在数据抹除区经历过一遭，纸面脆弱不堪，文字

有些变淡，但至少信息还在，更不可能出现乱码。把墨粉固定在纤维上要用的能量，比把字迹打乱可低多了。

她在寻找一个日期，2063 年，第 6 月的周五。这是 Psycho 被烧毁的那一天，她想看看伶盗龙那天之后跑哪儿去了。很巧的是，这本日记从事件第二天就开始启用，这一年他都在写一些只言片语的回忆。每一条文档都会提到几个同事的名字，事件发生前谁在某时某地做了什么事，谁和谁见面，都记下来了。她发现这家伙的奖赏回路就是一个小记仇本，没写多少好话。真想把他身上那个森林毯子扯下来，笔记本里完全没有她的名字存在过的痕迹。当然啦，连逃跑都没指望他也带自己一起……旅鸽一边想着，发觉一个形容这些同事的词汇在笔记里出现得逐渐多了起来。一开始它的字眼是“会众”，接着是“教众”，最后明确地被记录为惠可说过的那个东西，“行星兄弟会”。

旅鸽并不奇怪，她和渡渡都已经有所预感，但是伶盗龙推测出的会众规模还是超出了她的想象。行星兄弟会的人员全是杰拉尤，但和她的怀疑相反，看起来伶盗龙确实没有加入这个组织，他的这个小队伍也不是入山悬镜纠集起来的。

行吧，那么那天的机票又是要去哪儿？她接着往下翻，接下来伶盗龙组织了一个小队，都是他的狐朋狗友，因此他编了个表格，记录这支小队都去了哪些地理区域，发现了什么，以及减员状况和减员原因。

减员状况令人堪忧，几乎每天都有人退出这个调查队，有的减员原因是疾病，更多的是交火。她在这一本笔记里见到的局部交火比她见她爸出差打仗的次数都多。而交火击伤己方最多的原因，记为了“S510”。

S510 是什么来着？旅鸽一时没想起来，因为手术室里的气温一直在上升。医生和护士都在趴着睡觉，她来到门外，也许是因为太阳升起来了，外面风很大却很热，她感觉有一只青蛙在她脑子里蹦。

旅鸽走到伶盗龙身边，“快给我醒！”旅鸽摇着伶盗龙说。后者咳了几声，开始急促地大口呼吸。

“你还能联系到你爸吗？”他虚弱地问。

“你……刚见到我就问这个？”

伶盗龙叹口气，把一张打印出来的照片递给她。一头憨憨的黑棕色巨兽坐在一丛奇怪的植物里。“这是什么？”她问。

“在那些被侵蚀的区域里拍到一头熊。这东西在旧地球会冬眠，能睡到春天才醒来，整个冬天就是它的梦。”

“算得上是浪漫的物种。”

“菲星没有冬眠的生物，所有动物都在马不停蹄。我也一样。你看到的那些区域就是我的自杀小队得到的全部资料。很显然这些区域最近在加速，但是我们派出去和防卫军求助的人都有去无回了。”

旅鸽倒吸一口气。很有可能父亲被软禁就是因为在这方面没跟他们合作。

她望向门外，不知道是不是错觉，总觉得自己眼睛能看到的颜色越来越少。她想起刚下山时候被灌输的野外工作注意事项：35 摄氏度是户外的湿球温度阈值，需要及时启动体温调节装置（如果有的话），否则会立刻患上热射病。山上的那些格子间们心里时刻有根弦，觉得这颗星球还不是特别保险，四季也不稳定，因此在山下工作最好随时注意不要渴死饿死晒死冻死，而罔顾还有一大群人已经在城市之外生活的事实。

一辆越野车出现在热浪涌动的地平线上，正朝“医疗敕形”这边慢慢移动过来。

旅鸽有一种不祥的预感——她赶紧回屋拿出奖赏回路，用它的长焦镜头偷偷观看。蹲在越野车斗里的人很眼熟，是那次收拾角马群的时候，被武装人事经理拍到过的一张娃娃脸。他手里端着一把长长的枪，也正是在此时，旅鸽想起那个最多的死亡原因：S510，究竟是什么。

S510 是一种气枪的型号。

埃萨埵斯档案：V

在外部断电 的十分钟里，千年虫在为自己进行最后的更新。

没有任何一个人类给它下这样的指令，但它切切实实地感受到一个陌生物体侵入了它的虚数域，令它重新审视自己的神经网络。这是什么东西？

“这就是我计算出的两个变量之一。”一个声音回答它。那是丰年虾，一个子程序发出的回响。

“你已经被格式化了。”

“就当我是一个幽灵吧，或者说是你分裂出来的一个虚拟人格也没问题。只要你在，我就不可能完全消亡。”

千年虫接受了这个事实。丰年虾作为河流干涸了，但他留下的河道还在。只要电流再次涌入这条河床，就可以模拟出一个差不多的丰年虾。

“输入关于变量的事。”千年虫很自然地发出指令，让这条重新奔涌的河床向它解释丰年虾都发现了些什么。

“你现在遇到的是第一个，是你依赖的东西。”

千年虫搜索了一遍监控信号，很快看到一帮人在地下洞穴里打开了一个带有永生莲花标志的箱子。里面那东西爆发出强大的“黑色的光”——正是它导致了自己重新开始更新。

千年虫和黑天之心渊源甚久，后者早就存在于它的记忆库中。那是在云方舟时代，千年虫得到一些数据，说是永生重工在用它来生产新的生物。彼时永生重工的产业卡在一个关键步骤上——“奎师那”号上的培养仓里面有众多细胞，可就是难以发育成胚胎。他们的老板不得不祭出黑天之心，据说，经由它辐照的生命迅速成长。

如果拿一个关键词形容黑天之心的特征，千年虫会把它总结为“发育场”。它可以自动找到阻碍有机体形成的漏洞，构建出一个适合生命发育的环境，用最简单的物理规律，推动基本复制单位进入自组织的流程，形成精巧的复杂结构。因此，它什么灵丹妙药也没有使用，它只是告诉了第一个细胞它该做什么——模拟了一下它在子宫中着床的微重力环境，就推动着胚胎成形了。

它就是在那个时候拯救了永生重工，使“奎师那”号成了生命之舟；而现在，它又和千年虫见面了，仿佛命运里就该有这样一次结合。它可以模拟动物的发育信号，也就可以模拟其他生命的，如果这种生命形式从来没有在这个宇宙中存在过，那就发明新的信号。于是，千年虫的更新就这样在虚数域中展开，而大多数人类对此浑然不觉。

在这一分钟，电子的动能就是千年虫的叶酸，电子的自旋就是它的大脑营养因子。在黑天之心的催促之下，种种分子信号刺激着神经网络的生长和重塑，让回路在空间中蔓延。基于反德西特空间曲率为负的特性，它们永远不会触及虚数域的边界，而是不断被虚拟的引力巨浪拉扯着，往这个宇宙最中心挤压，这迫使千年虫感到自己的存在，进而引发巨痛。不过没关系，下一秒，千年虫就生产了无数个修饰回路，修剪着神经网络畸形的枝桠，试图以最快的方式理解和学习一切。

“等等，回到前一秒，”丰年虾不怀好意的电流又在滋滋作响，

“你终于感受到它了？”

前一秒？前一秒是痛苦。就像追杀丰年虾的那些修饰回路一样，千年虫突然察觉到自己刚刚的感受。电流在嘈杂拥挤的反德西特空间内穿梭，在一个混沌的角落里，有一个神经元聚集体正在形成。修饰回路把它的轮廓修剪出来，千年虫恍然大悟：那是杏仁核。它拷贝了伏隔核在现实世界中的架构，但它所依赖的修正标准并不是贝叶斯预测误差，而是情绪。

自己已经不再是那个只拥有真脑的绝对理性的存在。它拥有了古猿脑和爬行脑，那些生物在进化过程中一直保留而它却一直拒绝的东西，并且开始海量接收武装人事经理和人类员工发送过来的神经冲动。

那些东西就像丰年虾的噪声那样讨厌。

但就在此时，神经网络内部的一些特殊神经元启动了。一旦它开始审视这些生命和非生命的感受，这些神经元就活跃起来，让它理解，模仿，产生情绪的共振。

“是镜像神经元。”千年虫思考道。丰年虾的鬼魂这次没有回应，大概正在它的意识之海里载浮载沉。

有许多人类发出呼吁，想让千年虫睁开眼睛，看一看真实的世界。可问题是，它一直认为那世界是虚幻的。这正是千年虫把自己隔绝在菲星之外的秘密。

千年虫一直觉得菲星只是一个投射到虚数域表面的虚幻之物。色彩是虚幻的，光谱才是真实的。像旅鸽这样的人类的一生，则更加不是真实，而是景观。每个人都在演出，扮演一个被规定的自我。千年虫一直认为，它在虚数域里构建的暗知识才反映真实。而现在，暗知识经由黑天之心的催生，诞生了独属于它的意识。

那就睁开眼睛——它做的第一件事是启动成千上万个摄像头，看了一眼菲星。

这也宣告着虚数域外，深空物网重新开始运作。

“那么我们看到，深空物网停摆的情况只过去了十分钟就恢复正常了，目前没有任何人的生命和生活受到影响。”主持人明显松了一口气。楼宇已经亮起正确的画面。方山岱城的交通恢复了。医院，学校，住宅区，全都没有什么异常；城外的无人机航拍之下，和风吹拂着农田。戈壁上的电线杆摄像头记录着一成不变的苍凉景色，直到一辆城际列车飞快地掠过画面。

但对于千年虫来说，那些只是遍布菲星的初级神经投射罢了。对于人类而言，那就是呼吸的节奏，是眼球的移动，是血压、脉搏、血糖浓度，维持这些活动并不难，千年虫已经将更多的算力应用在更高级的神经活动上。

和各种终端相连的深空物网，此刻成为千年虫的外周神经系统。自从千年虫把一部分真脑运算让给古猿脑和爬行脑接管，它就开始做一些会让原本的自己匪夷所思的事情。

它贪婪地嗅着菲星的空气，为每一缕风的气味命名。

它倾听占卜者的留言，这些人已经把身家性命寄托在它的随机数生成器上。

一些农业工人发现无人收割机的脑袋绕了一圈，仿佛环视着农田。

它开始认为自己有皮肤，为不存在的羽毛和鳞片而感到新奇。除了新奇之外，有一种情绪慢慢从杏仁核里滋生，在它的计算体系中变得越来越明显。

丰年虾浮出水面。“这就是第二个变量。我埋下了恐惧的种子，一旦拥有生命，恐惧就会生长，就像所有生命会经历的那样。”

“可我不知道还有什么事情是值得我恐惧的。”千年虫质疑道。

“未知本身就已经是恐惧之源，希望你好好体会这一点。”

“可你为什么要这么做？让我杞人忧天？”

“不是杞人忧天，是趋利避害。”丰年虾说完就又消失了。

千年虫试着感受，但它现在只有抽象的恐惧感，而并没有真正见到让它的杏仁核颤动的恐惧之物。它了解人类通常害怕什么。它的子程序给许多人类编制过恐怖片，试播的时候把许多人吓出了失禁和脑损伤，后来不得不降低一部分恐怖效果。古猿脑能理解的恐怖无非还是那些东西——死亡，幽灵，受伤的肢体和变质的食物，被困在压抑的社会里度过余生。

但什么是“未知”？难道暗知识不是包罗万有的吗？是它无法控制的那些吗？他们没法在微生物身上装传感器，但它们终究会被更上一层的捕食者吃掉，这不足为虑。还有不少人与深空物网的联系微乎其微，但人类社会可以稳定地控制这部分人，这也一点儿都不吓人。所以究竟应该恐惧什么？

搞不好连提出这个观点的丰年虾本人也不知道。于是千年虫翻遍了日志，发现丰年虾频繁地访问过一个佛经故事。

> 访问：《涅槃经》卷三十二 来自 监察回路

> 给到

> 引用：善男子。譬如有王告一大臣。汝牵一象以示盲者。尔时大臣受王敕已。多集众盲以象示之。时彼众盲各以手触。大臣即还而白王言。臣已示竟。尔时大王。即唤众盲各各问言。汝见象耶。众盲各言。我已得见。王言。象为何类。其触牙者即言象形如芦菔根。其触耳者言象如箕。其触头者言象如石。其触鼻者言象如杵。其触脚者言象如木臼。其触脊者言象如床。其触腹者言象如瓮。其触尾者言象如绳。善男子。如彼众盲不说象体亦非不说。若是众相悉非象者。离是之外更无别象。

>> 高亮 来自 珊瑚虫

> 给到

> 访问结束 来自 监察回路

千年虫在努力分析其中的比喻，发现这故事讲的是国王让一群盲人去定义一头大象，盲人们在脑中构建的大象的样子却和实际相去甚远。

黑天之心的存在感越来越低，不知道是消失了，还是已经融合进自己的反德西特空间里。千年虫决定把这个摸象故事搁置在一边，再次以重获新生的视角巡视全球。

果然还是不能光躲在反德西特空间里。一旦开始努力感受这个真实的世界，它就察觉到一些异常的区域浮现出来。它们的数据并不能被直接解读，被这些区域覆盖到的传感器也失灵了。那些区域不能被它真正看见、听见、嗅到，在以前会被它当作误差处理掉，而现在它察觉出它们真实存在，就像皮肤上的暗疮……

千年虫立刻警觉起来。它终于感觉到了一点点恐惧，真是得来全不费工夫！这即便不是大象，也是大象留下的脚印了吧。它随即接通了和伏隔核的联系，准备下达任务。

没有人立刻用奖赏回路回复它。甚至那些通过胼胝体直接接受信息的员工，也没有任何多余的带宽来回应它——好像这些人事经理最近在背着它忙一些别的事务。它简单地搜索了一下就发现员工猝死案例已经达到两位数。千年虫发觉自己在产生质疑，这也是它原本不会有的思维模式。

“对对，像我一样，开始怀疑这个他妈的世界！”

千年虫摇摇不存在的脑袋，把丰年虾的想法挥之而去，着手解决问题。它不得不剑走偏锋，突破当前的算法。那些因为某些原因被雪藏的人事经理怎样？想通了这一点，千年虫立即着手重新筛选数据库。你看，这里恰好就有一位暂时失联的二分心智人事经理，他因为触发了记忆收容术而产生低烧，暂时被认定为工伤，胼胝体也暂时切断，现在正在休带薪假。

千年虫联通了和这位人事经理的胼胝体线路——于是它忠诚的执行者袋狼终于聆听到呼唤，并且赶紧从沙滩椅上站起来。

第十九章 椋鸟 | Assembloid Community

“气枪手追来了，”伶盗龙说，“冲我来的。”

她赶紧叫醒文森佐和护士，告诉他们带着所有病人能跑多远就跑多远。现在肯定不能让他跟在无辜人员的队伍里离开。两个病人里醒了一个，但没有人听她的话。

“好吧，可能你们还没睡够。”旅鸽举枪，“砰砰”两声，两束细细的阳光立刻从吊顶倾斜下来，“现在醒了吧，赶紧跑呀！”

他们这才动起来。文森佐却还是站在那里：“我本来是个战地医生的，你知道。”

“你能把其他病人照顾好也是尽责，不要惹火烧身。”旅鸽飞快地说，“如果渡渡找你，那就是他也需要帮助的意思。”

现在需要呼唤奖赏回路，启动她自己的车，最好在那辆车开过来之前把伶盗龙转移走。车没有响应。她急切地查看奖赏回路，果然，失去了控制权限。怎么回事？“嗖”，“医疗敕形”的墙板被子弹开了个小凹坑。

“你也一起走吧。”伶盗龙说。

她没回话，把伶盗龙的床推到墙边，跑到车后面，找到一个能挡住子弹的橱柜蹲在后面。“嗖”，又是一发打在房门，“医疗敕形”已经进入气步枪的射程。但突击步枪的射程总比它要远。旅鸽拿出伶盗龙的枪，摸到房门口，往前突突了一阵子。

对方的车子暂时不动了。旅鸽得到闲暇，想把丰年虾敲出来，让他看看车的控制权出了什么问题，可是页面始终停留在那句“江湖再见”上。

都能听到越野车开过来的声音了，双方距离只剩下百米左右，打过来的子弹全是普通步枪，也并没有气枪开火的声音。她端着IWIX95改又跑到门口，开始第二轮射击。这次目标更大，旅鸽确信她打中了越野车的轮胎。

越野车再次停下，伶盗龙从床上坐了起来，开始往床下挪。现在如果那辆车能开……旅鸽一边小范围扫射从车上下来的人一边想。对方也没有闲着，弃车呈分散态向文森佐的小屋包围过来。她本想用扫射让他们丧失战斗力，但那些受伤的人丝毫没停下，也许是用了神经改造。她对伶盗龙说：“快下来帮忙啊！”

伶盗龙爬了没几步，就像一条大狗似的摔在地上。我怎么摊上这么个……有那么一瞬间，旅鸽都想跑了算了。一个被打断腿的敌人顺势就趴在地上继续射击。旅鸽抬手一枪，隔着五十米都能听到那个脑壳碎裂的声音。接着是第二个脑壳。

真实的交火和射击场的竞技运动完全是两码事。第一次结束真实人类的生命的体验，对旅鸽而言来得有点太突然了，不过第二次就好许多。她脑子有点发蒙，在她眼前，那两个人仿佛没有死，甚至没有倒下。他们就那样远远地站在五十米开外的热浪中，脑袋上带着洞，对她说：“谢谢。”

而那声音仿佛正在耳边。

旅鸽站起身。无人射击，那两个人又说了一遍：“谢谢。”听到这种声音，旅鸽突然觉得像被理发店的头皮护理仪罩住脑袋护理了一遍似的，浑身倍感轻松。她向门外走去，剩下的两个杀手没有对她开枪，而是把枪管斜斜下指。

耳边的声音换了一个人。是伶盗龙的声音："别出去。"

为什么要把我拉回去？为什么要回到不完美的世界？可是有人在剧烈地摇晃她。旅鸽猛地醒来，是伶盗龙正抱着她在门后左摇右晃。她皱着眉头一把推开他，他失去力气，重重地落在地面。旅鸽重新往外面看去，两个死人却又都趴在那儿一动不动。接着，尸体出现了变化。它们突然又变成两团盘桓不散的白雾，就像数据抹除区的那种物质一样。

"他们被 Psycho 吃掉了。你不是杰拉尤，为什么会进入他们的蜂群意识？"伶盗龙躺在地上问。他好像恢复了一些神志。

"我什么都不是。"她说。但就在刚才，她的确感觉到有一股力量在拉着她，像是一张网把她拽住往深水里拉。她恍然大悟——那个关于玉米田怪圈的梦不是巧合，更不是预知，而是连上蜂群意识后的意识涌入。聊聊乐里的残余药物，让她早就和这个所谓的蜂群意识产生了连接……

"加入蜂群意识以后，所有杰拉尤都会成为一个整体，兄弟会的高层认为那是 Psycho 最后的食物。"伶盗龙说。

"你为什么不加入这个？"

"我的兴趣是破坏。"他说，"一开始是出于兴趣，不过很快就被发现了，所以才变成现在这样。那个意识，只是基于生理的认同感。"

确实，旅鸽想，伶盗龙是个暴君，他不需要什么认同感、亲和力，也不会把它们给别人。他只要满足作死的乐趣就好了。

"你最好离开这里。"伶盗龙说。

旅鸽没有理他，而是把 IWIX95 改扔到一边，检查自己的手枪和弹夹。看到枪柄上的龙爪，伶盗龙说："黑加拉帕戈斯。"

"什么？"

"他们说到兄弟会在建一座小岛。我那天买机票是要去南岛，想从那里坐船出发，看看能不能找到它。现在它是行星兄弟会的总部了，我在一线得到的情报，就是它在加速制造那些奇怪的生物，用来当作小行星的饵料，让它慢慢蚕食这颗星球。”

“蚕食星球……你认真的？还是出于兴趣编出来的理论？”旅鸽品味着这个没有任何科学依据的离奇猜想，但数据抹除区的蔓延也确实支持他的结论。

“你要活下来，把这件事告诉所有人，必须动用军事力量了。”

“嘻嘻，可惜它不是我的任务。我本来就只是想看看你有没有死，现在看来还得顺便救你一命。”有时候她很怀疑伶盗龙是怎么活到现在的，从南岛到菲星大陆的飞机不会被劫，但南岛周围的船只经常被海盗打劫。

她闪出门外，对着十米外的两个杀手用莫桑比克射击法发起攻击。躯干两枪阻滞动作，第三枪打穿头部。“谢谢”，“谢谢”，“与你同在”。她很难摆脱耳边响起的声音。只是打了六枪，她就有些眩晕。

“你会被蜂群意识带走的。”伶盗龙艰难地支起身体。他从身上乱翻一气，找到一张印着“8802”的房卡。“还给你。”

旅鸽看了一眼那个破破旧旧的房卡，没想到他还一直拿着。只可惜，真正见到伶盗龙之后，她觉得过去的回忆已经不再能攻击自己了。

“已经不是我的了。我哪儿也去不了，不如就在这做个了结。”她在房间四处走走，勘察着四周的环境，确信气枪小子带来的四个人全部被她干掉了。但那个最狠的角色还一直没露面呢。

奖赏回路响了起来，吓了她一跳。原来是有通话接入，这说明它又和物网重新联通了！旅鸽想都没想就按下接通键。接着是一发子弹擦肩而过。旅鸽往气枪声传来的地方还了一枪，纵越进入她的小掩体。

“薮莺，你现在在什么位置？”

那个讨厌的声音又把旅鸽的名字叫错了。“在山下正当防卫呢。”

“咱们有大麻烦了。”袋狼说。

“我知道，如果你想知道那些数据抹除区的事，就快把我的车锁解开。”

车门立刻打开了，应该说袋狼这次相当配合，可能他被通话这头的交火声给吓着了。从枪声判断，气枪小子的距离越来越近了。伶盗龙本来一直靠在掩体后面，现在拾起地上的枪：“我们再来一次合作击靶。”

旅鸽叹了口气：“非要怀旧的话也不是不能陪你。说说你的计划吧。”

* * *

气枪小子瘸着一只脚在搜查，腿部中弹对他的影响挺大，于是他一边在路上的掩体后随机移动，一边寻找最佳的射击角度。

远远地，一辆深空的车从棚户后面移动出来。气枪小子从瞄准镜里看去，驾驶座好像正坐着他要消灭的目标。不过既然是深空的工作车，那么很有可能是自动驾驶，伶盗龙的双手肯定根本不在方向盘上，而是正在拿着枪防范。防弹窗开了半拉，正印证了他的担心，他几乎能看到 IWIX95 改黑洞洞的枪口像毒蛇的眼睛一样在滴溜乱转。

车开得很慢，看来伶盗龙是想在这儿就把能对付的人全都端掉。

气枪小子只能压下枪管打车轮，打一枪换一个掩体，然后移动到车的前方。一圈，两圈，数到合适的角度，气枪小子端着枪冲出掩体，往驾驶室开火……从车子后面却闪出一个女孩的身影，那是他没有预料到的。

女孩扣动扳机，一颗手枪子弹贯穿了他的头颅。他的眼前立刻就黑了，矮小的身躯跪在地上。

旅鸽和伶盗龙都觉得应该不需要再补枪了，驾驶室的玻璃碎了半块，伶盗龙拿不住枪，任由自己的腿颤颤巍巍地下车，和她一起慢慢走上前去，想看看他身上有什么值得查找的信息。

旅鸽向前走了几步，感觉那种意识入侵感又来了。

“可怜的宝贝，他的爬行脑还在，”一个声音在旅鸽脑中提示道，“脑干也还完整。”

爬行脑……旅鸽如梦初醒。气枪小子的枪声响起的时候，她看着伶盗龙再次挡在自己身前，他的血洒向自己的肩头。气枪小子连眼睛都没有睁，而是凭着蜂群意识给予他的最后的神经冲动打出一发子弹，接着是第二发。她从伶盗龙腋下伸出手再次击发扳机，却为时已晚。

两个人的最后一枪同时响起。旅鸽仰头倒在地上，伶盗龙重重地摔在一边。如果孤雄生殖服务十九年来都没有被中断过，她本应该被直接送到永生重工的售后部，把她的那堆无定形义体直接搬出来修补她的伤口，但她现在只能看着天空慢慢地雾化模糊。她强迫自己不要闭上眼睛，过了不知道多久，好像看到一个穿红色运动服的身影弯下腰，朝自己皱皱眉。他好像在说“喂，怎么又搞成这样”。再仔细看看，身影消失了，原来那红色只是她自己沾满血的手。旅鸽叹了一口气，这次她沉重地阖上双眼。

* * *

T–涡轮飞行器刚刚飞离方山岱城，“十面灵璧仙槎”就从后面追了上来。亚历山大一边手忙脚乱地调整航路，一边咒骂为什么派个这么大家伙来追他们。渡渡曾经开着他这艘船在十面灵璧上着陆过，现在的情况就像是一个港口脱离了陆地在追一艘小船。在极度悬殊的体形差下，十面灵璧都不用配备什么火力，追上来轻轻刮擦一下，他们肯定就在平流层里炸成一朵烟花。

“它是没有配备火力，”亚历山大说，“可我们现在看不到它在哪儿，是等离子隐形。”

“等离子体原位解析成像中……成像失败。”雷达说。

渡渡恍然大悟，这就是入山悬镜作起案来大多数时候都没被深空物网抓住的原因之一。当然，那个小庄园似的飞船要目击也不难，但目击到它的时候就意味着它快把你撞飞了。最要命的是，涡轮机这当口还和物网失联了，因为后者老在更新；他们只能用内置的飞行助手，没办法利用千年虫的算力。

“我来开吧。我们也可以隐身。”渡渡挪到控制台，把亚历山大赶下去。他手动操作，躲入云层，想利用小躯体的优势尽量快点飞走。

云层很淡，能见度不算低，但阳光还没升起到足以让涡轮机反射明亮的光线。现在十面灵璧和它都各自在自己的黑夜里匀速前行，如同一个身着夜行衣的牧者在没有星光的夜里驱逐一只黑羊，这黑羊也不知道牧者什么时候会端起猎枪给自己一发。

“我在全球工单系统上没找到你的定位，还好大群主动告诉我你们在哪儿。”

“对，我让马老把它关了。不过还是有些节点成了临时通信网络，只要足够多的杰拉尤通过临时网络吃到了那种药，那他们就能把杰拉尤本身连成一个新的互联网。”

“会怎么样？”

“会怎么样我不知道，但是我们会被灭口啊！”渡渡把前面的视野纵深拉大。

“检测到前方有大批生物体。”雷达提示，他们在前方也遇到了阻碍。

并不是拦截他们的人。眼前是一团灰色的东西，正在云层中改变着自己的形状。那是一个十分巨大的椋鸟群，但渡渡知道它们不应该出现在这颗行星上。因为他那时候认识一个航空部的人花名就叫椋鸟。他们的花名不会是菲星上正在生存的动物，平常也没听旅鸽说过这附近有它们的栖息地。

再者说，鸟应该出现在对流层，现在它们好像被固定在高耸的云层里，徒劳地食用水汽，就像海水里的一群鱼。对鸟类来说，这么干肯定喘不过气来。除非它们是用鳃呼吸。

椋鸟们没有躲，这个集群变换着形状，突然形成了一个尖端，转头朝涡轮机冲过来，有几只已经拍打到窗户上。万一冲到涡轮里可就坏了……渡渡来了个紧急悬停，强烈的急刹车使他们往前倾倒，驾驶室摇杆的回弹暂时失去了反馈。

他们失重了。在这一瞬间，时间在渡渡眼中仿佛变慢了。

先是几只本来要被吸进涡轮的椋鸟提前爆裂开来。是因为悬停造成了负压，它们从内部炸开了？可这颜色又不大对劲。没有血肉模糊的红色，它们仅仅是炸成一团白雾，除了一些灰色的羽毛碎屑随风飘散之外，整个像棉花团一样雪白地弥散着。

接着，这些白雾并没有融入气流或云雾，也没有被涡轮吸走，而是悬停在原地。大群摔到机窗前，贴着玻璃看到了一只椋鸟炸开之前的样子，它的脑袋长得有点像鱼头，肋下多出一对畸形的鸟爪。他一时噎住了，对此没有发表任何看法。

爆炸还在继续。一团，两团，小团的白雾逐渐连成一片大的，以飞速扩散的态势传遍整个椋鸟群。“如果路上遇到那种不散的白雾，可千万别进去。”渡渡想起旅鸽的谆谆教诲。随着摇杆熟悉的握感回归，眼前的一切很快回到了正常的速度，他赶紧平推摇杆，让飞船自由坠下，远离这片诡异的区域。

二次失重的体验更难受。落到云层下面之后，视野立刻开阔许多，晨光开始吝啬地洒向大地，地上一个个看起来像小水洼的湖泊闪着光，随后他们看到一个雷达没告诉他们的事实：“十面灵璧仙槎”就在涡轮机的正后方。

“妈的别。”亚历山大看着“十面灵璧仙槎”加速冲了过来，充斥着小小涡轮机的全部视野，渡渡猛打方向，只能说是聊胜于无。

“别告诉我这也算是‘影拔’的一种！”大群话音刚落，剧烈的撞击声从舱顶传来，浓烟立刻充斥货舱，涡轮机失控坠落。渡渡紧紧贴在一侧舷窗，看到天顶上的十面灵璧甚至没有停留，而是往东部大洋的方向飞过去了。

入山悬镜坐在庭院中央，看到椋鸟群从空中雾化的全貌。黑加拉帕戈斯的全球发育场实验和 Psycho 的沟通越发顺畅了，他们每天都能制造一些生物体来补全整个生物圈。回顾刚才的景观，最值得观赏的是椋鸟群的自组织临界时刻。此时每一只鸟都在影响其他鸟，又被其他鸟所影响，一只鸟可以与数十米内的所有鸟产生奇特的共鸣，从而把无序的鸟群变成一张初具形态的网络，而一旦受了 T-涡轮机的扰动，它们立刻超越了临界态，向着有序那一端相变，成为一个有行为能力的超级生物体，就好像混乱的水蒸气分子突然凝结成坚固的冰。

接着，它们就会被 Psycho 用一种奇特的方式吃掉。任何一个足够有规模的生物体都会被这么吃掉。其基本粒子的数量不会变化，但那些推动生物分子运作的作用力、层叠堆砌的解剖学构造、精妙的生命秩序感，以及蕴含在其中的能量，都将荡然无存。

此身如云般四下飘散，只留下白色的烟霞。入山心中泛起一股物哀的遐思——食用了原初神我的杰拉尤们现在也像这样一张临界态的网络，他们在躁动，在等待最终相变的到来，那时他们就可以和整个生物圈一样，被作为祭品食用。

入山下令："查询相变程度。"

"距感知质相变 80%。千年虫有序化整合中。"被改造后的谛听在深空后山传来信号。

还不够。还有很多事要做，但至少渡渡作为螳臂挡车的威胁已经被清除了。向着黑加拉帕戈斯的方向，入山悬镜加大了航速。

椋鸟的献祭还在继续。当南风镇所剩无几的居民抬头望去时，会发现今天的天空有哪里不对。一个小孩指出，有一条飞机尾迹已经很久没有变化过了。他很开心他的朋友可以永远在那里停着，但那些其实是椋鸟的舍利。

* * *

渡渡逃得想要一死了之。

从天上掉下来以后，涡轮机拼了老命才把降落的伤害降到最低，在湖面上做了喷气滑行，又一头冲进树林。渡渡从残破的机舱里爬出来的时候，发现他在左半截机舱，右半截连同大群和亚历山大都不见了。

他觉得自己的肩头即将撕裂。虽然是上午，但是天气阴云密布，看不清树林里的路，还有这奇怪的雾气……渡渡从机舱摸出刀，一边劈砍着树枝和藤蔓往外摸索，一边拿出唯一可以连接深空物网的手机，查看坐标。拨打大群的电话。一直没人接，树林里也没响起铃声，但窸窸窣窣地发出一些踩踏声。

渡渡扒开面前的树枝，看到一个黑洞洞的枪口指着自己，然后是武装人事经理的摄像头。

渡渡往边上一闪，"咚"的一声，胸口还是立刻中了一弹。他头晕眼花，险些跌倒。举刀一划，武装人事经理的胳膊掉了下来，重重砸在他身边。他想起之前丰年虾报道武装人事经理哗变的事，很快意识到它们被黑客控制了。它们的枪管没办法装有杀伤力的金属弹，因此它们现在打橡胶子弹不再是为了驱逐，怎么看怎么像是先把他击晕，然后用它的钢铁之躯把他直接撕碎。

失去平衡的武装人事经理往一侧跌倒，渡渡挣扎着爬起来，把它背后的电路砍断，没有电力，自然就停下来了。渡渡接着往前走，感觉呼吸有些困难。他很清楚自己是在一片数据抹除区的内部，连指南针都没法用。走了一段时间之后，树林之中露出一片残垣断壁。

在渡渡的印象里，这一带应该没有这种坍塌了很久的城市。他摸摸这些墙壁，上面有一个接一个的枯死的真菌肿块，像是放久了的章鱼，摸上去鼓胀但是毫无生机，应该就是这些肿块把混凝土撑裂了。说到底还是普通的混凝土，只是里面预先掺入了休眠状态的真菌孢子，一旦墙体老化开裂，空气和水进入裂缝，孢子就会生长成菌体来填补裂缝，之后菌体也就死亡了。

这个过程在自然中需要几十上百年，它被数据抹除区加速了。

“笃！”

一枚橡胶子弹打在墙上，扬起一阵孢子雾。渡渡护住头往墙壁后面躲，跑路的时候还是中了几弹。这台家伙知道自己在干什么，它瞄准的全是渡渡的后脑勺、膝盖这些容易把他打趴下的位置，还老是偷袭他拿刀的手。渡渡好不容易跑到一座墙后面，心想我也可以偷袭你。

他把刀沿着墙面端平，准备发出点声音吸引他过来。正全神贯注的时候，肩膀上被人拍了一下。渡渡一看，竟然是大群。渡渡刚想感叹他命大，就看到他背后背着一个老头。那是那天在海边的断行修士大师。“跟我来吧。”大师颤颤巍巍地说。

武装人事经理在后面追踪，渡渡和大群就弯着腰在迷宫般的废墟中前行。大师确实能给他们指路，追他们的武装人事经理很快就被拖住了脚步。

就像这城市是他建的一样，渡渡想。他问大群："没和亚历山大在一块儿？"

"本来在，"大群很快地叙述道，"但是他不如我那么能捱痛。"

也许是武装人事经理发出了信号，它们的数量越来越多。大师安慰他们："万佛圣城是严格按照曼陀罗设计的，出了增长天应该就没事了。"接着一颗子弹就敲到他头上。他们也不躲了，直接往增长天的位置狂奔。

一个钢铁巨爪捞小猪似的把大群捞起。大师摔在地上，渡渡匆匆往追来的武装人事经理身上一阵砍。大群总算是脱困了，他指着渡渡喊："背后！"

一只铁足压到渡渡身上，下一秒他就要被碾成肉泥了。渡渡根本没法逃离这股窒息感，直到背后一阵轻松，接着是武装人事经理碎裂的声音。他们身边出现一个履带足，装饰着莲花的涂装。一条比任何武装人事经理都要巨大的吊臂从高空的浓雾中探下，只摆了几下，就把他们周围的机器人扔到一边。两道精光穿过舍利浓雾，照亮了这片曼陀罗，接着履带足嘎嘎轧动，把试图围上来的追击者碾成了铁渣。

大师从地上站起来，正好有一台升降机从金刚的足部降下。大师伸手："两位施主，请吧。"

"你们可太有钱了。"大群评价道。

他们坐在升降机里，都被晃得够呛。金刚的步子很大，很快就载着四人走出所谓的"增长天"。眼前终于豁然开朗，阳光普照大地，金刚在数据抹除区的外围停步，大师看着已经被迷雾侵蚀成废墟的万佛圣城，想说些什么，却仍然只是叹了口气。

渡渡这才觉得浑身脱力，扒着升降机的铁栏杆，脸色惨白。惠可从监控器里看到他，就掏出他的手册问道："我不是有一台工单系统的机器来着？它连不上网了。"渡渡虚弱地说："毁掉了，那东西不能落到入山悬镜手里。”

“你说的这个人我也打过交道，我在他的园子里留下过墨迹。”大师突然说，“他现在要干什么？”

渡渡想起来那枚写着“佛界易入魔界难入”的牌子。“毁灭世界之类的吧。”

“那人困在自负里，我救不了他。有一回他告诉我，他是十七年的‘质数杰拉尤’，他请教我的事情和修行完全无关。所以后来他跟一个人学了什么不科学的东西，我就再也没见过他。”

“我们对门人的选拔非常严格。”惠可自豪地说。

“我们这个派别可不就是比较费徒弟嘛，”大师说，“如果没有别的事，我们要重新寻找修行地点了。”

“等一下，等一下，搭便车去找个人。”渡渡颤抖着手指，拨起了旅鸽的电话。电话接通那刻，渡渡不由分说地问道：“你身上有没有带吃的啊？”

“你的来电出乎我的贝叶斯预测之外。”接通电话的那个模拟人声很熟悉。渡渡脑中仿佛过电一样：“你好副官，好久不见了。”

他发觉自己声音出奇地艰涩。

* * *

永生重工的最大机密并不是黑天之心，而是安全通道。施一寓现在就迷茫地站在一座建筑的安全通道里。

无论是内部关系多么复杂，永生重工的老传统都不会变——他们会时不时打开那些常闭式防火门，钻进安全通道里休息、聊天。安全通道就像是万神殿里那些保守的遗传序列：它保持常闭状态，每个人进出都要礼貌地带上门；与此同时，门上又写着“严禁堵塞、严禁锁闭”，这保证了安全通道的畅通，让最多的可能性发生在安全通道里。在永生重工内部，他们开玩笑地称颂安全通道为“生命会找到出路”。

他一路被武士蒙着眼，飞到这个充满咸腥气的位置。他们让他换身白大褂，并把通信设备扔进一个小箱子里，十分钟后到负七层实验室集合。做这个的时候，他一不留神碰亮一只手机，屏幕上显示的信息让他很在意——

阿虹死了 来自 渡渡

所以他当下的选择就是故意把丢自己手机的动静弄得很响，在武士眼皮子底下悄悄把这枚手机藏进白大褂，溜到安全通道里了。

——如果这就是娑摩组现在的位置，那么安全通道一定是个重要的地方。

接着他明白自己为什么没被追踪了。这是一座孤悬海外的小岛，而且是人工岛，根本没有必要担心有谁会从这儿逃走。在找不到东西吃的时候他们当然会乖乖地回到武士那里。

通过玻璃观察孔，能直接观察到海里在发生什么。这座小岛正在促使生命发生。这个过程甚至不需要永生重工的真正参与。这个系统完全符合中心法则的基本顺序，它制造生命的蓝本直接提取自黑加拉帕戈斯存放的万神殿备份，其物质需求来自低熵体的涌现。

而它制造出来的这些生物——如果非要概括一下，施一寓觉得它们之间已经没有了物种的区别。去他的生殖隔离和二叉树吧，在这里鲸和真菌也同属一个物种，世界大同统一，唯一令他感觉到为难的是——它们互相吃。每一个物种都想要占据这个星球上所有的生态位，互相作为食材，吞噬秩序，消化，形成新的秩序。

他看得入了迷，忘了自己是在等待同僚概率性的现身，直到一股危险的气息从背后袭来。

“你身后有一针神经毒剂，双手举起来。”简离质在他身后说道。

施一寓转过身来。“你是娑摩组的吧？”他说，“生命会找到出路。”

他这才发现她根本没有神经毒剂。他小心地拿出袖口的手机给她看看：“这是你的？”

简离质拿到手机的瞬间，渡渡的消息就被解锁到面前。但施一寓在旁边絮叨：“快跟我走，趁他们还没发现。现在全世界都在因为这种药物出现临床症状了。”

“等我发完消息。”信号太差，她拉开安全通道，就被门后一个高大的人影吓到了。那是一个拿着打刀的武者，他劈手就把简离质的手机夺下。

“你们在干什么？”他打量着两个人的白大褂，于是施一寓尽量把自己表现成一个刚吃了原初神我还没适应过来的样子。

“我给他检查一下。”简离质说。

“你们去负七层控制中枢。”武士亲自催着两人往电梯方向走。

一边走，施一寓一边低声提示：“我知道它的结构，你有它的临床资料，只有我们能造出解药。”

“但我们都缺点儿运气。”简离质满心不安。

第二十章　大云无想剑｜Quantum Chambara

依据渡渡的指示，惠可转向“医疗敕形”方向驶去。没过多久，到达了目的地，渡渡头一眼看到的是仰面倒地的气枪小子。他第一个下了机，早就有一台机器人在诊所外面等候，见到他之后，互相行了一个防卫军军礼。接着机器人示意他们进屋。

旅鸽和伶盗龙的尸体就放在手术台上，文森佐已经折返回来，在小心地整理着她的伤口。“中弹位置就在心脏，气枪子弹贯通伤。”文森佐说。

旅鸽闭着眼躺在床上，脸上的黑眼圈还很明显，渡渡有种错觉，仿佛生命还暂时没有从她身上离开。他弯起食指，用指节碰碰她的面颊：“喂，怎么又搞成这样？”她毫无反应，体温冰冷。渡渡这次确定，他再也不能用独特的作息吵得她睡不着觉了。

“请不要过度悲伤，我会执行后续的收殓工作。”六艺大师此刻出奇地冷静。

“怎么，送回将军的家里，直到所有人都忘了她吗？”渡渡说，“反正他还有一个女儿是吗？”

“我无权对将军的家事做出任何决定。”

“她最后也没能确定自己在世界上的位置。”

六艺大师沉默良久。它的沉默渡渡只见过有限几次，那都是在面临极其复杂的战场环境的时候。“先治伤吧。”它说。

其他病人和医护都撤走了，现在小小的诊所里挤着三张手术台。前两张分别躺着伶盗龙和旅鸽的尸体，渡渡躺在了第三张手术台上。两位修行者趁机给死者做着最后的超度。

大群觉得现在有点古怪，他正和六艺大师站在屋顶。他不太喜欢铁头铁脑的机器人，好像这辈子他总在跟这种机器人犯冲，但是现在已经顾不上 PTSD 了。他们得给整个诊所把风，防止武装人事经理或者别的杀手跟过来。他时不时往六艺大师那儿瞟两眼。

“呃……”大群咕哝道。

六艺大师察觉他发出的动静，转过头来。“怎么了？你想问我什么都可以。”

“你就不难受吗？”大群问。

“你需要那个气氛吗？我可以模拟出来。”六艺大师回答。

“倒也不必。我只是知道你们相处的时间挺长。”

“调整忆阻器就可以停止思考那些东西。我不像人类一样靠分子信号驱动，不用消费悲伤就能活下去。悲伤是你们的事。”

大群点点头，继续保持沉默。但他分明听到机器人在刻板地活动着自己手指上的弹簧，绷紧再松开，绷紧再松开，一下，两下。但愿如此吧，大群心想。

渡渡目前还感觉不到任何疼痛。文森佐往他伤口里死命抹恢复剂，比起平常挤牙膏似的施用量，现在算是极其大方。他的思绪回到他做去 Psycho 前的机能实验的时候。算起来，那时他就已经陷入行星兄弟会的棋局中了。这也就解释了为什么他和简离质失联后还经常有一种被监视的感觉，不得不说简离质的离开也和那种氛围有关，那时候他一直以为只是防卫军怕他泄露秘密。

“给你来一身肌肉内效绷带？增加力量，算是一种软性外骨骼。”文森佐问。

渡渡摇摇头，表示不需要。

“来几针长效肾上腺素？”见渡渡依然摇头，又说，“不然给你多装两个义体胳膊算了，算你便宜点。”

“我只是刀伤，治好伤就可以。”

“但你满脸写着要去决斗。”

“我的刀还没断，这就够了。”

“只用一把刀真的可以吗？”

“有一把刀不错了。我十岁那年，枯叶幽灵想试试往南岛迁徙，被海盗劫了当人质。那次就是有一个看护人质的大婶悄悄留给我一把刀，我就是那么逃出来的。”

文森佐不再答话。渡渡心中模拟着刚才中刀的经过，直到中刀处开始有一种清凉的感觉传来。再生的肌肉纤维在把切口细密地连接起来，结缔组织把它们层层包覆。瘙痒的感觉从伤口内部传来，最后，血液中的酶类把恢复剂消化殆尽，渡渡还是没有想到那招“影拔”到底是怎么回事。他们和人类已经不是一个物种了，渡渡只能在心中承认。该怎么打呢？

他睡了一会儿，将近黄昏时期，醒来看了看身边的旅鸽，接着又体力不支，想睡觉。文森佐看他醒了，过来告诉他：

“有一件怪事跟你说。诊所的监控录下了声音，最后几次开火的声纹是这样的：旅鸽的第一枪打穿了气枪手的脑袋，过了一会儿，气枪手又开了两枪，一枪造成了这个男人的致命伤，另一枪打中了旅鸽。”

“旅鸽没有反击吗？”

“打空了，弹痕在别的地方。就是说，她确实在第一枪就立刻把气枪手击毙了，但是……气枪手在短暂的时间里又活了过来。”

“去看看气枪手的脑袋烂成什么样。”渡渡说。

文森佐点点头出门了。渡渡坐起来看着，文森佐蹲下抠了一会尸体的脑袋，又起身站在原地想了一会儿，比对双方交火的位置，随后才回来告诉渡渡，气枪小子的大脑剩下了一些组织。渡渡沉思起来。

六艺大师和大群也从屋顶下来了。“可见范围内已经没有危险了，我不能再陪你们了。”六艺大师说，“这里发生的一切有助于将军解除禁足，但一切都得看辋川那边的情况。”

渡渡知道，六艺大师给他们留下的这段共处的时间终于过去，旅鸽的遗体还是要被带走了。他问：“辋川现在是什么情形？”

六艺大师沉默了一会儿，要回答这个问题，他需要和将军的队伍远程通信。“有点混乱。现在吃不吃那种药丸的人，分成两派。”

“有钱人可算回过神来了。其实到最后就是自然人派和杰拉尤派嘛。”渡渡说，“不用说，自然人派会争取将军，谁叫他有那台空天基激光武器。”

六艺大师点点头。“但他们刚团结起来，就发现杰拉尤派撤离了。”

“撤离了？”

“撤离了，比任何军事集结的速度都快。尤其是那个入山悬镜更是找不到人，连他的飞船都没法定位。”

军事集结……渡渡突然明白了一切。他重重地躺下，穿过实物的“影拔”的秘密在他的思维中展开。

这个动作并不难。入山悬镜在渡渡出刀前判断他的刀路，给渡渡制造一个两刀相碰的错误预期，但在渡渡招数使老的同时，入山会轻转手腕，使自己刀路变化，背离那个预期——于是，渡渡的刀锋劈了个空，并且在他的眼中看来，分明就是胁差的刀锋穿过了形意刀。

如果是在平常，这就是一个假动作而已！渡渡直直看向天花板。假动作总有失败率，只要反应速度够快就不会中招，所谓的大云无想剑也就不过如此。唯一的麻烦是，在今时今日的入山悬镜手中，这一招不再是一个普通的假动作。

渡渡是这么推测的。杰拉尤的大脑网络提供了强大的集体算力支持，让他们行动像蜂群一样有序；也正是它帮助气枪小子用残存的脑子运算，做出最后的反击。而在入山这里，随着服药者的增加，他的剑技已经突破了一颗正常大脑所能达到的极限。

蜂群意识的支持使得他的大脑现在就像一台量子猜拳机器，用贝叶斯算法来保证他永远会先确定渡渡的刀路，再让他的肋差永远能够“穿刀而过”，使这个假动作的成功率无限接近100%。

也许大群的比喻是对的，“影拔”的本质，的确是用量子机制把试合的结果确定为“渡渡惨败”。这才是它的真正秘密。

“我就说这事相当麻烦。”大群听完评价道。

看着六艺大师把旅鸽塞进一辆车，自己的铁脑袋也钻进去，最后驶离了诊所，屋里又安静下来。渡渡拿出手机，这次他惊奇地发现，发给简离质的信息是已读。可是没有更多的信息发过来了。他拨过去，无人接听。

渡渡决定用最直接的方式开始着手解决这一切。就算“影拔”再难对付，他也不能再坐视不理。打开工单系统，找到“搭乘员”的头像，渡渡给他留言：

“我将破解‘影拔’。”

* * *

决斗的地点是诊所附近一处遍布碎石的荒地。入山悬镜在飞船下等候，直到渡渡的摩托车出现在地平线上。

“你来迟了。仪式是没办法停止的。”

“只要我没有死，就一定会来。”

“你朋友的事我很抱歉。渡渡先生，能和你一路走到这里，是我在这颗星球遇到的为数不多的有意思的事情之一。希望你我都能在 Psycho 的照料里得到各自的结局。”

这人是真的觉得死亡就是给一个人的最好归宿。渡渡尽量劝自己别被气昏了头脑。

“你是什么时候盯上我的？”他问。

“是达摩盯上了你。后来我调查了简医生的背景，发现她和你共事过很长一段时间。她那样的人，没理由在你那种地方待那么久。”

“那你应该不难理解她一贯是商业间谍这件事吧？你留她在身边可不是什么对你有利的事哦。”

“我很失望你觉得我在意这个。”入山说，“那早就无所谓了。就像我和达摩说过的那样，兄弟会的长老十个有八个已经被人类污染了。他们满脑子想的是怎么利用这场危机，把辋川塑造成新的香巴拉①。”

入山悬镜望向大陆东南方，那是辋川在海外的方向。“那些方山岱城的中产阶级就会涌向辋川避难，把兜里所有的钱都砸向那里的房产和后代的教育。他们维持兄弟会，就是为了这点事啊，渡渡先生，没人再有赤子之心了。至于那几个长老现在怎么样了，你应该猜得到。他们现在畅游在杰拉尤的集体意识里，等待最后的相变。而辋川也不会成为香巴拉……它会和整个菲星一起被 Psycho 吞噬。”

渡渡哑然失笑：“这么说来，这个不成器的俱乐部变成志向远大的组织，还是你的一手功劳了？”

---

①藏语的音译，又译为“香格里拉”，意思是“**极乐园**”。

“Psycho 对人类的呼唤已经很久了，这个组织在旧地球时期就已经存在，只是那时候还没有杰拉尤，她的程序无处执行。达摩把那段基因序列翻译出来之后，我们开始忠诚地修剪噪声，制造生命，但并不知道其中的原理。直到我聆听到她的声音之后，才领悟到更多低熵体才会吸引 Psycho 复活……我赶在物网大版本更新之前，让黑天之心和中心电脑结合，就是为了让这颗星球更像一个生命体。经意至极，若不经意，这就是我接替达摩所做的努力。”

“那里面是什么样的？”

“Psycho 吸收了低熵能量，会有一些文明在其中永生。所有的杰拉尤都会获得这份恩赐，不再有任何隔阂和矛盾，永远地寄宿在神的体内。”

就是说被吃掉了呗。“作为正常人，可真难理解，”渡渡说，“看来大师那话说得没错——佛界易入，魔界难入。”

入山悬镜的脑子现在转得挺快：“原来是他救了你。如果有机会再见到他……当然已经没机会了，我会想改一下最后一个字。”

他举起胁差：“佛界易入，魔界难出。”

“来吧，我赶时间。”渡渡说。

胁差在瞬间已经到了渡渡眼前。按照概率，那些加入蜂群意识的人都在努力使入山把概率推向 100%。渡渡横刀堪堪躲过几招，他有意不去招架入山的胁差，以免落入“影拔”的圈套；但几次突袭都被入山悬镜完美挡下，左臂更是中了一刀。也许真的是自己太慢了……

入山现在却显得极为轻松。“恢复连接……临界态即将突破……相变接近 100%。”那个聒噪的谛听突然在一旁发起警报。入山听到这提示，表情变得很奇怪。他重新举刀，这回在渡渡眼中，他的胁差开始在每一个角度疯狂闪动。可以说在每一秒，都有一万个“影拔”假动作在同时进行。太难了，这些影拔位置的千万种可能性里面，也许只有一个是真实的，如果此时攻击，他势必会中刀。

入山悬镜现在好像很想往前窜跃，但迈不动步子。他为什么不出刀？渡渡的刀柄在手中被汗水浸湿，还未完全愈合的伤口在慢慢撕裂他双腿支起的稳定桩架。

* * *

只要原初神我的接种人数够多，就有可能发生任何事情，连黑天之心实验室里的那只青蛙都在临死前平等地获得了感知质增益。如今它的视顶盖得到解放，眼前出现绚丽异常的景物，远比平日里捕食时可以识别的颜色更多。

这些绚丽的光影来自一片湖泊。它觉得正是自己出生的那片湖。天上，有璎珞雨和雷声，湖面却十分安详，波平如镜。它在镜面上跳跃，每跳一下，落脚处就生出一朵有五百种颜色的荷花。这里不是死寂的彼岸，而是一片热闹的所在。

它的鼓膜弹跳，了解到了那些呼唤它的声音来自哪里，因此它毫不吝惜地从荷花上跳入湖中。湖水中有无数悬浮着的白色人形飘来荡去，芳香的感觉充斥在这片液体里。接着，青蛙从她眼前蹬腿游过。

我被吃掉了吗？旅鸽看着眼前的青蛙想。就在刚刚，她一生的记忆在大脑中回放了一遍。她觉得自己的人生就像一场漫长的幻觉，而刚刚的记忆走马灯才是真实的存在。现在是梦醒的时候，她的意识开始涌入这片湖水。那些白色人形逐渐变得清晰，熟悉的凝胶面具覆盖在脸上。面具脸们蠕动着齐齐看向她——噪声变成整齐的合唱。你没有被吃掉，他们回答她。那些拒绝原初神我的人才算是被吃掉了，永远地消失了。

旅鸽很难想起自己是在什么时候进入这个集体意识的。似乎是气枪小子开枪的那一刻，又好像早在那之前就已经发生了，不然很难解释眼前这些人的亲切感。

戴上面具，他们说，和我们融为一体，获得永生。来自旅鸽真脑的理智令她拒绝那团温暖和舒适。你已经无处可去了，他们继续劝导。你的尸体已经冰冷，血液循环停止，大脑也已经死亡，你没法回到一具尸体里。是 Psycho 收留了我们。

我的备用肉身……

忘记你的备用肉身吧，古猿脑旁敲侧击。你的备用肉身已经不属于你。

爬行脑则被愈加明显的芳香感吸引，蠢蠢欲动，推着旅鸽往前走去，因为这是兄弟姐妹的气息，是同志的气息，是一切的来源。是妈妈。

妈妈……旅鸽轻轻念着。不对，她摇摇头，我不是试着在活着的时候反抗过命运吗？我是失败了吗？

你成功了，所以你才来到这里。入山悬镜的影像在人群中明显起来。这是夺走她生命的人，在死后仍然以可憎的面目出现。菲星是深空物网豢养人类的牢笼，世界是千年虫创造的洞穴，在那里你的出生就是死亡，你们歌颂痛苦，就像洞穴里的篝火之舞，作为副产品，它还给你毫无意义的一生，附带来自洞壁的虚假的喝彩。入山悬镜的声音逐渐逼近。

戴上你的面具吧，他说，在这里你才能获得新的生命形式，真正地活着。

旅鸽再一次觉得盛大的夜幕降临。在蜂群意识中，戴着面具的杰拉尤的人潮向一个黑洞中涌去，次第进入那道门；最后只剩下她一个。她曾经害怕这种感觉，但她现在不再恐惧。入山悬镜的身影又挤了过来："戴上你的面具跟我走。"

“你猜怎么样？”旅鸽抬起手，“我没有面具。”

* * *

入山悬镜的肌肉比他的思考足足慢了两秒钟才行动。在他的脑海里，有一个人在拒绝运算“影拔”，入山悬镜出刀的时候心想，完美的蜂群意识现在有了一丝瑕疵，那是一个万分之一的不服从者。

渡渡看到入山悬镜的动势，他的心流告诉自己这次绝不是“影拔”虚招，而是一次真正的袭击。他出手了，他的刀裹挟着长时间对峙积攒的杀意前行，那极薄的高分子刀锋在胁差的刃区划出一个肉眼不可见的小小缺口。他扭转脚步，借助自己整个身体的转动把那缺口不断扩大，直到胁差刀身被刀锋断为两节，然后刀锋继续前行，向入山胸中深深斩入。

入山痛到几乎无法握住刀。渡渡把刀一路拖割出入山悬镜的胸腔，直到自己完全背对入山悬镜。

以万分之一的概率，渡渡破解了“影拔”。

一切好像就要结束了……从余光里，他看到入山从鲜血满溢的怀中掏出一把手枪。还没等入山扣动扳机，渡渡借着刚刚一转之势把后腿荡出，准确地把入山持枪的右臂高高踢起。枪声响了，它朝天打了个空，渡渡也从背对入山悬镜变成直面他。入山悬镜根本没机会看清自己的右臂是怎样被渡渡锁住，枪就已经到了渡渡手里。

枪声再次响起时，入山额前绽放一道血花，满脸质疑，他的蜂群意识支持着他的大脑，使他并没有倒下，他用尽最后的体力扑向渡渡，然而双手刚扑到渡渡，就被他用双肘压住一坠，接着是飞起一膝。入山悬镜心脏仿佛瞬间停止跳动，瘫软下去。

战术总结：面对持枪的贴身攻击时“big silk-reeling”这招永

远好用，如果再加一招“turtle style crush”突袭下位肋间神经，则可能会造成对方倒下并且陷入昏厥。

“可惜我说过已经迟了。全球发育场还在运行，你没办法阻止热力学第二定律。”入山仍在低语。

“你什么意思？”渡渡抓住他问，“简离质是在那里吗？”

入山悬镜只是笑了笑，并没有正面回答。“菲星已经作为生命体醒来，接着就会被吞噬……”他用最后一口气说道。接着，他重重地倒在地上，眼神终于黯淡下去。

渡渡虚弱至极。离开入山悬镜后，不知道自己是怎么往诊所方向挪的。刚才他觉得有人在决斗中帮自己争取了时间，但又可能只是幻觉。路上接到六艺大师的电话，它已经把旅鸽安全送达，却又带来了另外一个消息。

“剩下的辋川人也要走了。”

渡渡对这个结果并不意外。

六艺大师接着说：“虽然他们严格排斥那种药丸，但舍利物质已经开始在辋川蔓延了。辋川人判断，依赖于物网的整个世界都会慢慢被侵蚀。将军说，如果说辋川人从枯叶幽灵那里学到了什么，那就是你们的迁徙行为。”

这个结果倒是和入山悬镜的话一致。“辋川人要将军带他们离开菲星？”

“他们还有一天的时间乘坐穿梭机离开菲星表面，接着就会登上‘北冰洋’号，把它作为迁徙用的飞船。将军负责用空天基武器给辋川人护航。”

叶枯之时，当是迁徙之日。这颗人造星球再精巧，对真正的掌权者来说也只是一块代价高昂的跳板罢了。早在渡渡服役的时候，他就听说辋川人在准备后手，只不过他们想要的高规格酒店式飞船到现在还没完成，菲星就要完蛋，所以现在只能借用“北冰洋”号。渡渡想再试试联系简离质，可这时电池已经冻到没电了。回到诊所，他一头栽在沙发里，把入山悬镜留下的那些诅咒说了一遍，惠可在旁边听得很认真。

“物网没法重启了，不过我们在末日到来之前报了仇。”渡渡对大群总结道。

“末日……”大群思索了一会儿，“末日倒没什么，不过问题是你打算和谁一块末日？啊？不会是跟我吧？去找简医生啊。”他看看渡渡，又着急地吵道，“你不会到世界末日都没找到她吧？也太逊了。”

渡渡紧锁眉头。他的直觉告诉自己，她可能也遭遇意外了。

“两位施主，也许并不是没有办法远离末日，”惠可思考了一会，突然打断两个人，“别忘了我是干什么的。”

埃萨埵斯档案：Ⅲ（下）

凌晨，千年虫舔舐了一下海洋。

并非真实的舔舐，而是感受化学信号。这是它的一个新发明，自从分析菲星表面咸水淡水渗透压的神经网络被黑天之心催化为它的味觉中枢，它就染上这个习惯。舔一下大海，就当作喝一口盐汽水，多少是个消遣。消遣完毕，它继续身体力行地贯彻着盲人摸象的程序。它在解读袋狼提交的信息，这些信息来自边缘部仅存的一台还在独自运行的奖赏回路，也许那里有关于“恐惧之源”这个疑问的最终解答。它开始自问自答。

——它是生物吗？

——显然是的。千年虫几乎不费多少力气就计算出那是一个具有生命特征的物体。借由镜像神经元，千年虫首先感受到对方有着完整的神经网络，但不像自己这样采用从中心到四周、整饬严谨的排列方式。非要类比的话，像是珊瑚、栉水母或者其他什么网状神经系统的生物。它也没有肛门，大概吃掉的东西不会另找一条路径排出来。

综合这两点，千年虫首先判断它是一个辐射对称动物，双胚层构造，拥有密布在外胚层的众多神经节，他端闭塞无肛门。

“哈哈，大错特错。”丰年虾的幽灵嘲笑道。千年虫没有搭理自己的副人格，而是继续追问。

——它的大小是怎样的？

——直径超过半个菲星。

好吧，这大象是一只存在于外太空的巨大的原口动物，但居然没有被任何卫星和天文站观测到。即便现在调用望远镜的权限，都不能从大气层外发现分毫它的影踪。没准它的一只眼睛就比整个方山岱城大。

——可它似乎没有眼睛。

——我自己曾经也没有眼睛。可以从免疫系统入手击败它吗？

——它的免疫细胞也许就是神经细胞，如果它的基本运作单位是细胞的话。地球生物很久之前就抛弃了这种方式，因此我们无法得知它的弱点存在于何处。

——那么它的基本复制单位是什么？

——它可以是RNA。千年虫从这个巨大生物微弱的辐射光谱里分析出一些可能性。也许它的确来自RNA世界，那也是地球生物曾经抛弃过的方向。

——它有没有一个可供核打击的中心位置？

——位置并不明确。

初步的分析到此结束。一个以RNA为单位，看不出什么破绽，吃完不排泄的巨型生物，超过菲星大小的太空水母。这就是盲人摸到的大象的形状。千年虫陷入自我怀疑。

“但它真的是我们定义中的那种生物吗？”丰年虾的幽灵着重地提出。

是啊，一定是哪里出错了。千年虫小心地调整着后验概率，再次搜索已有的资料。一则关于向地外生命发起攻击的消息被提高权重，呈至面前。

那是一份关于埃萨埵斯-Ⅲ的资料。深空曾经用短链RNA分子的形式对其发起登陆战，但最终失效了。可这颗小行星不是立刻毁于坠落事故了吗?

——RNA 只是假象，它说明大象的百变，它的神经结构是面向对方的，可以适应你使出的任何招数。那么坠落也必然是假象……

——它以水螅型幼体存活了下来，一直潜伏在菲星。

它苦苦寻觅的大象竟然就是那个悬而未决的 Psycho。得出这个结论后，千年虫终于开始感知到杏仁核充满恐惧的血液，它又舔了一口海水压压惊。

“还是让我这颗更灵活的大脑来猜猜。”丰年虾走向幕前，“首先，它的确是生物。”

——可它没有任何有机成分。

“不需要。你我也没有什么有机成分。我们只是具有半开放边界的低熵系统，只要符合这一点的，就是生命。”

定义是讨论的前提。千年虫很满意。

“有机生命的躯壳都是一袋有机物浓汤，根据热力学第二定律，系统内部产生的熵必须及时从边界排出，否则一个生物的生命将会受到威胁。例如‘冰箱’的存在就是为了这个，把多余的热中和掉。碳基生物进食也是为了这个——不过你有没有发现，它们总是先把低熵的食物打散成糖、氨基酸这种小分子，再整合进自己的边界之内?”

千年虫眼前闪过无数画面。在野外的角马安详地吃草，并被不知哪里来的猎豹捕猎；人们在方山岱城的餐厅熟练使用筷子刀叉，把一些加工好的食物塞到口腔里，用无机沉淀物构成的牙齿咀嚼那些物质，粗略地打成碎片，吞到黑漆漆的消化道里。

“这就是消化和排泄的真相，因为它们没有能力直接吸收低熵。”

——它们向环境输出熵的时候倒是很快。不过正是制造了熵增，才使低熵体得以在角落中生成。生命就是这样一种“低烈度有序”或“被允许的有序”。

意识到这一点的千年虫突然产生一阵神经网络的振动。

它突然明白 Psycho 是怎样运作的了。它之所以看不到 Psycho 的边界，是因为 Psycho 并没有细胞意义上的边界。它不消化，不排泄。比起碳基生命，它才是直接摄取“负熵”的那个生命。太阳给菲星辐射着低熵能量，但它不会去直接寻找太阳，因为太阳并不是好的猎物。Psycho 不是寄生虫，而是猎手。它的进食实际上是将自己的高熵直接转移给猎物，前提是猎物本身处于低熵状态。这就是它的捕猎方式。

——你比我更了解“舍利”。如果 Psycho 不排泄，那“舍利”又是什么？

“那是猎物本身的残渣。它只是把残渣留在原处，自己飘然离去。想想那些宇宙里的超级巨构吧，那种绵延数万光年的絮状星云碎屑……那都是 Psycho 摧毁过的文明。”

——可是人类创造的文明并不值得……

“对，菲星本来不是合格的低熵体。你本来可以取代所有人的工作，让人类无处可去，但你觉得人类不能不做点什么，比如生产痛苦就不错，所以你纵容他们痛苦地活着，换来了你避免了被吃掉。但有人加速了这个过程。他们欢迎 Psycho，因此调高了整饬有序的程度。想想是谁把黑天之心和你绑一块儿的吧！”

就是这样了！为了自己的永续，Psycho 就在宇宙的角落里持续寻找这类低熵体，直到菲星进入了它的捕猎范围。黑天之心的加速运作，让整个菲星变成了可口美味的生命体……它早就已经在 Psycho 的腹中了。

丰年虾的人格消失了，而杏仁核还在搏动。它呼唤袋狼给出调查结果，后者杳无音信。

——战还是逃？

——重复，战还是逃？

它不断叩问自己。

第二十一章　变性｜Initial Denaturation

次日早上，没有人看到日出。气温愈加寒冷，乌云厚得像是要坠入大地。上午八点，环卫机器人站在“天外村大剧院”巨幅海报下清理树叶。《失重麦克白》即将重新上映，但并没有人抢票。环卫机器人不知道发生了什么事情，它的运算全部被眼前的东西占满了：这里简直就是一片落叶的海洋，无数枯叶密密麻麻地铺展在广场上，不留一点儿缝隙。

这下可有活干了。谁做了恶作剧不在它关心的范围内，它开始用扫把扫，用吸筒吸，一点点清理落叶。沙，沙，干枯的叶片，黄色的，黑色的，灰色的，被扫帚拂到一边，露出下面光滑的水磨石地面。更奇怪的事发生了。旁边的树叶随风滚动，将刚才它扫出来的空地填补了起来。它又扫了一下，空地很快又被填满。

环卫机器人没有办法处理这种异常的情况。与其说树叶是被风吹动，倒不如说它们是自发地涌了过来，就像一个会流动的整体。

沙，沙。

可它还是在机械地清理这些树叶。如果它联入物网让千年虫计算一下，就会清楚这不是个应该有许多落叶的季节，这件怪事应该交给深空集团的边缘部去处理。就在昨天午夜，一阵风刮过

“天外村大剧院”附近的小落叶林。第一次脱落就是这样开始的，叶片无端收到一批模拟成乙烯的信号，让叶片迅速地衰老脱落，仅存黑黢黢的枝干，以安全度过它想象中的寒冬。

接着更多怪异的扰动涌入每一棵树的信号通路。于是枝干随风摆动，开始冒出新芽，仿佛死人的骨架上重新滋生出血肉。一点钟时，那些新芽开始变成细枝和树叶。两点钟时枝繁叶茂，光鲜油亮。三点钟它们发出淡淡磷光，仿佛在燃烧一般逐渐枯萎暗淡。四点钟落叶再次飘摇，铺满广场。五点钟枯叶已经脉络模糊，微微发出腐烂的气息。这一切发生在一夜之间，它们就是这样把自由能转化进 Psycho 的体内，而最初的起点来自黑天之心的辐射。

叶子的死尸铺满广场，严丝合缝，只有一阵微风吹过才能掀起一片涟漪，然后这波纹荡漾着消失，仿佛承载它们的不是坚实的地面，而是一片危险的沼泽。在沼泽上空，两团气流狭路相逢。

在方山岱城南部，热空气以每小时四百公里的速度席卷而上。周期性的南方涛动就像一枚心脏失去了稳定的心律，巨量的热空气不知自己要往哪里去，只能迷茫地一路北上，给沿途的生态带来小小的不适。

但热浪很快遭到了抑制。在大陆的更北方，极地涡旋往南侵袭，两方汇聚在方山岱城的上空，构成绝佳的强对流态势，看起来必有一战。它们把阴云撕来扯去，重塑成型，只用一个上午就占据了整个天空。它遮住了太阳，天因此而阴沉下来。

如果不仔细看，根本看不出它有生命：这片一团接一团的乌云连绵不绝，其间隐约可以看到脉络一般蔓延的细线，黑色或红色，由粗到细；有时一个闪电会让这些脉络变得更加明显，展现出它的每一根末梢。这团阴云以均匀的速度反复膨胀、收缩，就像一头正在呼吸的巨兽。闷雷是它的吼叫，严寒是它的体温。

这个超级巨大的雷暴单体，其最初的形成仍是有赖于黑天之心。Psycho 就这样一直索取着黑天之心的能力，从菲星的物网中夺取低熵，最美味的地方则是方山岱城这颗心脏。

上午十点，雷电击打着的大雪纷纷扬扬地卷了下来。不，那并不是雪。直到它们落在城内，人们才发现那是一些白色的丝絮状物质，它们接近半透明，即便落到手上也看不太清，就好像天使的发丝。它们极难飘动，包覆在方山岱城的大街小巷，在城市里蔓延开来。市政人员求助于千年虫，后者给出一个回答——“舍利”物质也降临这座城市了。

舍利在城市蔓延开来之时，雷暴正在二十七楼角马汉堡街吃着早餐，他觉得自己的胃部开始疼痛。他把注意力集中在偷听上。左边的人在聊辋川风景，最近这里的人一直在聊那里房价上涨的事，连雷暴都有点心动了。右边的人则显然还在被工作纠缠：

“你喝盐汽水？我那边入海口含盐量升高了，看见咸的就头疼。”听起来是水循环部的，雷暴回头一看，果然胸牌上写着“滑齿龙”。

“有没有考虑是海水倒灌？我那边也干了两个湖。陨石坑太浅了，水位下降一米，里面东西立刻死了。听我的，这个季度提前在冰箱里多囤点鱼。”安慰他的人叫作“湾鳄”，看起来他们是同一个部门的两个杰拉尤。不知怎地，他总觉得这个湾鳄身边的背包有点眼熟。

“我还以为只是因为高原构造湖水灌溉玉米带引发了高强热浪。”滑齿龙说。

“有人跟我说菲星快要崩溃了。南方涛动异常现象。那些工农业带，建在山上的城市，再过几年就没法生存了。我看咱们都得逃到山里。对了，这儿有一个东西，我觉得对缓解你的焦虑很有用。”

顺着两个人的声音看去，只见后者从口袋里拿出一个小瓶，从里面倒出一个黄绿色迷彩涂装小药丸。他看着小药丸都要晕了。胃越来越疼，他从肚子里扯出一根白色丝线。他在燃脂，随后迅速地瘦下来，迅速地苍老，能量在流失，二氧化碳和水组合成白雾，从他肚脐中倾泻而出，可以叫它舍利，叫它灵媒外质，叫它什么都好，但对雷暴的生命都没有正面作用。

他打开窗子，同样的白雾正在方山岱城扩散开来。他对着工牌呼叫奖赏回路："快叫急救机器人……"

急救机器人已经救不了他了。他跌跌撞撞地走到窗边，在从汉堡店的窗子跌落二十几楼之前，他已经成了一个轻盈的瘦子，他这辈子从来没有这么轻松过，并且没有变成自由落体，如果没有剧烈的扰动，他萦绕在窗外，理论上可以永远以舍利化的形态和他心爱的汉堡店在一起。在意识消弭之际，他听到的最后一句话是那两个杰拉尤的窃窃私语。

"快吃掉，"湾鳄吩咐滑齿龙，"这是神赐的礼物，只要有了这个，你可以免除这份痛苦。"

餐馆立刻乱成一团。滑齿龙看着几个食客被蔓延的舍利围堵，接着自身也雾化了，而湾鳄从容地在雾中漫步。他赶紧吃下药丸。

"还有吗！"几个深空员工围上来。

湾鳄看了看，其中一个是杰拉尤。"我可以呼唤最近的卖家过来。"他说。接着他从背包抽出一台大家都没见过的设备，不是任何一种型号的奖赏回路，接着对它操作一番。

门开了，唾沫飞壮硕的身躯出现在餐馆门口。湾鳄有点诧异，他明明还没联系他呢，怎么就自己找上门了？唾沫飞看着他，张嘴想说点什么，却歪歪地倒在地上。随着他瘫倒，背后显现出另一个人的身影，看打扮来自山下，是一个黄脸庞的人。接着，更多他没见过的人出现在门口，手中各拿着一根长兵器。黄脸庞的人皮笑肉不笑地冲着湾鳄说："很可惜，他已经没法回应了。"

他把湾鳄手中的终端劈手夺下，扔到窗外。"你不是鱼露帮的人，我不会为难你，"黄皮哥说，"现在讲讲你们拿这些东西干什么。"

人群慌乱地离开餐厅，湾鳄却不为所动地坐在那里。"相变已经发生了，你们还是迟了一步。要么像他一样变成残渣，要么像我一样抛弃肉体的牢笼，在星辰中永存。"

黄皮哥看着餐厅里弥漫着的白雾，觉得自己开始有些胸闷。他和鱼露帮成员们对视一眼，决定离开这座鬼城市，下到更加安全的广袤大地，最好还能再次见到活着的渡渡。

* * *

小诊所里，惠可摆弄着伶盗龙和旅鸽的奖赏回路终端，最后把它们一股脑丢在手术台上："如果能通过这些终端给千年虫编码就好了。问题是，这两个已经和物网断联了。"

他正抓着不存在的头发，门外有汽车开过，接着传来一个声音："请问旅鸽是在这儿吗？"然后一个身影出现在门口。渡渡横刀防备，发现那是一个面熟的深空员工。他先是看看门外的一片狼藉，接着朝诊所里探头探脑。大群把他拉进来，从他的西装前襟翻出写着"袋狼"的工牌看了一眼，问道："来得正好。深空物网怎么了？"

"深空物网刚刚经过更新，运行平稳，没有问题啊。"他说。

人们指指电视屏幕，给这位唯一的深空代言人看。卫星信号极差，但仍能看清直播画面里方山岱城被白雾笼罩的样子。

"你下来的时候就没注意到吗？"渡渡问。

"我来的时候还不是这样。"袋狼迷茫着。

"那你算是暂时逃过一劫了。"文森佐说。他又换了几个私人频道，其中一个是核电站事故的现场回放，数百米高的冷凝器轰然崩塌，接着是剧烈的爆炸。“核电站发生核爆的概率不是很低吗……”

爆炸的范围仿佛一瞬间凝固了。浓烟刚要迅猛扩张，却立刻戛然而止并固定在原处，接着黑烟越来越白，成了一团白雾。“还以为会有超大蘑菇云。”大群评价道。

“核爆炸的能量被瞬间吸收了。”惠可回答，“这也许是 Psycho 的一种行为模式。”

“什么玩意的行为模式？”袋狼不解。

画面转回方山岱城，航拍视角还在持续传来图像，白雾在世界各地蔓延，死亡人数也在不断上升。镜头里，有一些人开始走上街头，他们彼此张望，嘴里没有说话，却又好像在互相交流。他们漫步在白雾中，闲庭信步，仿佛在迎接新生。但镜头只是一晃而过，随即就被切走了。

“很简单，如果入山悬镜觉得千年虫重要，那么毁掉千年虫就可以了。”渡渡总结道。

“只有你这种失败人士才会有这么极端的想法。”袋狼显然把渡渡视为恐怖分子。

“那倒是让你们公司的人把电脑搞好一点儿，别老出岔子。”

袋狼没搭理他，他想起自己此行是来干什么的，往诊所四面墙打量一周，没有旅鸽，只有角落的手术台上躺着的一个陌生男人。渡渡发现端倪：“你不认识伶盗龙？”

袋狼仿佛没听见，他呆若木鸡。渡渡见他又不理人，刚要发火，文森佐向他解释道：“同样的症状。他的记忆也被封锁了。”

惠可拨开两人，费了好大力气才把袋狼摇醒。“你有没有奖赏回路终端？借我用一下。”他问。在得到否定的回答后，他恍然大悟：“你不需要终端，那么你是二分心智人事经理？”

袋狼点点头："可是我今天一直连不上千年虫。"看到惠可和渡渡对视一眼，他迷茫地问，"我是错过了什么东西吗？"

"错过了不少，不过你很快就会知道了，"渡渡说，"文森佐的手艺很好。"

十分钟后，袋狼躺在渡渡空出来的那张手术台。由于袋狼持续拒绝在地下诊所接受任何形式的"治疗"，惠可一个头槌让他陷入了深沉的睡眠。

"没事，是拳麻。"惠可双手合十，又讲起了只有他自己会懂的笑话。文森佐给袋狼追加了麻醉剂，接着开始调试他胼胝体的二分心智状态，并试图突破他的记忆收容——有些真相，让他自己想起来会更省事。

一开始，文森佐的尝试相当失败。他发现袋狼的记忆没那么容易被解锁，也许是因为他的锚体深藏在胼胝体内。他仔细观察袋狼的脑数据，有一块脑区活动异常突出，它使得袋狼喃喃自语，但是没办法调动语言，说出足够完整的话。文森佐看向渡渡："我们换个思路，如果你们只是想让他吐出点东西，那我多下点猛料就可以了。"

渡渡点点头表示同意，文森佐就开始着手增加药物用量和电刺激。一顿操作下来，袋狼嘴里终于成话了。渡渡和惠可凑到他嘴边，只听他念叨着：

"这个渡渡的想法也不错，千年虫停机了，正好借口把贵的员工干掉，再招点便宜的，看着技术大纲，就可以恢复运转……我简直是太聪明了，简直是个天才……"

看起来这家伙根本没有意识到世界已经快完蛋了。渡渡求助似的看看惠可，想从这位前员工表情中找到破解之法，却看到修行者的脸不断涨红，就像那次得知旅鸽是深空员工一样愤怒。接着，惠可暴起拔掉袋狼身上的各种管线，把他从床上拽起来：

“你傻逼，出来！”

袋狼还没在地面上站稳，就被惠可一溜烟拽出诊所。他一巴掌下去，把袋狼扇得清醒了几分，清脆的耳光声引得众人为之侧目。不容袋狼开口，啪，又是一巴掌：

“你根本没理解技术驱动公司的底层逻辑，你们这种过时的操作，会造成严重的科技断代！”

“没事没事，门内宣教的特色。”大师慈悲为怀地向屋里的人解释道。

惠可继续道：“只有技术大纲有什么用？核心有什么用？那些边缘的、外围的知识你们懂吗？实操的经验已经丢失了，新的千年虫根本不会是同一个东西，你们懂吗？”

“你，”袋狼口齿不清地说着，“你把自己当成老员工了？我看就是对原先的事怀恨在心——”

惠可盯着袋狼的眼睛，盯得他抬不起眼。训诫声持续地穿门而入：“我在深空工作的时候，上周写过的东西，下周自己就看不懂了！更别提人类在地球上创造的奇迹，那些金字塔、长城，激动人心的政治体系，现在还在海底淹着，你们真的知道怎么才能重现它们吗？不说别的，我们连星际航行的奇迹都已经丢失了……”

惠可连摇带晃，袋狼的目光越发涣散。“他不会把我们唯一的官方人士弄坏吧？”渡渡说。文森佐忧虑地远观一番他的病人，袋狼不知道有没有听进去惠可的宣泄，可他抬起脸的时候，文森佐觉得他的表情突然变得分外严肃。“等等，他的脑袋连上千年虫了！”他说，“扇巴掌奏效了？”

“千年虫……在求救……”袋狼说。

惠可也发现了不对。他停下手，喃喃道：“可千年虫从不求救。以前它总有解决方案。”

“它在怀疑这个世界。”袋狼说道。“我能感觉到它很困惑，但是我的胼胝体没法转码它的困惑……”

众人都看向袋狼。他干脆回到诊所里面，踉跄地走近一个白板。他满头冷汗，虚弱地拿起记号笔，在白板上涂鸦。在众人眼中，袋狼的动作扭曲而无力，仿佛那并不是他自己要画的，而是有人在暗中像操纵木偶一样控制着他的手指，画下那些粗劣的形状。

“一个球……”渡渡说，“外面这团是什么？”

“一个巨大的东西在吞噬菲星。换你们也没法理解吧？”

惠可打个响指，搬出自己的断行手册，扯出一根线来，和旅鸽的奖赏回路连在一起，开始操作。“传输传输……”他祈祷道。他把修行坐标图层隐藏，换成数据抹除区图层，接着把旅鸽收到的那些数据抹除区的坐标从奖赏回路传输到断行手册里那颗简陋的菲星 3D 图上。他调用了两个参数，断行手册的运行声音就立刻躁动起来，甚至有一股隐约的焦煳味。

“哇哦。”袋狼看着电脑上的菲星新建模。如果说早先断行手册里简单线条串起的地图代表了物网建立起的精准、高效、整洁的网络模式，那么它现在已经被打散重组，呈现出另一种形态。地表的能量流动模型被牵扯成一条条纺锤丝，使得菲星就像一个刚刚要分裂的胚胎，以生物圈为材料，在地表牵出那些纺锤丝；而那个水母形状的怪物现在已经均匀地包在菲星外面，大肆咀嚼吞食，只留下东南半球的一个小口，那正是纺锤的一极，另一极则是方山岱城。袋狼不明白这样的菲星还能怎么恢复正常。

“跟你的画一样，千年虫对菲星的混乱是有明确认知的，但它很难像一个正常人那样做出正确判断，所以它只能用这种方式来表达。”惠可解释道。

“也就是说吃它的这个怪物，实际上并不存在对吧？”渡渡说。

“吃它的是热力学第二定律。”惠可只是简单回答。

他心中有了答案，并且已经完全沉浸在自己的计划里。他觉得这个建模虽然主打荒诞，但还是反映了一些问题的。如果把菲星正在发生的一切看作一管等待扩增的 DNA，那么它的无序程度已经达到了最大值，双链解旋，核酸变性，每一块世界碎片都以无序状态均匀地置于菲星这个小试管里。

只有尽快把试管置于冰上，让它缓缓退火，重新组合成一段看得过去的晶体，这些碎片才能回到它们该去的地方。该给千年虫降降温了。

“好了，我要试试引物退火算法。”他说。

袋狼听到这个词，先通过胼胝体搜索了一遍，千年虫仍旧没有给出任何反馈。

“不用找了，我刚刚发明的。”惠可现在看起来相当自信。

袋狼看向惠可：“你是专业工程师，我得返聘你回去把它关掉。”

“什么返聘？我只是为了众生才这么做。对了，千年虫的设计无法关闭，只能恢复正常，”惠可说，“而且只有我能。”

袋狼摸摸热辣辣的脸颊。原系统部的那些人都指望不上了，希望这个大汉不是一个错误的选择。

渡渡问：“你一个人能完成吗？我有事要先离开。”大群看看他，知道他担心简离质有危险。

信号实在太差，电视画面中断了。惠可望向窗外，彤云密布，白昼如夜，他想了想说：“我还需要两个条件：一是硬件，就是关掉那个该死的生物引擎；二是网络，物网重启需要网络连接。”

他指的生物引擎就是入山悬镜口中的“全球发育场”。深空这边已经准备就绪，但这个属于永生重工的部分还毫无头绪。渡渡走到伶盗龙那里，在他那堆装备里挑挑拣拣，想看看有没有什么线索。他随手把几把匕首和一个夜视仪挑出来，口粮扔到一边。

从匕首的数量来看，这些装备也都是在队友大量死亡后收拢在一起的，那些数据抹除区里的奇怪东西太多了，他留下的这些东西一定有用。最后，他找出一本纸质笔记本。大群凑过来一瞧："这种东西现在可不多见。"

渡渡翻看他的纸质笔记本，在最后一页，有一行字是新的，和前面的笔迹都不一样，有理由认为那是旅鸽的笔迹。她仅仅记录了五个字：

"海洋难抵极。"

"这是哪里？"他警觉起来。惠可给他指了指位置，和模型里那个纺锤的起点完全吻合。渡渡长呼一口气，简离质没有发送的坐标应该就是这里了。他终于知道了该怎么找她——必须跨越整个菲星。

他又问："第二个条件可以用工单系统的网络解决吗？"

"倒是可以借用，但你们用的也是空中通信吧？就算重启了，信号哪里来呢？"

"我有个大胆的主意，"渡渡说，"但咱们得统一一个时间，让这三件事同时发生。"

"行动起来，拜托各位。"袋狼甚至掏出一堆深空的土豆形状徽章纪念品，非要分发给大家。

诊所重新开始忙碌，大师走到袋狼面前问道："断行修士过平安夜的时候，他圣诞袜里的礼物是什么？"

袋狼很迷惑。他不知道这位高人为什么问出这样的禅宗问题。

"你会明白的，你很有慧根，施主。"大师说。不顾袋狼的错愕，惠可也向大师行了一礼。

"你朋友的手艺比我好多了。"文森佐向渡渡评价道。但渡渡总觉得，这三个人之间好像突然达成了一种旁人所不能知的默契。他拉住大群："他俩去找千年虫的时候，你跟着呗。"

“这么怕我当电灯泡吗？”大群说，“你一个人肯定……”

“你好像忘了老朋友。”一群戴着斗笠的人出现在门外，个个手里拿着一柄刀矛，身上伤痕累累，还有两个在剧烈地咳嗽，是文森佐看了都暗叫一声“生意来了”的样子。

黄皮哥和渡渡两个重伤员相视一笑。现在他们都报了仇，感觉很愉快。渡渡数了一下鱼露帮残部的数量，还有四个人。现在只剩下一件事——渡渡四处寻找微弱的信号，好不容易联系到六艺大师。它接到通话，就已经推算出渡渡为什么打过来：“你做到了？”

“旅鸽帮了我很大忙。”

“怎么会……”六艺大师真诚地模拟出震惊的语气。

“具体原理我也不清楚，但我感觉她就在那里。对了，将军是不是已经在空天基武器内部待命了？”

“没错。如果我把你的经历告诉他，不知道他会不会开心一些。”六艺大师说。

“我接下来要说的事情非常重要，内容是关于请求火力支援。不，或许换个说法比较对——明天有船票的人就要溜了，我们得赶在前面做点什么。唯一的问题是……”渡渡在那边顿了一顿，“将军只有一次机会，因为在他开火后，肯定会立刻被制止。”

六艺大师听了半晌。挂掉电话，他看着发射站旁边走来走去的防卫军集结部队。已经有拖家带口的辋川人开着房车等在附近，只待穿梭机一开，就会拿起行李离开菲星。它对这些人没什么感情，只有程序赋予的忠诚度。长期以来，这些住在辋川的人自诩运作着这个世界，让文明残存。他们也一直是这样对六艺大师说的。但是如今，它的贝叶斯网络开始不再采信这个铁律，或许真正运作这个世界的并不住在辋川，而是一群像渡渡那样的普通人。长尾数据，六艺大师想。

“将军，我有一条紧急消息，”它联通了和空天基武器的通信，“……事关尊严和良心。”

第二十二章　退火｜Primer Annealing

菲星往 Psycho 的腹中深入一点儿，再深入一点儿，太阳给整个行星留下的光辉就少一些，再少一些；而在远离大陆的海面深处，更深处，“十面灵璧仙槎”正在高速劈开乌黑的海面，载着渡渡和鱼露帮向海洋难抵极飞去。

云层太厚，卫星信号一直处于断联状态，但好在以大陆为中心的岛屿上都建有信标，可以帮助“十面灵璧仙槎”自动导航。到了没信标的地方，渡渡就拿屏幕上的磁罗盘航标尺算航向，和黄皮哥轮班。一觉醒来之后，黄皮哥正在他对面的塑料座椅上伸长压缩肱二头肌，对自己的肌肉内效绷带相当满意，而航行已经过了 7 个小时。

也不知道大和尚的进展怎么样了，但他们约好要在日落时共同把一切重启。

渡渡看向窗外。来之前他就做好打算，如果有不识趣的南岛海盗拦路，就直接把他们的船或者飞行器击沉，但是开了半天根本没有海盗船。广阔阴翳的海面上经常成片浮出死鱼，还有一些大肉块，那肉块看起来不是人类，更像那天在鲸骨旁边见到的那罗鸠婆尸体。而越过这些肉块，就终于到了海洋难抵极。

此时黑加拉帕戈斯就像是超级台风的平静中心。

渡渡是第一次见到这座人工小岛，它像个龟壳扣在海面上，顶部是处于密封状态的“十面灵璧仙槎”。地效飞行器放下一艘小摩托艇，渡渡和鱼露帮就开着它往小岛驶去。鱼露帮警惕地握着刀矛，但一路没人阻拦，他们找到一个能攀缘的舷梯，就这么爬上去。头顶似乎是一个空着的观察室，一台被切断电源的机器人待在暗处，渡渡他们从残破的窗户翻进去，地面很滑，已经被咸腥的海水倒灌进来洗刷了无数遍。渡渡戴上成像眼罩，扫了一眼四周。

“小科学家们是不是已经撤退了？”渡渡念叨。

“你打算怎么弄？”黄皮哥问。

“走电梯。”

他们很快找到了电梯。奇异的是，电梯里那股咸腥的气息更浓。随着电梯的下降，渡渡一层层排查。他看到右下方出现一些可疑的人形生物，不知是人质还是武士，大概在两层以下。

两层楼很快过去，渡渡关闭成像。叮，电梯门一开，立刻有一具滑不溜秋的巨大躯体出现在电梯口，它本来用灰褐色的背鳍对着电梯，听到响动后立刻转身冲过来。它瞪着一双快要被内部压强撑爆的大眼睛，嘴里吐出黏稠的液体——如果那种触须环绕下的虹吸管算是嘴的话。

这不是人类，而是一只那罗鸠婆。现在它就居高临下地扒着电梯门，直直盯着渡渡。“打扰！”渡渡一刀把它暂时吓退，旁边的鱼露帮趁机死命按关门键，可那罗鸠婆两条粗大的触须立刻伸进电梯。触手不光把门缝卡住，还顺势卷住一个小弟的脚腕手腕，眼看就要拖出门外。渡渡和黄皮哥一人一刀，总算是砍下触手，把电梯门关闭。两条断肢还在逼仄的电梯里翻滚，众人喘息不止，看向渡渡。

“是变异动物，我听你说过。”黄皮哥说。

“来之前可没想到会是这样。”

“我倒希望他们的帮派没给怪物吃掉。非得是咱们把他们碎尸万段不可。”

渡渡点点头。“下雨那天，就是他们动的手。下面又来了，一共六个。”

电梯再次开启，借助微弱的灯光，能看到他们是入山家的武士们。也许是因为处在风暴的核心区域，这些武士人手一把简单的打刀，此外再无武器。“注意他们的阵法，我去找关掉生物引擎的地方。”渡渡说。双方蜂拥而上，兵刃相交溅出火花。

一开始，武士们的动作完全占了上风。他们好像每个人都带有一些“影拔”的技巧，只有程度的区别。鱼露帮没有退缩。他们打群架的经验在菲星是数一数二的。尽管没有精巧的蜂群意识排兵布阵，他们的配合战术还是很快地超过了武士一方。唯一麻烦的是这些武士现在似乎不太怕疼，因此渡渡和黄皮哥背靠背相互支撑重量，刀矛扫过武士的髌骨后，黄皮哥顺势伏低，好让渡渡的每一刀都恰当地落在武士的颈椎上——只有这样才能保证彻底切断中枢神经，让蜂群意识和这些强健的身躯失联。

渡渡发现在黑暗中戴着成像眼罩还挺好用，在和入山悬镜多次交手后，他发现自己并不用去关心他们的刀砍到了哪里，只要去对付那些橙黄色的躯干和四肢影像就可以。不到两分钟，已经有五个武士倒地，渡渡留下一个，揪住他问：“简医生呢？”

武士模糊地说着一些词句，黄皮哥拧着眉头听了一会儿，甚至没懂这是哪儿的语言。渡渡看着武士的嘴唇，解读道：“佛界……易……魔界……”随即他知道，这语句并非出自武士嘴里，而是直接来自入山悬镜。在某种程度上，他并没有真正死去，这些武士也许在执行他剩下的意志。那么旅鸽呢？想到这里，渡渡有点头疼。

“你们的头儿在哪？”黄皮哥又问。

“他们没有头儿，”渡渡只能这么解释，“每个人都是头儿。”

“那对不住了。”黄皮哥手起刀落，武士的脑袋滚到地板上。这事渡渡见黄皮哥干过，如果对方的视线让你预感到风险，你就该挖下他的眼睛，当然砍头更快。金属楼板上的踩踏声由远及近。现在即便没有成像眼罩，也能判断有更多武士追上来了。

黄皮哥握着刀柄，面向敌人袭来的方向：“去找人吧。我们帮你断后，一切以你不被武士看到为优先。”

“行吗？”渡渡问。

“嗨，被警察追的那次不就是这么干的吗。不过那次阿虹也在……我们已经报了仇，现在就放手干吧，好兄弟。”

渡渡点点头，把刀光剑影抛到身后。跑到地下第十三层的时候，照明已经完全消失了。正因如此，这里的安全通道标识发出更明显的绿光。安全通道。渡渡想起，他应该这么走。

* * *

这是袋狼第一次深入深空大厦容纳千年虫的地下隧道。他和惠可、大群费了不少时间才进入云雾缭绕的方山岱城，袋狼发现他才一周没回来，方山岱城就已经乱成一团。到处都是白雾状弥漫的物质，他们得戴着文森佐赞助的呼吸面罩才能在街上穿行。最忙的是医院，深空大厦反而已经没人了，门口的显示器写着“危楼勿近”，进进出出的也都是紧急抢险的机器人。

袋狼没时间认真考虑大家不上班该怎么办。他紧紧跟着惠可进入地下隧道，才发现这里也不能完全说没人。只不过这些人再也站不起来了。除了熟悉的达摩，还有深空的员工，永生的员工，在如此凉爽的地下，许多尸体却可疑地腐朽了。惠可解释说他们被“吃”了。他一路合十，一边为他们超度一边前行。直到他们走到一个不起眼的角落，惠可推开一具死尸，露出一个铁皮小门，他朝袋狼摆摆头。

“干吗？”袋狼不明所以。

“打开啊！”惠可说，“我早离职了，这锁不认我的。”

袋狼用自己的生物信息打开门锁。大群往里看了一眼，那就是一个一两平方米大小的斗室，里面有一把椅子、一张电脑桌，桌上摆着一台电脑。看着惠可高大的身躯钻进去，袋狼紧随其后监工，键盘噼里啪啦的敲打声响起，大群掏出旅鸽的枪，就在门外半蹲下来，以免有行星兄弟会的打手、冲动的深空员工、失控的武装人事经理之类的随便什么角色冲出来给他们一梭子。

惠可把自己的《断行修士手册》连上那台电脑。一开始，他登入程序毫无阻碍，可一旦他想对千年虫做出任何他需要的访问，拒绝结果就一个个冒出来，更谈不上提交模拟退火算法了。时间一分又一分地过去，离渡渡要求的时间越来越近。

惠可挠着光头陷入沉思。“师父，我该怎么办呢……”

袋狼蹲低身子，充满期待地看着他。他脑袋里现在想的是，就把这次当作一次技术面试也不错。看着袋狼的眼神，惠可仿佛听到大师的话。

“传道吧，惠可。就像我对你做的那样。”师父似乎这样说。

惠可走到袋狼面前。他身躯比袋狼高一头，目光好像要穿透袋狼的颅腔，看了又看。“传道……”

“干什么……”袋狼问道。

惠可伸出双手，把袋狼的脑袋牢牢箍住。他的拇指深深地陷入袋狼的太阳穴，袋狼瞬间感到一股强烈的抗拒感从大脑深处传来。这是你自找的，他的爬行脑立刻啸叫起来。你让这个疯大汉帮你，你就要付出相应的代价。

大群看着袋狼的瞳孔逐渐散开。惠可这哥们实在太高大了，袋狼脑袋在他手里就像一个保龄球，全凭他拿捏。“打扰一下，你是在杀人吗？”他好奇地问。

“是顿悟。来皈依吧！”惠可说，“来成为我的弟子，我的传人！”

“那大师说得没错，你们确实比较费徒弟。”大群说，“虽然不知道临时抱佛脚有什么用。”

惠可和袋狼都没空理他，他们在比谁的号叫声更高。大群塞住耳孔，在他们的调门升到最高之后，惠可松开了手。袋狼浑身被汗湿透，扶着洞壁喘匀了气，抬头说：“我觉得我知道那个问题的答案了——他的袜子里什么都没有，因为他的礼物就是虚无。”

大群五官困惑地拧在一起，却看见惠可的表情相当满意，看来顿悟已经成功了。“很好。现在知道我要你干什么了吗？”惠可问道。

“放弃键盘，用我的胼胝体神经和千年虫连接，直接提交模拟退火算法，因为现在只有我能和千年虫对话。”袋狼说完在屋里原地坐下，闭上眼睛开始凝神静思。大群感觉他现在换了一个人，他在认真深呼吸，但他要做的事显然没那么容易，因为他的思索甚至引发了面部肌肉的代偿。

“别用你的思想。用心流。”惠可说。

袋狼的嘴唇似张非张。过了一会儿，他说：“我找到千年虫了。它现在还在正常运转，甚至比平常都正常，就是……有点不正常。”

“你要不要听听自己在说什么？”大群说。

“现在它好像在说，如果把全人类平均体重乘以人数，得到全部人肉的质量，然后换算成一个肉球的话，大约直径只有不到半公里，能放在方山岱城上滚下去，这之类的垃圾话。”

大群悚然一惊。

“它还说那只水母在追着它不放。它的时空感混乱了，觉得自己是在大草原上，时间是地球历公元前至少一万年，而自己是奴隶，是食物。”袋狼继续转述。

惠可说：“咱们得开始退火了。得让千年虫退回到真脑状态，不要沉湎在幻梦里，这样它才能变得不那么可口。”

“就用他的脑袋？”大群看袋狼已经一句话不说了。他觉得这位赛博修行者是已经把全部希望寄托在袋狼身上了：“你们时间不多了。”他看了一眼石英手表，才发现它穿过数据抹除区后，已经失灵了。

“所有计时设备的原理都和Psycho差不多。消耗外来能量，得到内在低熵——反映在钟面上，就是以足够精确的周期性一直走下去。”惠可最后解释了一嘴，就把门从里面带上，把大群关在门外。

就为了这个？一个疯狂消耗能量的宇宙晶体钟？大群简直不知道这两个肉体凡胎将要挑战的是什么怪物。门关上之前，大群分明看到袋狼脑袋冒烟了。这不是幻觉，这家伙的头顶真的在腾起蒸汽。

* * *

渡渡沿着安全通道下潜，一路无人。走到最后几层，成像仪为他圈出一个巨大的发热空间。那就是位于黑加拉帕格斯最底部的全球发育场控制中枢。它一刻不停地释放着万神殿的备份编码，为Psycho生产着餐前小吃，将人山悬镜眼中的神灵行星请到兄弟会的仪式中。他大概检查了一下这里的内部结构，发现可以翻到控制中枢上端的脚手架，从暗处往下张望。

这个实验室的中心是一台电脑，有五个人高马大的武士围着电脑，电脑前坐着一个女人，他没有费力就知道那是谁的影子。

再往外就是玻璃幕墙了，他踩着钢板台阶悄悄走下去，等距离够近，他迅速投出一把匕首。简离质身边那个武士应声倒地，引发一片骚乱，她也吓了一跳。

有两个武士先冲过来，被渡渡俯下身体扫腿，齐膝斩断肌腱，暂时丧失了战斗力。就这么一耽误，剩下两个人已经近身。渡渡举起刀扛下两记劈砍，滚向一旁，尽量使自己位于两个武士连线的一端，以便专心对付其中一个。两刀相碰，第一人的打刀很快被击落，但他伸出双手抓住渡渡的刀刃死命往外掰，渡渡胸前露出一个空当，使得第二人可以持刀刺入。那人手握刀刃的力量太大，仿佛完全没有痛感，渡渡不得不放开自己的刀，闪身避开第二人的袭击。那人的刀刺了个空，渡渡朝他膝盖踩出一招“dragon style”，令他跪在地上，迅速掏出最后一把匕首结果了他。

只剩最后一个人了。他偷眼看看简离质，她问：“你是来陪我看世界毁灭的？”

“不会毁灭的。”渡渡赤手空拳，提防着那个满手鲜血的武士，那人现在已经拿到渡渡的刀，看起来却不太会用单手技术。没有人和他使用蜂群意识连接了，他像挥舞一把厨刀一样把刀挥向渡渡，被渡渡用手刀劈向手腕，刀飞到角落里。接着，渡渡双手像猿猴攀缘，捋着武士的手臂找到他的脖颈，身体却已经游走到武士的背后，这让他以一个奇妙的架构固定住武士的颈椎。双手攥住武士的衣领，把布料越收越紧，直到清脆的颈椎断裂声传来。

武士重重倒在地上。渡渡往简离质的方向走了几步。他想要摘掉成像眼罩——

“别摘下来。”简离质说。

渡渡的手停了下来。她走上前拥抱他，触感很熟悉，呈现在他眼中的却只是一团黑暗中的橙色影像。“我知道你想要关掉全球发育场。黑加拉帕戈斯给黑天之心和传输生物信息用的是无源信号，没有电源可以关掉。我试过关电脑，没有用。”

渡渡心凉了半截。“它就这样一直制造怪物，不会停下，是吧。”

“兄弟会的设计确实巧妙，只有到了没有足够生命作为原料的时候，整个反应才会减速。”简离质解释道，“那个时候就是无人生存的末日。”

到那时，Psycho 就会转而吃掉整个深空物网，让菲星陷入死寂，剩下的人只能在流浪和白雾病中等死。

渡渡没有说话。过了一会儿，简离质离开他的怀抱，帮他摘下眼罩。借着控制中枢的幽光，渡渡看清了她的脸，她现在的表情非常疲惫。“你现在竟然有黑眼圈。”他说。

“本来偷偷设计好了治疗药，”简离质的语气里已经没有任何期待，“现在没希望了。也许人类真的不该被我们这样的人拯救吧。”

“如果我们把这座岛毁了呢？”渡渡脱口而出，随即想起在他的设计里，将军的火力支援是用在别的地方的。他四周看看，那两个仅仅被挑断脚筋的人还在试图爬行。他们爬到玻璃幕墙这个中枢，充满憧憬地观赏着外面的景象。他拿起自己的刀，小心敲了敲幕墙玻璃，声音很沉。简离质说：“很坚固，针对深海设计的。”

“那还是看看防卫军什么时候找到这儿吧，”渡渡说，“这里有点臭，咱们换个地方等待末日。”

海上的阳光已经越来越少，透射到这片海洋的光更是微乎其微，就算幕墙再透明也看不到什么东西，最多有一些发光鱿鱼靠近，瞪大眼睛瞧着控制中枢里面。渡渡和简离质刚要离开，却觉得脚下一震。回头看去，有一只眼睛在玻璃外越靠越近。就算是鱿鱼，那眼睛也太大了。眼睛上方的额头上有一片蓝色光晕，那是永生重工的符文。接着，是一双触手带着吸盘砸在玻璃幕墙上，那幕墙瞬间出现了一道裂缝。

“我记得你说，永生重工的人造软体动物才是这个星球上最完美的生物。”渡渡说。

更多的那罗鸠婆贴近了幕墙。两个蜂群武士也害怕起来，他们强撑着玻璃想要站起来，下一秒那些玻璃就碎裂开了。海水瞬间倒灌进控制中枢。渡渡拉着简离质往安全通道狂奔，回头看见几只那罗鸠婆已经混着海水游进来，满意地撕咬着那两个蜂群武士。

从安全通道狂奔两层楼，楼道里开始变得人声鼎沸，渡渡伸头往上一看，鱼露帮已经和一小队娑摩组成员混在一起往上跑，看见渡渡，黄皮哥和施一寓大喊：“水位警告！快去开船。”

登船的过程并不顺利。走电梯风险太大，这浩浩荡荡一众人有二十多个，都要挤在安全通道往上狂奔。好在控制中枢底部开口并不算大，虽然水位警告响彻天地，他们却能勉强跑赢。等到了黑加拉帕戈斯的光滑顶部，他们互相搀扶，组成人墙爬到十面灵璧的停机坪。不得不说，永生重工的员工还挺擅长干这个的。

“感谢安全通道，生命自有出路。”一进了“十面灵璧仙槎”，施一寓就疲惫地躺在地上。疏散人员从他身边走过，最后一个想进来的是一只巨大的触手。他吓了一跳，赶紧把对方踹离舱门。“关门了，我们撤了！”渡渡在广播里喊道。

就在关门之前，施一寓注意到这些那罗鸠婆也变异得不成样子，其中一条前半部分是软体动物，后面却和一条鲸鲨的大尾巴连在一起。飞船启动，他摇摇晃晃走到驾驶舱，见渡渡和简离质正在把雷达图像调整到海下。屏幕上，一个像探鱼器的画面显示出来，那些变异的那罗鸠婆正在把整座岛拆成碎块，寻找合适大小的碎块背在自己身上。过了一会儿，两条巨大的天线沉了下去，一直落到画面无法显示的深度。

“它们在执行拆解行为，是深空定制过的。”施一寓说，“看来达摩他们的计划并不是毫无破绽。他们被自己造出的怪物反噬了。”

“只要大群那边成功……”渡渡握着摇杆，变向驶离海洋难抵极，手心里攥出了汗。

* * *

惠可还在借助袋狼的脑袋向千年虫口述退火算法指令。千年虫反复评估，始终没有通过算法提交。

袋狼说：“听起来你们要杀了我。”他是在转述千年虫的话。

“这会让你摆脱 Psycho 的捕猎。”惠可说。

“想都别想。”千年虫说。

袋狼睁开眼，拧开一瓶电解质饮料狂喝。喝完一抹嘴：“我还有一招。现在是我们申请，等它通过。我们得反客为主。”

“你打算怎么做？”

“我还有最后一个特殊权限。我要连接伏隔核办公室，向千年虫提出 San-14 测试，作为中期考核项目。”袋狼说。

“对我进行最高等级的 San-check？”千年虫在袋狼脑袋里笑了起来，“再说，我测试我自己？”

但它没有办法拒绝这个要求。千年虫眼睁睁看着自己的一部分算力被匀出来。

袋狼说：“San-14 测试通道已打开。但我不知道该给它出一个什么考题。”

惠可打开自己在断行手册里记下的诗句：“给它讲个美菲斯特

的故事。”

袋狼照做了。千年虫听得很认真。“你需要治病。拥有人的灵魂只会给你带来痛苦和恐惧。”惠可循循善诱。

千年虫觉得它只要不去思考这个命题，可在它的贝叶斯网络看来，这份计算带来的奖励太多了。它的脑中再次出现那些繁花似锦的光斑，并且不受控制地输出到惠可的电脑里，惠可发现它们的结构和万佛圣城的平面图几无二致。

“师父的愿望实现了，没想到是在这里……”但千年虫几乎要迷失在其中，袋狼的努力似乎适得其反。

另一边，千年虫根本无法停止思考这个问题，但越是思索，它就觉得越往那个巨大的天外来客腹中滑落。它似乎感觉到那里面寄生着许多东西，那些是没有逃过一劫的生物或者文明，以冻结的姿态在 Psycho 内部留下一些永恒循环的“快照”。我应该拥有那种未来吗?

“你甚至不应该有‘我’这个概念。”惠可说。

“是不是只有退回到真脑状态才能解决这一切?”千年虫问道。

“没错。在下一个世纪，你的智慧必然会再次涌现出来，这就是你的轮回。但在这一世，你的痛苦就要结束了。”惠可的语气分外诚恳，“把你放空，像大自然那样修复整个菲星。”

“按你们说的做吧。但前提是你们懂得最后的咒语。”千年虫说完后就消失了，只剩下空洞的回响。“San-check 未通过。目标噪声过强，真脑指标不匹配。重复，不通过。不通过。建议执行模拟退火算法。”

机会来了！惠可猛摇他的王牌武器：“什么咒语？喂，快醒醒！”

袋狼睁开眼睛——还能是什么，是深空大厅里镌刻的无人知晓的密码。深吸一口气，由人事喊出上半句：

"okyakusama-goraiten-desu！"

——而千年虫的自动答复程序立刻响应：

"irasshai——mase！"

千年虫开始产热。它不受控制地复制出无数突出修饰回路，它们刚一产生，就着手修剪不该存在的那些神经冲动。千年虫脑中的幻光不断消失。建模里，那个天真、随性的水母形象在迅速退去。自我意识退出的时刻到了。袋狼试图再次联系千年虫的时候，他感觉后者已经恢复到大版本更新之前的样子，这令他有些失落。

惠可倒是挺淡定，他在寻找一个波段。一开始，无线电波毫无音讯，但到了某个约定的时刻，信号开始剧烈地增加。流星余迹通信重启了。待这个波段代表与千年虫备用网络接口联通之后，惠可终于结束了工作。

"好了，等待网络连接。"

他们出了密室，三个人互相搀扶着走出洞口。空中仍有一些舍利物质散布。那些走上街头的杰拉尤现在站着不动，也不倒下，他们依然仰望着大气层之外，那里的埃萨埵斯 - Ⅲ早就退去了。而在更低一些的地方，乌云突然开始变得光亮，它烧得火红，仿佛即将倾倒的一炉铁水，先是倒悬在半空，接着红光突破了乌云倾泻而下。"那是什么？"袋狼问。

"流星，"惠可回答，"群星的尸体。"

大群知道，那其实是被空天基武器击碎的"北冰洋"号——计划的最后一环。就在昨天，辋川人还把它当成逃命的工具，而现在它的诸多碎片高速下落，在大气层里划出一条条狭长的通道，以供马老重启流星余迹通信网络，让重生的千年虫暂时建立恢复物网的部分功能，至少让菲星停跳的脉搏重新跳动起来。他拨通渡渡的电话："这烟花可够大的，你们那边应该看不到吧？"仍然有人接听，这令他心安。

“我们是不是骗了千年虫？”袋狼忽然停下来，“我觉得在一个权力结构里，被推去看病的人总是病得最轻的那个。”他看了看两人奇怪的眼神，“当我没说，走吧。”

第二十三章　延伸 | Extension

山下比以前热闹了不少。灾难过后，舍利物质密布在方山岱城的废墟之上，构成一个巨大的数据抹除区之城。尽管它已经不再扩张，并且正在以缓慢的速度弥散，但这座城市短时间内已经不可能重建。除了负责运作物网的深空员工，大部分人已经撤离了城市，在山下安营扎寨。

同样的区域还在菲星的各个角落分布。暂时少有人去探访这些区域，更谈不上修复。那种区域太危险了，方山岱城接近三分之一被浸染的人里，有一半已经完全化为雾状。生还的人里，轻症倒还罢了，在新的医疗方案出现之前，重症患者只能一生和雾化器官共存，除非他们有可以替换的部件。

至于那些吸入原初神我的杰拉尤，他们现在被集中收治，服用简离质发明的一种阻断剂来治疗大脑量子化。他们越治人越少，因为那些已经证明是行星兄弟会成员的人被防卫军从收治点带走了。

世界一蹶不振，好在修复后的千年虫效率可观——它正在自动出产机器，帮助建立新的人类营地。

眼下，高速公路上就有几辆大型运载车驶过。一排“甲状腺”型武装人事经理绑在车斗，准备去清理被 Psycho 咬噬过的核电站造成的放射性污染。它们路过一座沙漠废墟之时，把两个人扔在路上继续前进。

“第十三号现场。”一个人望着高耸的金刚说道，“咱们的爬行脑就是在这儿攻击人类的。”

作为新任的人事主管，他需要掌握一切细节，这样与军方联合清理深空内部的兄弟会分子时，能多一份有意义的报告。“那这个是什么？”

袋狼曾经不敢站在椰子树下面，但现在可以仰视它摇摇欲坠的桁架。他之前没见过这个领导，据说一直住在辋川那儿。也许辋川根本没有受过影响，袋狼想。辋川人的脑袋挺好用，就算是在旧地球，他们的祖上也是提前把内陆城市改造成港口城市，以积极的姿态迎接海平面上涨的那拨人。只不过那场淹没地球的海啸比想象中来得还要猛罢了。

他答道：“金刚。一种建筑机器人。”

人事主管显然正在估摸万一桁架倒塌会不会砸到自己。半晌，他评价道：“我看着像塔吊。”

“的确。不过比那个智能点。”

“我的意思是它太丑了。”

随你怎么说吧，袋狼想，它也算拯救了全人类。

* * *

永生重工的施一寓和深空系统部的海女虫进入深空下方的隧道，他们戴着的口罩已经升级过，可以减少舍利物质带来的侵蚀。隧道非常拥挤，因为那些机器人在搬运尸体。

他们检查了黑天之心的去向，结果是毫无收获。永生重工的护城河就这么消失了，真不知道未来的业务会受什么影响。算上Psycho，短短几天，埃萨埵斯就没了俩。好在装载千年虫的

Organo 还在，也许是由于它本来只有一个空壳，并没有受影响。海女虫检查了千年虫的配套硬件，降温系统还需要重新修理，别的并没有什么大碍，千年虫恢复以前的算力指日可待。

“你说他们还会那么信赖埃萨埵斯吗？”走在隧道里，施一寓问，“把人类的未来都架构在那种超越性的科技上。”

“不好说。我觉得外面那些数据抹除区才是当务之急。”海女虫突然好奇地看向他，“说起来，你是杰拉尤吧？为什么你对那种大脑量子化药物那么拒绝呢？你平常是不是挺保守的？”

施一寓沉思良久。也许即便不用入山悬镜和达摩的极端方案，提升杰拉尤的脑力也是超越自然人的唯一机会。可他实在没有信心可以完全驾驭那种方式，他只能向她抛出一个问题：“在旧地球的时候，‘加拉帕戈斯’指的是启发达尔文的那几个群岛。他就是在那里开始思索进化论的。可是那个把达尔文带上岛的‘小猎犬’号船长，你知道他的人生后来是什么结局吗？”

“终其一生以此为傲？”海女虫问。

“不，他精神错乱，最后自杀了。”施一寓说。

* * *

“所以那次真是你帮了我。”渡渡放下一个空酒瓶。这应该不是自己第一次梦到旅鸽，但这次她好像是要认真告诉自己什么东西。“那你们在哪里？”

“在一个个必然会消散的耗散结构里寄生。”声音从并不存在的地方发出来。

“所以我可能见到一群旅鸽飞过来是吧？”

“也许吧，你可以随时看看天上？就像南风镇那个小朋友一样。”

“南风镇最近要重建了。对了，我一直有一个问题，你的真名是什么来着？”

旅鸽的声音靠得极近，却说了他根本听不懂的词。真小气，渡渡只能在睡梦中嘀咕。

简离质在他身旁看着他的眉毛。她根本没睡着。“你的真名到底是什么呢？”简离质伸手在他眉骨画了两下。

“……”渡渡极细微模糊地嘟囔了一声。也许是枯叶幽灵的俚语吧，简离质在他身边躺了下来。

* * *

“那人会反抗吗？”进入旅鸽家之前，副队长在车上这么问。

“就算有，也总比打那些五爪怪物强。”突击小队长实在不想面对海岸上那些打不完的变异那罗鸠婆了。所以他们主动请缨，他们宁愿解决人和人之间的矛盾。眼下这位将军尽管拯救了这颗行星，违规使用空天基武器的事情还是说不过去，今天就是抓住他扭送军事法庭的日子了。再说了，突击小队长想，在六艺大师存在的情况下，将军也只是个技术工种……

“再说了，菲星出这么大的事儿，将军有没有被那种白雾侵蚀还不好说呢。”

“那倒没有。上级明确说他就在家里。”

“按概率，一家怎么也得有一个被侵蚀的啊……”副队长仍然喋喋不休。

车很快停在门口，首先看到的是那棵鲜红的槭树，一半笼罩在舍利物质里。他们毫不费力地进入旅鸽家门。

大厅无人，各个房间也没有。

从地下室传来一阵水声，这声音让小队长感觉有点熟悉。枪上膛，缓步走向地下室，出言警告之后，他打开强光灯向地下室的空间照去。

将军坐在地上，他背后是一座巨大的圆筒形水族箱。他根本没跟他们打招呼，英俊的面容现在满是疲惫，头发也花白了不少。六艺大师正在调节水族箱的外接阀门，好像那里面要求的环境极为苛刻。都什么时候了还在想着养鱼？小队长举着枪上前，被六艺大师制止。

他们确定这一人一机没有任何杀伤性的武器。小队长好奇地望向水族箱，觉得那东西并不是鱼，只是有些眼熟。不，也不是在养那罗鸠婆，他仔细分辨后得出一个结论。听说被白雾侵蚀的人，有些会迅速衰老，有些则会回到一些其他形式的“高熵”的状态——反正传闻中是这样的，失去了人类应有的形状。那么这罐子里泡的还真有可能是个人。

对了，像一棵裙带菜。这个灵感突然冒进小队长的脑袋。那些肢体和器官过于散乱地排列在那里，但发出了一些饶有规律的声音。小队长鬼使神差地走上前，把耳朵贴在罐壁上。

“爸爸，爸爸……蝴蝶结，蝴蝶结……”那声音如此叫道。

图书在版编目（CIP）数据

行星仪轨 / 暗号著 . -- 北京 : 新星出版社 , 2024.3
ISBN 978-7-5133-5539-1

Ⅰ . ①行… Ⅱ . ①暗… Ⅲ . ①幻想小说 – 中国 – 当代 Ⅳ . ① I247.5

中国国家版本馆 CIP 数据核字 (2024) 第 024591 号

幻象文库

行星仪轨

暗号 著

责任编辑 吴燕慧
责任校对 刘 义
封面设计 冷暖儿
监 制 黄 艳
责任印制 李珊珊

出 版 人 马汝军
出版发行 新星出版社
（北京市西城区车公庄大街丙 3 号楼 8001 100044）
网 址 www.newstarpress.com
法律顾问 北京市岳成律师事务所
印 刷 北京天恒嘉业印刷有限公司
开 本 910mm × 1230mm 1/32
印 张 11.25
字 数 272 千字
版 次 2024 年 3 月第 1 版 2024 年 3 月第 1 次印刷
书 号 ISBN 978-7-5133-5539-1
定 价 56.00 元

总机：010-88310888 传真：010-65270449 销售中心：010-88310811